廿載繁華夢

黃世仲 ——著

俗語道：「富無三代享。」

歷來紈褲子弟，一朝權在握，便任性妄為，

欺世盜名，偷搶拐騙，以不法獲財獲利，宦海浮沉中，處處狼子野心……

然而，華屋豪門不過如夢幻影，苦苦攻心鑽營多年，事業如日中天之際，

轉眼勢敗運衰，回頭一望，竟是黃粱一夢——

目 錄

目錄

目錄

第一回
就關書負擔訪姻親 買職吏匿金欺舅父

　　喂！近來的世界，可不是富貴的世界嗎？你來看那富貴的人家，住不盡的高堂大廈，愛不盡的美妾嬌妻，享不盡的膏粱文繡，快樂的笙歌達旦，趨附的車馬盈門。自世俗眼裡看來，倒是一宗快事。俗語說得好，道是：「富無三代享。」這是什麼緣故呢？自古道：「世族之家，鮮克由禮。」那紈褲子弟，驕奢淫佚，享得幾時？甚者欺瞞盜騙，暴發家財。不轉眼間，華屋山丘，勢敗運衰，便如山倒，回頭一夢。百年來聞的見的，卻是不少了。

　　而今單說一位姓周的，喚作庸祐，別號棟臣。這個人說來倒是廣東一段佳話。若問這個人生在何時何代，說書人倒忘卻了，猶記得這人本貫是浙江人氏，生平不甚念書，問起愛國安民的事業，他分毫不懂。唯弄功名、取富貴，他還是有些手段。常說道：「富貴利達，是人生緊要的去處，怎可不竭力經營？」以故他數十年來，都從這裡造工夫。他當祖父在時，本有些家當，到廣東貿易多年，就寄籍南海那一縣。奈自從父母歿後，正是一朝權在手，財產由他揮霍，因此尚不多時，就把家財弄得八九了。還虧他父兄在時，交遊的還自不少，多半又是富貴中人，都有些照應。就中一人喚作傅成，排行第二，與那姓周的本有個甥舅的情分，在廣東關部衙門裡當一個職分，喚作庫書。論起這個庫書的名色，本來不甚光榮，唯得任這個席位，年中進項卻很過得去。因海關從前是一個著名的優缺，年中

措辦金葉進京，不下數萬兩，所以庫書就憑這一件事經手，串抬金價，隨手開銷，或暗移公款，發放收利。其餘種種瞞漏，哪有不自飽私囊的道理？故傅成就從這裡起家，年積一年，差不多已有數十萬的家當。那一日，猛聽得姐丈歿了，單留下外甥周庸祐，賭蕩花銷，終沒有個了期。看在他父親面上，倒是周旋他一二，才不愧一場姻戚的情分。況且庫書裡橫豎要用人的，倒不如栽培自己親朋較好。想罷，便修書一封，著周庸祐到省來，可尋一個席位。

這時，周庸祐接了舅父的一封書，暗忖在家裡料然沒什麼好處，今有舅父這一條路，好歹借一帆風，再見個花天錦地的世界，也未可定。便拿定了主意，把家產變些銀子傍身，草草打疊些細軟。往日欠過親友長短的，都不敢聲張，只暗地裡起程，一路上登山涉水，往省城前進。他的村鄉喚作大坑，離城不遠，不消一日，早到了羊城，但見負山含海，比屋連雲，果然好一座城池，熙來攘往，商場輻輳，果然名不虛傳！周庸祐便離舟登岸，僱了一名挑夫，肩著行李，由碼頭轉過南關，直往傅成的府上來。到時，只見一間大宅子，橫過三面，頭門外大書「傅離」兩個字。周庸祐便向守門的通個姓名，稱是大坑村來的周某，敢煩通傳去。那守門的聽罷，把周庸祐上下估量一番，料他攜行李到來，不是東主的親朋，定是戚友，便上前答應著，一面著挑夫卸下行李，然後通傳到裡面。

當下傅成聞報，知道是外甥到了，忙即先到廳上坐定，隨令守門的引他進來。周庸祐便隨著先進頭門，過了一度屏風，由臺階直登正廳上，見著傅成，連忙打躬請一個安，立在一旁。傅成便讓他坐下，寒暄過幾句，又把他的家事與鄉關風景問了一會兒，周庸祐都糊混答過了。傅成隨帶他進後堂裡，和他的妗娘及中表兄弟姐妹一一相見已畢，然後安置他到書房裡面。看他行李不甚齊備，又代他添置多少衣物。一連兩天，都是張筵把

盞，姻誼相逢，好不熱鬧。

過了數天，傅成便帶他到關部行裡，把自己經手的事件，一一交託過他，當他是個管家一樣。自己卻在外面照應，就把一個席豐履厚的庫書，竟讓他一人做起來了。只是關部的庫書裡，所有辦事的人員，都見周庸祐是居停的親眷，哪個不來巴結巴結？這時只識得一個周庸祐，哪裡還知得有個傅成？那周庸祐偏又有一種手段，善於籠絡，因此庫書裡的人員，同心協謀，年中進項，反較傅成當事時加多一倍。

光陰似箭，不覺數年。自古道：「盛極必衰。」庫書不過一個書吏，若不是靠著侵吞魚蝕，試問年中如許進項，從哪裡得來？不提防來了一位姓張的總督，本是順天直隸的人氏，由翰林院出身，為人卻工於心計，籌款的手段，好生了得。早聽得關部裡百般舞弊，叵奈從前金價很平，關部入息甚豐，是以得任廣東關部的，都是皇親國戚，勢力大得很，若要查究，畢竟無從下手，不如捨重就輕，因此立心要把一個庫書查辦起來。

當下傅成聽聞這風聲，一驚非小，自念從前的積蓄，半供揮霍去了，所餘的都置了產業，急切間變動卻也不易。又見查辦拿人的風聲，一天緊似一天，計不如走為上策。便把名下的產業，都稱混寫過別人，換了名字，好歹規避一時。間或欠人款項的，就撥些產業作抵，好清首尾。果然一二天之內，已打點得停停當當。其餘家事，自然尋個平日的心腹交託去了。正待行時，猛然醒起：關部裡一個庫書，自委任周庸祐以來，每年的進項，不下二十萬金，這一個鄧氏銅山，倒要打點打點。雖有外甥在裡面照應將來，但防人心不如其面。況且自己去後，一雙眼兒看不到那裡，這般天大的財路，好容易靠得住，這樣是斷不能託他的了。只左思右想，總設一個計兒。那日挨到夜分，便著人邀周庸祐到府裡商酌。

第一回　就關書負擔訪姻親　買職吏匿金欺舅父

周庸祐聽得傅成相請，料然為著張總督要查辦庫書的事情了，暗忖道：此時傅成斷留不得廣東，難道帶得一個庫書回去不成？他若去時，乘這個機會，或有些好處。若是不然。哪裡看得甥舅的情面？倒要想條計兒，弄到自己的手上才是。想罷，便穿過衣履，離了關部衙門，直往傅成的宅子去。

這時，傅成的家眷早已遷避他處，只留十數使喚的人在內。周庸祐是常常來往的，已不用通傳，直進府門到密室那裡，見著傅成，先自請了一個安，然後坐下。隨說道：「愚甥正在關部庫書裡，聽得舅父相招，不知有什麼事情指示？」傅成見問，不覺嘆一口氣道：「甥兒，難道舅父今兒的事情，你還不知道嗎？」周庸祐道：「是了，想就是為著張大人要查辦的事。只有愚甥在這裡，料然不妨。」傅成道：「正為這一件事，某斷留不得在這裡。只各事都發付停妥，單為這一個庫書，是愚舅父身家性命所關係，雖有賢甥關照數目，只怕張大人怒責下來，怕只怕有些變動，究竟怎生發付才好？」

周庸祐聽罷，料傅成有把這個庫書轉賣的意思。暗忖張總督這番舉動，不過是敲詐富戶，幫助軍精。若是傅成去了，他礙著關部大臣的情面，恐有牽涉，料然不敢動彈。且自己到了數年，已積餘數萬家資，若把來轉過別人，實在可惜。倘若是自己與他承受，一來難以開言，二來又沒有許多資本。不如催他早離省城，哪怕一個庫書不到我的手裡？就是日後張督已去，他復回來，我這時所得的，料已不少。想罷，便故作說道：「此時若待發付，恐是不及了。實在說，愚甥今天到總督衙裡打聽事情，聽得明天便要發差拿人的了，似此如何是好？」傅成聽到這裡，心裡更自驚慌，隨答道：「既是如此，也沒得可說，某明早便要出城，搭輪船往香港去。此後庫書的事務，就煩賢甥關照關照罷了。」說罷，周庸祐都一一領

諾，仍復假意安慰了一會兒。是夜就不回關裡去，糊混在這宅子裡，陪傅成睡了一夜。一宿無話。

越早起來，還未梳洗，便催傅成起程，立令家人準備了一頂轎子，預把簾子垂下，隨擁傅成到轎裡。自己隨後喚一頂轎子，跟著傅成，直送出城外而去。那汽船的辦房，是傅成向來認得的，就託他找一間房子，匿在那裡。再和周庸祐談了一會兒，把一切事務再復叮嚀一番，然後灑淚而別。慢表周庸祐回城裡去。

且說傅成到了船上，忽聽得鐘鳴八句，汽筒響動，不多時船已離岸，鼓浪揚輪，直往香港進發。將近夕陽西下，已是到了。這時香港已屬英人管轄，兩國所定的條約，凡捉人拿犯，卻不似今日容易。所以傅成到了這個所在，倒覺安心，便尋著親朋好住些時，只念著一個庫書，年中有許多進項，雖然是逃走出來，還不知何日才回得廣東城裡去，心上委放不下。況且自己隨行的銀子卻是不多，便立意將這個庫書，要尋人承受。

偏事有湊巧，那一日正在酒樓上獨自酌酒，忽迎面來了一個漢子，生得氣象堂堂，衣裳楚楚，大聲喚道：「傅二哥，幾時來的？」傅成舉頭一望，見不是別人，正是商人李德觀。急急上前相見，寒暄幾句。李德觀便問傅成到香港什麼緣故。傅成見是多年朋友，便把上項事情，一五一十地對李德觀說來。德觀道：「老兄既不幸有了這宗事故，這個張總督見錢不眨眼的，若放下這個庫書，倚靠別人，恐不易得力。老兄試且想來。」傅成道：「現小弟交託外甥周庸祐在內裡打點。只行程忙速，設法已是不及了。據老兄看來，怎麼樣才好？」李德觀道：「足下雖然逃出，名字還在庫書裡，首尾算不得清楚。古人說：『一不做，二不休。』不如把個庫書讓過別人，得口銀子，另圖別業，較為上策。未審尊意若何？」傅成道：「是便是了，只眼前沒承受之人，也是枉言。」德觀道：「足下既有此意，

但不知要多少銀子？小弟這裡，準可將就。」傅成道：「彼此不須多說，若是老兄要的，就請賞回十二萬兩便是。」德觀道：「這沒打緊。但小弟是外行的，必須貴外甥蟬聯那裡，靠他熟手，小弟方敢領受。」傅成道：「這樣容易，小弟的外甥，更望足下栽培。待弟修書轉致便是。」德觀聽了，不勝之喜。兩人又說了些閒話，然後握手而別。

不想傅成回到寓裡，一連修了兩封書，總不見周庸祐有半句口覆，倒見得奇異。暗忖甥舅情分，哪有不妥？且又再留他在那裡當事，更自沒有不從。難道兩封書失落了不成？一連又候了兩天，都是杳無消息。李德觀又來催了幾次，覺得沒言可答，沒奈何，只得暗地再跑回省城裡，冒死見周庸祐一面，看他什麼緣故。

誰想周庸祐見了傅成，心裡反吃一驚，暗忖他如何有這般膽子，敢再進城裡來？便起迎讓傅成坐下，反問他回省作甚。傅成愕然道：「某自從到了香港，整整修了幾封書，賢甥這裡卻沒一個字回覆，因此回來問問。」周庸祐道：「這又奇了，愚甥這裡卻連書信的影兒也不見一個，不知書裡還說甚事？可不是泄漏了不成？」

傅成見他如此說，便把上項事情說了一遍。周庸祐道：「這樣愚甥便當告退。」傅成聽罷大驚道：「賢甥因何說這話？想賢甥到這裡來，年中所得不少，卻不辱沒了你。今某在患難之際，正靠著這一副本錢逃走，若沒有經手人留在這裡，他人是斷不承辦的了。」周庸祐道：「實在說，愚甥若不看舅父面上，早往別處去，恐年中進項，較這裡還多呢。」傅成聽到這語，像一盤冷水從頭頂澆下來，便負氣說道：「某亦知賢甥有許大本領，只可惜屈在這裡來。今兒但求賞臉，看甥舅的面上就是了。」周庸祐道：「既是這樣，橫豎把個庫書讓人，不如讓過外甥也好。」傅成道：「也好，賢甥既有這個念頭，倒是易事，只求照數交回十二萬兩銀子才好。」周庸

祐道：「愚甥這裡哪能籌得許多，只不過六萬金上下可以辦得來。依舅父說，放著甥舅的情分，順些兒罷。」

傅成聽罷，見他如此，料然說多也不得，只得說了一回好話，才添至七萬金。說妥，傅成便問他兌付銀子，周庸祐道：「時限太速，籌措卻是不易，現在僅有銀子四萬兩上下，舅父若要用時，只管拿去，就從今日換名立券。餘外三萬兩，準兩天內匯到香港去便是。愚甥不是有意留難的，只銀兩比不得石子，好容易籌得，統求原諒原諒，愚甥就感激的了。」當下傅成低頭一想，見他這樣手段，後來的三萬兩，還恐靠他不住。只是目前正自緊急，若待不允，又不知從哪裡籌得款項回去，實在沒法可施，勉強又說些好話。奈周庸祐說稱目前難以措辦。沒奈何傅成只得應允，並囑道：「彼此甥舅，哪有方便不得。只目下不比前時，手上緊得很，此外三萬兩，休再緩了時日才好。」周庸祐聽罷，自然允諾，便把四萬兩銀子，給了匯票，就將庫書的名字，改作周耀熊，立過一張合約。各事都已停妥，傅成便回香港去。正是：

資財一入奸雄手，姻婭都藏鬼域心。

要知後事如何，且聽下回分解。

第一回　就關書負擔訪姻親 買職吏匿金欺舅父

第二回
領年庚演說書吏 論妝奩義諫豪商

　　話說周庸祐交妥四萬兩銀子，請傅成立了一張書券，換過周耀熊的名字，其餘三萬兩銀子，就應允一二天匯到香港。傅成到了此時，見手頭緊得很，恨不得銀子早到手上，沒奈何只得允了，立刻跑回香港，把上項情節，對李德觀說了一遍。德觀道：「既是把這個庫書賣過別人，貴外甥不肯留在那裡，這也難怪。只老兄這會兒短收了五萬兩，實差得遠。俗語說得好：『肥水不過別人田。』彼此甥舅情分，將來老兄案情妥了，再回廣東，還有個好處，也未可定。」傅成道：「足下休說這話。他若是看甥舅的情面，依我說，再留在庫書裡，把來讓過足下，小弟還多五萬兩呢。他偏要弄到自己手上。目前受小弟栽培，尚且如此，後來還哪裡靠得住？」說罷，嘆息了一番，然後辭回寓裡。

　　不提防過了三天，那三萬兩銀子總不見匯到，傅成著了急，只得修書催問幾次，還不見有消息。又過了兩天，才接得周庸祐一封書到來，傅成心上猶望裡面夾著一張匯票，急急地拆開一看，卻是空空如也，僅有一張八行信箋，寫了幾行字，倒是說些糊裡糊塗的話。傅成仔細一看，寫道；

舅父大人尊前愚外甥周庸祐頓首：

　　曩蒙不棄功為栽培，不勝銘感。及舅父不幸遭變，復蒙舅父賞臉，看姻誼情分，情願減收五萬兩，將庫書讓過愚甥，仰懷高厚，慚感莫名。所欠三萬兩，本該如期奉上。奈張制帥稽察甚嚴，刻難移動。且聲言如拿舅

父不得，必將移罪庫書裡當事之人，似此則愚甥前途得失，尚在可危可懼也。香港非宜久居之地，望舅父速返申江，該款容後籌寄。忝在姻誼，又荷殊恩，斷不食言，以負大德。因恐舅父過稽時日，致誤前程，特貢片言，伏唯荃鑑。並頌旅安。

　　傅成看罷，氣得目瞪口呆，搖首嘆一口氣，隨說道：「他圖賴這三萬銀子，倒還罷了，還拿這些話來嚇我，如何忍得他過？眼前卻不能和他合氣，權忍些時，好歹多兩歲年紀，看他後來怎地結果。」正恨著，只見李德觀進來，忙讓他坐下。德觀便問省城有什麼信息，傅成一句話沒說，即把那一封書教德觀一看。德觀看了，亦為之不平，不免代為嘆息，隨安慰道：「這樣人在此候他，也是沒用，枉從前不識好歹，誤抬舉了他。不如及早離了香港，再行打算罷。且此人有這樣心肝，老兄若是回省和他理論，反恐不便。」說罷，傅成點頭答一聲「是」，李德觀便自辭出。傅成立刻揮了一函，把周庸祐罵了一頓，然後打疊行程，離了寓所，別過李德觀，附輪往上海而去。按下慢表。

　　且說周庸祐自從計算傅成之後，好一個關裡庫書，就自己做起來。果然張總督查得傅成已自逃走，恐真個查辦出來，礙著海關大臣的情面，若有牽涉，覺得不好看，就把這事寢息不提。周庸祐這時好生安穩，已非一日，手頭上越加充足了。因思少年落拓，還未娶有妻室，卻要託媒擇配才是。暗忖在鄉時一貧似洗，受盡鄰里的多少揶揄，這回局面不同，不如回鄉擇聘，多花幾塊錢，好誇耀村愚，顯得自己的氣象。想罷，便修書一封，寄回族中兄弟喚作周有成的，託他辦這一件事。

　　自那一點消息傳出，那些作媒的就紛紛到來，說某家的女兒好容貌，某家的好賢德，來來往往，不能勝數。就中一個慣作媒的喚作劉婆，為人口角春風，便是《水滸傳》中那個王婆還恐比她不上。那日找著周有成，

說稱：「附近樂安墟的一條村落，有所姓鄧的人家。這女子生得才貌雙全，她的老子排行第三，家道小康，在佛山開一間店子，做紙料數部的生理。那個招牌，改作盛字號，他在店子裡司事，為人忠厚至誠，卻是一個市廛班首。因此教女有方，養成一個如珠似玉的女兒，不特好才貌，還纏得一雙小足兒，現年十七歲，待字深閨。周老爺這般門戶，配她卻是不錯。」周有成聽得答道：「這姓鄧的，我也認得他，他的女兒，也聽說很好。就煩媽媽尋一紙年度過來，待到廟堂裡上一炷香，祈一道靈籤，憑神作主。至於門戶，自然登對，倒不消說了。」

劉婆聽了，歡喜不盡地辭去，忙跑到姓鄧的家裡來。見著鄧家娘子，說一聲：「三娘有禮。」那鄧家三娘子認得是作媒的劉婆，便問她來意。劉婆道：「無事不登三寶殿，有句話要對三娘說。」三娘早已省得，礙著女兒在旁，不便說話，便帶她到廳上來。分坐後，劉婆道：「因有一頭好親事，特來對娘子說一聲。這個人家，縱橫黃鼎、神安兩司，再不能尋得第二個。貴府上的千金姐姐，若不配這等人家，還配誰人？」三娘道：「休要誇獎，媽媽說得究是哪一家，還請明白說。」劉婆道：「恐娘子夢想不到這個人家要來求親，妳試且猜來，猜著時，老身不姓劉了。」三娘道：「可不是大瀝姓鍾的紳戶不成？」劉婆道：「不是。」三娘道：「若不然，恐是佛山王、梁、李、蔡的富戶。」劉婆道：「令愛千金貴體，自不勞遠嫁，娘子猜差了。」三娘道：「難道是松柏的姓黃，敦厚的姓陳嗎？」劉婆笑道：「唉！三娘越差了，那兩處有什麼人家，老身怎敢妄地讚他一句？」三娘道：「果然是真個猜不著了。」劉婆道：「此人來往的是絕大官紳，同事的是當朝二品，萬歲爺爺的庫房都由他手上管去。說來只怕嚇壞娘子，娘子且壯著膽兒聽聽，就是大坑村姓周喚作庸祐的便是。」

鄧家三娘聽得，登時皺起蛾眉，睜開鳳眼，罵一聲道：「哎喲！媽媽

哪裡說？這周庸祐我聽得是個少年無賴，妳如何瞞我？」劉婆道：「三娘又錯了，俗語說：『寧欺白鬚公，莫欺少年窮。』他自從舅父抬舉他到庫書裡辦事，因張制臺要拿他舅父查辦，他舅父逃去，就把一個庫書讓過他，轉眼二三年，已自不同。娘子卻把一篇書讀到老來，豈不可笑？」三娘道：「原來這樣。但不知這個庫書有怎麼好處？」劉婆道：「老身聽人說，海關裡有兩個冊房，填注出進的款項，一個是造真冊的，一個是造假冊的。真冊的，自然是海關大臣和庫書知見；假冊的，就拿來虛報皇上。看來一個天字第一號優缺的海關，都要憑著庫書舞弄。年中進項，準由庫書經手，就是一二百萬，任他拿來拿去，不是放人生息，即挪移經商買賣，海關大員，卻不敢多管。還有一宗緊要的，每年海關兌金進京，那庫書就預早高抬金價，或串同幾家大大的金鋪子，瞞卻價錢，加高一兩換不等。因這一點緣故，那庫書年中進項，不下二十萬兩銀子了。再上幾年，怕王公還賽他不住。三娘試想，這個門戶，可不是一頭好親事嗎？」

鄧家三娘聽罷，究竟婦人家帶著幾分勢利，已有些願意，還不免有一點狐疑，遂又說道：「這樣果然不錯，只怕男家的有了幾歲年紀，豈不辱沒了我的女兒？」劉婆道：「娘子忒呆了！現在庫書爺爺，不過二十來歲，俗語說：『男人三十一枝花。』如何便說他上了年紀？難道娘子瘋了不成？」鄧家三娘聽到這裡，經過劉婆一番唇舌，更沒有思疑，當即允了，拿過一紙年庚，給劉婆領會。

那周有成自沒有不妥，一面報知周庸祐，說明門戶怎麼清白，女子怎麼才德，已經說合的話。周庸祐好不歡喜，立即令人回鄉，先建一所大宅子，然後迎親。先擇日定了年庚，跟手又行過文定。不兩月間，那所宅子又早已落成，登即回鄉行進夥禮。當下親朋致賀，紛紛不絕。有送臺椅的，有送燈色的，有送喜聯帳軸的，不能勝數。鄉人哪不嘆羨，都說他時

來運到，轉眼不同。過了這個時候，就商量娶親的事。先向鄧家借過女子的真時日，隨後擇定送了日子。

那鄉人見著這般豪富人家，哪個不來討殷勤、幫辦事？不多時，都辦得停停妥妥。統計所辦女子的頭面，如金鐲子、釵環、簪珥、珍珠、鋼石、玉器等等，不下三四千兩銀子。那日行大聘禮，扛抬禮物的，何止二三百人。到了完娶的時候，親朋往賀的，橫樓花舫，填塞村邊河道。周庸祐先派知客十來名招待，僱堂倌二三十人往來奔走，就用周有成作紀綱，辦理一切事宜。先定下佛山五福、吉樣兩家的頭號儀仗，文馬二十頂、飄色十餘座、鼓樂馬務大小十餘副，其餘牌傘執事，自不消說了，預日俟候妝奩進來。

不想鄧家雖然家道小康，卻是清儉不過的，與姓周的窮奢極侈，卻有天淵之別。那妝奩到時，周有成打開奩儀錄一看，不過是香案高照、臺椅半副、馬胡兩張、八仙桌子一面、火籠大櫃、五七個槓箱。其餘的就是進房臺椅，通通是尋常奩具而已。周家看了，好生不悅。那阿諛奉承的，更說大大門戶，如何配這個清儉人家？這話刺到周庸祐耳朵裡，更自不安，就怨周有成辦事不妥，以為失了面子。周有成看得情景，便說道：「某說的是門戶清白，女子很好，哪有說到妝奩？你也如何怨我？」周庸祐聽了，也沒話可答，只那些護送妝奩的男男女女，少不免把姓周的議論妝奩之處，回去對鄧家一五一十地說來。鄧家這時好生憤怒，暗忖他手上有了幾塊錢，就說這些豪氣話，其實一個衙門役吏，還敢來欺負人。心上本十分不滿，只橫豎結了姻家，怎好多說話，只得由他罷了。

且說周家到了是日，分頭打點起轎。第一度是金鑼十三響，震動遠近，堂倌騎馬，拿著拜帖，擁著執事牌傘先行。跟手一匹飛報馬，一副大樂，隨後就是儀仗。每兩座彩亭子，隔兩座飄色，硬彩軟彩各兩度，每隔

兩匹文馬。第二度安排倒是一樣，中間迎親器具，如龍香三星錢獅子，都不消說。其餘馬務鼓樂，排勻隊伍，都有十數名堂倌隨著。最後八名人夫，扛著一頂彩紅大轎，炮響喧天，鑼鳴震地。作媒的乘了轎子，宅子裡人聲喧做一團，無非是說奉承吉樣的話。起程後，在村邊四面行一個圓場，浩浩蕩蕩，直往鄧家進發。且喜路途相隔不遠，不多時，早已到了。這時轟動附近村鄉，扶老攜幼，到來觀看，哪個不齊聲讚羨？一連兩三天，自然是把盞延賓，好不熱鬧。

那夜鄧家打發女兒上了轎子，送到周家那裡，自然交拜天地，然後送入洞房。那周庸祐一團盛氣，只道自己這般豪富，哪怕新娘子不喜歡？正要賣些架子，好待新娘子奉承。誰想那新娘子是一個幽閉貞靜的女流，索性不喜奢華的。昨兒聽得姓周的人把她妝奩談長說短，早知他是個矛富忘貧的行貨子，正要拿些話來投醒他。便待周庸祐向她下禮時，乘機說道：「怎敢勞官人多禮？自以窮措大的女兒，攀不上富戶，好愧煞人！」周庸祐道：「這是天緣注定，娘子如何說這話？」鄧新娘子道：「妝奩不備，落得旁人說笑，哪能不識羞恥？只是滿而必溢，勢盡則傾，古來多少豪門，轉眼田園易主，閥閱非人。你來看富如石崇，貴若嚴嵩，到頭來少不免沿途乞丐，豈不可嘆？今官人藉姻親關照，手頭上有了錢，自應保泰持盈，廉儉持家，慈祥種福，即子子孫孫，或能久享。若是不然，是大失奴家的所望了。」周庸祐聽了這一席話，好似一盤冷水從頭頂澆下來，呆了半晌，說不出一句話。暗忖她的說話，本是正經道理，只自己方要擺個架子，拿來讓她看看，誰想她反要教導自己，如何不氣？正是：

　　良緣未訂閨房樂，苦口先陳藥石言。

　　要知後事如何，且聽下回分解。

第三回
返京城權使殞中途 鬧閨房鄧娘歸地府

卻說周庸祐洞房那一夜，志在拿些奢華的架子，在鄧娘跟前同腔，誰想鄧氏不瞅不睬，反把那些大道理責他一番。周庸祐雖然心中不快，只覺得啞口無言，胡混過了。

那一宿無話，巴不等到天明，就起來梳洗，心中自去埋怨周有成。唯奈著許多賓朋在座，外面卻不敢弄得不好看。一面打點廟見，款待賓朋，整整鬧了三五天。一月之後，就把鄧氏遷往省城居住。早在東橫街買走一所一連五面過的大宅子，裝飾過門戶，添上十來名梳傭丫鬟，又是一番氣象。爭奈與鄧氏琴瑟不和，這不是鄧氏有些意見，只那周庸祐被鄧氏搶白幾句，不免懷恨在心裡。自到省城住後，不到兩月，就憑媒買得河南娃伍的大戶一口婢女，作個偏房，差不多拿她作正室一般看待，反把鄧氏撇在腦背後了。

不覺光陰似箭，又是一年。這時正任粵海關監督正是晉祥，與恭王殿下本有些瓜葛，恭王正在獨攬朝綱，因此那晉祥在京裡倒有些勢力。周庸祐本是個眼光四射的人，不免就要巴結巴結，好從這裡討一個好處。那晉祥又是個沒頭腦的人，見周庸祐這般奉承，好不歡喜，所以就看上了他，拿他當一個心腹人員看待了。及到了滿任之期，便對周庸祐說道：「本部院自到任以來，只見得兄弟很好，奈目下滿任，要回京裡去，說起交情兩個字，還捨不得兄弟。想兄弟在這庫書裡，手頭上雖過得去，不如圖個出

身，還可封妻蔭子，光宗耀祖。就請納資捐個官兒，隨本部院回京，在王爺府裡討個人情，好歹謀得一官半職，也不辱沒一世，未審兄弟意下如何？」

周庸祐聽罷，暗忖這番說話，是很有道理。湊巧自己和他有這般交情，他回京又有這般勢力，出身原是不難。人生機會，不可多得，這時節怎好錯過？想罷，便答道：「大人這話，是有意抬舉小人，哪有不喜歡的道理。只怕小人一介愚夫，懂不得為官作宦，也是枉然。」晉祥聽得，不覺笑道：「兄弟忒呆了！試想做官有什麼種子？有什麼法門？但求幕裡請得兩位好手的老夫子幫著辦事，便算是一個能員。你來看本部院初到這時，懂得關裡甚事？只憑著兄弟們指點指點，就能夠做了兩任，現在卻有點好處，這樣看來，兄弟何必過慮？」周庸祐聽到這裡，不覺大喜，隨答道：「既是這樣，小人就跟隨大人回去便是。統望大人抬舉，小人就感激的了。」

晉祥聽得，自然允諾，便打點回京，一面令真假兩冊房，做定數目冊子，好待交卸。從來關裡做冊，都有個例數的，容易填注停妥。晉祥又拜會新任監督，說明這會兒進京，恐沒人情孝敬各王公大臣，要在公款裡挪移數十萬。這都是上傳下例，新任的自然沒有不允。一面又令周庸祐辦金，在各大金子店分頭購辦，所有實價若干換，花開若干換，通通由周庸祐經手。其餘進貢皇宮花粉的費項，及一切預備孝敬王大臣的禮物，都辦得停停妥妥。周庸祐隨把這個庫書的席位，交託心腹人代管，凡經手事件，都明白說過，自由新任監督，擇定某日某時接印，送到過來。那日晉祥就把皇命旗牌及冊子數目，並一個關防交卸了，隨打疊行李，帶齊家眷，偕同周庸祐先出了衙門，在公館再住一兩月，然後附搭汽船，沿香港過上海，由水道直往北京進發。

原來前任監督晉祥，自從做了兩任粵海關監督，盈餘的卻三十萬有餘。從前衙裡二三百萬公款，都由庫書管理，這時三十來萬，自然要托周庸祐代管。不想晉祥素有一宗毛病，是個痰喘的症候，春夏本不甚覺得，唯到隆冬時候，就要發作起來。往常在街裡，當周庸祐是個心腹人看待，所有延醫合藥，都託周庸祐辦去。若是貼身服侍的，自有一個隨任的侍妾，喚作香屏，是從京裡帶來的，卻有個沉魚落雁之容，雖然上了三十上下的年紀，那姿首還過得去。且又性情風騷，口角伶俐，晉祥就當她如珠如玉，愛不釋手。只是那周庸祐既和晉祥有這般交誼，自上房裡至後堂內面，也是穿插熟了，來來往往，已非一次，因此周庸祐卻認得香屏。

自古道：「十個女流，九個楊花水性。」香屏何等人出身？嫁了一個二品大員，自世人眼底看來，原屬十分體面。唯見晉祥上了兩歲年紀，又有這個病長過命的痰喘症候，卻不免日久生嫌，是個自然的道理。那日自省城起程，僅行了兩天，晉祥因在船上中了感冒，身體不大舒服，那痰喘的症候，就乘勢復發起來。周庸祐和香屏，倒知他平日慣了，初還不甚介意。唯是一來兩病夾雜，二來在船上延醫合藥，比不得在街時的方便，香屏早自慌了。只望捱到上海，然後登岸，尋問旅店，便好調醫。不提防一刻緊要一刻，病勢愈加沉重。俗語說：「閻王注定三更死，斷不留人到五更。」差不多還有一天水程才到上海，已一命嗚呼，竟是歿了。

香屏見了，更自手足無措。這時隨從人等，不過五七人，急和周庸祐商議怎麼處置才好。周庸祐道：「現在船上，自不宜聲張，須在船主那裡花多少，說過妥當，待到上海時，運屍登岸，才好打點發喪。只有一件難處，煞費商量。」香屏便問有什麼難處，周庸祐想了一想，才說道：「歷來監督回京，在王公跟前，費許多孝敬。這回晉大人雖有十來萬銀子回京，大夫人是一個寡婦，到京時，左一個，右一個，哪裡能夠供應？恐還說夫

人有了歹心，晉大人死得不明不白，膝下又沒有兒子知見，夫人這時節，從哪裡辦得來？」香屏聽罷一想，便答道：「大人生時，曾說過有三十來萬帶回京去，如何你又說十來萬，卻是什麼緣故？」周庸祐聽得，暗忖她早已知道，料瞞不得數目，便轉一計道：「夫人又呆了。三十來萬原是不錯，只有一半由西號匯到京裡，挽王爺處代收的。怕到京時王爺不認，故這銀子差不多落空。夫人試想：哪有偌大宗的銀子把來交還一個寡婦的道理？故隨帶的連預辦的禮物，通通算來，不過二十萬上下。歷來京中王大臣，當一個關督進京，像個老天擲下來的財路一般，所以這些銀子，就不夠供張的了。」香屏道：「你說很是。只若不進京，這些辦金的差使及皇宮花粉一項，怎地消繳才好？」周庸祐道：「這卻容易。到上海時，到地方官裡報喪，先把金子和花粉兩項，託轉致地方大員代奏消繳，說稱開喪弔孝，恐礙解京的時刻，地方大員，斷沒有不從。然後過了三兩月，夫人一發回廣東去，尋一間大宅子居住，買個兒子承繼，也不辱沒夫人，反勝過回京受那些王公鬧個不了。」香屏聽到這一席話，不由得心上不信，就依著辦理。一頭在船主那裡打點妥當，傳語下人，祕密風聲不提。

　　過了一天，已是上海地面，周庸祐先發人登岸，尋定旅館，然後運屍進去。一切行李，都搬進旅館來。把措辦金子和花粉金兩項，在地方官裡報明，懇請轉呈奏繳。隨即打點開喪成殮。出殯之後，在上海勾留兩月，正是孤男寡女，同在一處，乾柴熱火，未免生煙。那周庸祐又有一種靈敏手段，因此香屏就和他同上一路去了。所有隨帶三十來萬的銀子，與珍珠、鑽石、玩器，及一切載回預備進京孝敬王大臣的禮物，通通不下四十來萬，都歸到周庸祐的手上。其餘隨從返京的下人，各分賞五七千銀子不等，囑他慎勿聲張，分遣回籍去。那些下人橫豎見大人歿了，各人又驟然得這些銀子，哪裡還管許多，只得向香屏夫人前夫人後的謝了幾聲，各自

回去。

　　這時周庸祐見各人都發付妥了，自當神不知、鬼不覺，安然得了這副家資，又添上一個美貌姨太太，好不安樂，便要搬齊家具，離了上海，速回廣東去。所有相隨回來的，都是自己的心腹，到了粵城之後，即一發回到大屋裡。那家人婢僕等，還不管他三七二十一，只有鄧氏自接得周庸祐由上海發回家信，早知道關監督晉大人在中途歿了，看丈夫這次回來，增了無數金銀財物，又添了一個旗裝美妾。

　　這時正是十二月天氣，寒風逼人，那香屏自從嫁了周庸祐，早卸了孝服，換得渾身如花似錦：頭上一個抹額，那顆美珠，光亮照人；雙耳金環，嵌著鑽石，刺著鄧娘眼裡；梳著雙鳳朝陽寶髻，髻旁插著兩朵海棠；釵飾鐲子，是數不盡的了。身穿一件箭袖京醬寧綢金貂短襖，外罩一件荷蘭緞子銀鼠大褂，下穿一條顧繡八褶裙，足登一雙藕灰緞花旗裝鞋。生得眉如僵月，眼似流星，朱唇皓齒，臉兒粉白似的，微露嫣紅，彷彿只有二十上下年紀。兩個丫頭伴隨左右，直到廳上，先向鄧娘一揖。周庸祐隨令家人炷香點燭，拜過先人，隨擁進左間正房裡。

　　鄧氏看得分曉，自忖這般人物，平常人家，無此儀容；花柳場中，又無此舉止。素聽得晉大人有一個姨太太，從京裡帶來，生得有閉月羞花之貌，難道就是此人？想了一會，覺有八九。那一日，乘間對周庸祐說道：「晉大人中途歿了，老爺在上海轉回，不知晉大人的家眷，還安置在哪裡？」周庸祐聽得這話，便疑隨從人等泄漏，故鄧氏知了風聲，便作氣答道：「丈夫幹的事，休要來管，管時我卻不依！」鄧氏聽他說，已知自己所料，沒有分毫差錯了，便說道：「妾有多大本領，敢來多管？只晉大人生時，待老爺何等恩厚，試且想來。」周庸祐道：「關裡的事，謀兩塊銀子，我靠他，他還靠我，算什麼厚恩？」鄧氏道：「攜帶回京去尋個出身之路，

這卻如何？」周庸祐此時實沒得可答，便憤然道：「妳非要多說話！不過肚子裡懷著妒忌，便拿這些話來胡混。哦！難道丈夫幹的事，妳敢來生氣不成？」鄧氏作色道：「當初你買婢作妾，奴沒一句話阻擋，錯在哪裡？特以受晉大人厚恩，本該患難相扶，若利其死而奪其資、據其妾，天理安在？」這話周庸祐不聽猶自可，聽了不覺滿面通紅，隨罵道：「古人說的好：『寧我負天下人，莫天下人負我。』妳看得過，只管在這裡啖飯；看不過時，由得妳做會！」說罷，悻悻然轉出來。把鄧氏氣得七竅生煙，覺得腦中一湧，喉裡作動，旋吐出鮮血來。可巧丫鬟寶蟬端茶來到房裡，看得這個模樣，急跑出來，到香屏房裡，對周庸祐說知。周庸祐道：「這樣人死了也休來對我說！」寶蟬沒奈何，跑過二姨太太房裡，說稱鄧奶奶如此如此。二姨太太聽得一驚非小，忙跑過來看看。

不一時，多少丫鬟，齊到鄧氏房裡，看見鮮血滿地，鄧氏臉上七青八黃，都手忙腳亂。周庸祐置之不理，二姨太太急急地命丫鬟瑞香尋個醫士到來診脈，一面扶鄧氏到廳裡來，躺在炕上。已見瑞香進來回道：「那醫士是姓李的，喚作子良，少時就到了。」二姨太太急命丫鬟伺候。半晌，只見李子良帶著玳瑁眼鏡，身穿半新不舊的花綢長夾袍，差不多有七分煙氣，搖搖擺擺到廳上。先看過鄧氏的神色，隨問過病源，知道是吐血的了，先診了左手，又診右手，一雙近視眼，認定尺關寸，診了一會，又令吐出舌頭看過，隨說道：「這病不打緊，婦人本是血旺的，不過是一時妄行，一眼藥管痊癒了。」二姨太太聽了，頗覺心安。李子良隨開了方子，都是丹皮、香附、歸身、炙芪之類，不倫不類。二姨太太打了謝步，送醫士去後，急令丫鬟合藥，隨扶鄧氏回房。少時煎藥端到，教鄧氏服了，扶她睡下。

那夜二姨太太和寶蟬、瑞香，都在鄧氏房裡暗睡。捱到半夜光景，不

想那藥沒些功效，又復嘔吐起來，這會兒更自厲害。二姨太太即令寶蟬換轉漱盂進來，又令瑞香打水漱口。兩人到廚下，瑞香悄悄說道：「奶奶這病，究竟什麼緣故呢？」寶蟬道：「我也不知，大約見了新姨太太回來，吃著醋頭，也未可定。」瑞香啐一口道：「小丫頭有多大年紀，懂什麼吃醋不吃醋！」寶蟬登時紅了臉兒。只聽喚聲甚緊，急同跑回來，見鄧氏又復吐個不住。二姨太太手腳慌了，夜深又沒處設法，只得喚幾聲「救苦救難慈悲大士」，隨問奶奶有什麼囑咐。鄧氏道：「沒兒沒女，囑咐甚事？只望妹妹休學愚姐的性子，忍耐忍耐，還易多長兩歲年紀。早晚愚姐的外家使人來，煩轉致愚姐父母，說聲不孝也罷了。」說罷，眼兒翻白，喉裡一響，已沒點氣息了。正是：

惱煞頑夫行不義，頓教賢婦喪殘生。

要知後事如何，且看下回分解。

第三回　返京城権使殞中途 鬧閨房鄧娘歸地府

第四回
續琴弦馬氏嫁豪商 謀差使聯元宴書吏

　　話說鄧奶奶因憤恨周庸祐埋沒了晉祥家資，又占了他的侍妾，因此染了個咯血的症候，延醫無效，竟是歿了。當下伍姨太太和丫鬟等，早哭得死去活來。周庸祐在香屏房裡，聽得一陣哀聲，料然是鄧氏有些不妙，因想起鄧氏生平沒有失德，心上也不覺感傷起來。正獨自尋思，只見伍姨太太的丫鬟巧桃過來說道：「老爺不好了！奶奶敢是仙去了！」周庸祐還未答言，香屏接著說道：「是個什麼病，死得這樣容易？」巧桃道：「是咯血呢，也請醫士瞧過的，奈沒有功效。伍姨太太和瑞香姐姐們，整整忙了一夜，喊多少大士菩薩，也是救不及。」周庸祐才向香屏道：「這樣怎麼才好？」香屏道：「俗語說：『人死不能復生。』傷感作甚？打點喪事吧。」

　　周庸祐便轉過來，只見伍姨太太和丫鬟幾人，守著只是哭。周庸祐把鄧氏一看，覺得已沒點氣，還睜著眼兒，看了心上好過不去。即轉出廳前，喚管家的黃潤生說道：「奶奶今是死了，她雖是個少年喪，只看她死得這樣，倒要厚些葬她才是。就多花幾塊錢，也不打緊。」黃管家道：「這個自然是本該的，小人知道了。」說過，忙即退下，即喚齊家人，把鄧氏屍身遷出正廳。一面尋個祈福道士喃經開道，在堂前供著牌位。可巧半年前，周庸祐在新海防例捐了一個知府職銜，那牌位寫的是「浩封恭人鄧氏之靈位」。還惜鄧氏生前，沒有一男半女，就用瑞香守著靈前。伍姨太太和香屏倒出來穿孝，其餘丫鬟就不消說了。次日，就由管家尋得一副吉祥

板，是柳州來的，價銀八百元。周庸祐一看，確是底面堅厚，色澤光瑩，是罕有的長生木。庸祐一面著人找個談星命的擇個好日元，準於明日辰時含殮，午時出殯。所有儀仗人夫一切喪具，都辦得停妥。

到了次日，親朋戚友，及關裡一切人員，哪個不來送殯？果然初交午時，即打點發引。那時家人一齊舉哀，號哭之聲，震動鄰里。金鑼執事儀仗，一概先行。次由周庸祐親自護靈而出，隨後送殯的大小轎子，何止數百頂，都送到莊子上寄頓停妥而散。是晚即準備齋筵，管待送殯的，自不消說了。回後，伍姨太太暗忖鄧奶奶死得好冤枉，便欲延請僧尼道三壇，給鄧奶奶打齋超度，要建七七四十九天羅天大醮，隨把這個意思，對周庸祐說知。周庸祐道：「這個是本該要的，奈現在是歲暮了，橫豎奶奶還未下葬，待等到明春，過了七旬，再行辦這件事便是。」伍姨太太聽得，便不再說。

果然不多時，過了殘冬，又是新春時候。這時周府裡因放著喪事，只怕旁人議論，度歲時卻不甚張皇，倒是隨便過了。已非一日，周庸祐暗忖鄧氏歿了，已沒有正妻，伍姨太太和鄧氏生前本十分親愛，心上早不喜歡；若要抬起香屏，又怕刺人耳目，倒要尋個繼室，才是正當的人家。那日正到關裡查看各事，就把這件心頭事說起來。就中一人是關裡門上，喚作余道生的，說道：「關裡一個同事姓馬的，喚作子良，號竹賓，現當關裡巡河值日，查察走私。他的父母早經亡過，留下一個妹子，芳名喚作秀蘭，年已二九，生得明眸皓齒，玉貌娉婷，若要訂婚，這樣人實是不錯。」周庸祐聽得，暗忖自己心裡，本欲與個高門華胄訂親，又怕這等人家，不和書吏做親串；且這等女兒，又未必願做繼室，因此躊躇未答。余道生是個乖巧的人，早知周庸祐的意思，又說道：「老哥想是疑她門戶不對了，只是求娶的是這個女子，要她門戶作甚？」周庸祐覺得這話有理，

便答道：「他的妹子端的好嗎？足下可有說謊？」余道生道：「怎敢相欺？老哥若不信時，她家只在清水濠那一條街，可同小弟往探馬竹賓，乘勢看看他的妹子怎樣，然後定奪未遲。」周庸祐道：「這樣很好，就今前往便是。」

二人便一齊出了關街，到清水濠馬竹賓的宅子來。周庸祐看看馬竹賓的宅子，不甚寬廣，又沒有守門的。二人志在看他妹子，更不用通傳，到時直進裡面。可巧馬秀蘭正在堂前坐地，余道生問一聲：「子良兄可在家嗎？」周庸祐一雙眼睛，早抓住馬秀蘭。原來馬秀蘭生得秀骨姍姍，因此行動更覺嬌嬈，樣子雖是平常，唯面色卻是粉兒似的潔白。且裙下雙鉤，纖不盈握，大抵清秀的人，裹足兒更易瘦小，也不足為怪。當下馬秀蘭見有兩人到來，就一溜煙轉進房裡去了。周庸祐還看不清楚，只見得秀蘭頭上流著一條光亮亮的辮子，身上穿的是泥金緞花袂襖兒，元青捆緞花縐褲子，出落得別樣風流，早令周庸祐當她是天上人了。

少時馬竹賓轉出，迎周、余二人到小廳上坐定。茶罷，馬竹賓見周庸祐忽然到來，實在奇異，便道：「什麼好東南風，送兩位到這裡？」周庸祐道：「沒什麼事，特來探足下一遭。」不免寒暄幾句。余道生是個曉事的，就扯馬竹賓到僻靜處，把如此如此，這般這般，一一說知。馬竹賓好生歡喜，正要巴結周庸祐，巴不得早些成了親事，自然沒有不允。復轉進廳上來。余道生道：「周老哥，方才我們說的，竹賓兄早是允了。」馬竹賓又道：「這件事很好，只怕小弟這個門戶，攀不上老哥，卻又怎好？」周庸祐道：「這話不用多說，只求令妹子心允才是。」余道生道：「周老兄忒呆了！如此富貴人家，哪個不願匹配？」周庸祐道：「雖是這樣，倒要向令妹問問也好。」

馬竹賓無奈，就轉出來一會兒，復轉進說道：「也曾問過合妹，她卻

是半羞半笑地沒話說，想是心許了。」其實馬子良並未曾向妹子問過。只周庸祐聽得如此，好不歡喜。登時三人說合，就是余道生為媒，聽候擇日過聘。周庸祐又道：「小弟下月要進京去，娶親之期，當是不久了。只是妻喪未久，遽行續娶，小弟忝屬縉紳，似有不合，故這會親事，小弟不欲張揚，兩位以為然否？」馬竹賓聽得，暗忖妹子嫁得周庸祐，實望他娶時多花幾塊錢，增些體面，只他如此說，原屬有理，若要堅執時，恐事情中變，反為不妙。想罷，便說道：「這沒大緊，全仗老哥就是。」周庸祐大喜，便說了一會兒，即同余道生辭出來。回到宅子，對香屏及伍姨太太說知。伍姨太太還沒什麼話，只香屏頗有不悅之色，周庸祐只得百般開解而罷。

果然過了十來天，就密地令人打點親事，娶時致賀的，都是二三知己，並沒有張揚，早娶了馬氏過門。原來那一個馬氏，驕奢揮霍，還勝周庸祐幾倍。生性又是刻薄，與鄧氏大不相同。拿香屏和伍姨太太總看不在眼裡，待丫鬟等，更不消說了。她更有種手段，連丈夫倒要看她臉面，因此各人無可奈何。唯詬誶之聲，時所不免。沒奈何，周庸祐只得把香屏另放在一處居住，留伍姨太太和馬氏同居。因當時伍姨太太已有了身孕，將近兩月，婦人家的意見，恐動了胎神，就不願搬遷，搬時恐有些不便。所以馬氏心裡就懷忌起來，恐伍姨太太若生了一個男兒，便是長子，自己實在不安：第一是望她墮了胎氣，第二只望她產個女兒，才不至添上眼前釘刺。自懷著這個念頭，每在伍姨太太跟前，借事生氣，無端辱罵的，不止一次。

那日正在口角，周庸祐方要排解，忽報大舅郎馬竹賓到來拜謁，周庸祐即轉出來，迎至廳上坐下。馬竹賓道：「聽說老哥日內便要進京，未知哪日起程，究竟為著什麼事呢？」周庸祐道：「這事本不合對人說，只是

郎舅間沒有說不得的。因現任這個監督大人，好生厲害，拿個錢字又看得真，小弟總不甚得意。今將近一年，恐他再復留任，故小弟要進京裡尋個知己，代他幹營，好來任這海關監督，這時同聲同氣，才好做事。這是小弟進京的緣故，萬勿洩漏。」馬竹賓道：「老哥好多心，親戚間哪有洩漏的道理？在老哥高見不差，只小弟還有句話對老哥說：因弟從前認得一位京官，就是先父的居停，喚作聯元，曾署過科布多參贊大臣。此人和平純厚，若謀此人到來任監督，準合尊意，未審意下如何？」周庸祐道：「如此甚好，就請舅兄介紹一書，弟到京時，自有主意。」馬竹賓不勝之喜，暗忖若得聯元到來，大家都有好處。就在案上揮了一函，交過周庸祐，然後辭出。及過了數天，周庸祐把府上事情安頓停妥，便帶了二三隨從不等，起程而去。

有話便長，無話便短。一路水陸不停，不過十天上下，就到了京城。先到南海館住下，次日即著人帶了馬竹賓的書信，送到聯元那裡，滿望待聯元有了回音，然後前往拜會。誰想聯元看過這封書，即著門上問過帶書人，那姓周的住在哪裡，就記在心頭。因書裡寫的是說周庸祐怎麼豪富，來京有什麼意見。若要謀個差使，好向周某商量商量這等話。那聯元從前任的不過是個瘦缺，回時沒有錢幹弄，因此並沒有差使。正是久旱望甘霖，今得這一條路，好不得意，便不待周庸祐到來拜會，竟託稱問候馬子良的消息，直往南海館來找周庸祐。

當下周庸祐接進裡面，先把聯元估量一番，果然是儀注純熟，自然是做官的款子。各自透過姓名，先說些閒話。聯元欲待周庸祐先說，只周庸祐看聯元來得這般容易，不免又要待他先說，因此幾個時辰，總不能說得入港。聯元便心生一計，料非茶前酒後花費多少，斷成不得事。倘遷延時日，若被他人入馬，豈不是失了這個機會？遂說道：「小弟今夜謹備薄酌，

請足下屈尊，同往逛逛也好。」周庸祐道：「小弟這是初次到京，很外行的，正要靠老哥指點。今晚的東道主，就讓小弟做了罷。」聯元道：「怎麼說？正為足下初次來京，小弟該作東道。若在別時，斷不相強。」周庸祐只得領諾。

　　兩人便一同乘著車子，轉過石頭胡同，到一所象姑地方，一同進去。原來這所地方，就是有名的象姑名喚小朵的寓處，那小朵與聯元本是向有交情，這會兒見聯大人到來，自然不敢怠慢。聯元道：「幾天不見面，今廣東富紳周老爺到了，特地到來談天。」說罷，即囑小朵準備幾局酒伺候。這時周庸祐看見幾個象姑，都是朱顏綠鬢，舉止雍容，渾身潤滑無比，臉似粉團一般，較南方妓女，覺得別有天地，心神早把不住了。還虧聯元解其意，就著小朵在院裡薦個有名的好陪候周老爺。小朵一聲得命，就喚一個喚作文馨的進來，周庸祐見了，覺與小朵還差不多，早合了意。那兩個象姑聽得周某是粵省富紳，又特別加一種周旋手段，因此周庸祐更是神情飛越。

　　談了好一會兒，已把酒菜端上來。聯元便肅周庸祐入席。酒至半酣，聯元乘間說道：「周老哥如此豪俠，小弟是久仰了。恨天南地北，不能久居廣東，同在一處聚會，實在可惜！」周庸祐聽了，乘醉低聲說道：「老哥若還賞臉，小弟還有個好機會，現時廣東海關監督，乃是個優缺，老哥謀這一個差使，實是不錯。」聯元故做咋舌道：「怎麼說？謀這一個差使，非同小可，非花三十萬金上下，斷不能到手。老哥試想，小弟從前任的瘦缺，哪有許多盈餘於這個差使？休要取笑吧。」周庸祐道：「老哥又來了，做官如做商，不如向人借轉三五十萬，幹弄於弄，待到任時，再做商議，豈不甚妙？」聯元到了此時，知周庸祐是有意的，便著實說道：「此計大妙，就請老哥代謀此款，管教這個差使弄到手裡，這時任由老哥怎麼辦法

就是。」這幾句話，正中了周庸祐之意。正是：

官場當比商場弄，利路都從仕路謀。

要知後事如何，且聽下回分解。

第四回　續琴弦馬氏嫁豪商 謀差使聯元宴書吏

第五回
三水館權作會陽臺 十二紳同結談瀛社

　　話說聯元說起謀差使的事情，把籌款的為難處說了出來，聽周庸祐的話，已有允願借款的意思，便索性向他籌劃。周庸祐道：「粵海關是個優缺，若不是多費些錢財，斷不易打點。小弟實在說籌款是不難的，只要大人賞臉，使小弟過得去才是。」聯元道：「這是不勞說得，聯某是懂事的，若到任時，官是聯某做，但年中進項，就算是聯某和老哥兩人的事，任由老哥怎麼主意，或是平分，就是老哥占優些，有何不得？」周庸祐道：「怎麼說？小弟如何敢占光？大人既准兩人平分，自是好事。若是不能，但使小弟代謀這副本錢，不致虧缺，餘外就由大人分撥，小弟斷沒有計較的。」

　　聯元聽了大喜，再復痛飲一會。正是茶前酒後，哪有說不合的道理？那小朵兒又忖道：聯元若因這差使，謀得這副本錢，自己也有好處，因此又在一旁打和事鼓，不由得周庸祐不妥，當下就應允代聯元籌劃二三十萬元，好去打點打點。聯元道：「老哥如此慷慨，小弟斷不辱命。方今執政的敦郡藩王，是小弟往日拜他門下的，今就這條路下手，不消五七天，準有好消息回報。」周庸祐道：「小弟聽說這位敦王爺不是要錢的，怕不易弄到手裡。」聯元道：「老哥又來了，從來放一個關差；京中王大臣哪個不求些好處？若是不然，就百般地阻礙來了。不過由這位王爺手上打點，盡可便宜些便是。」周庸祐方才無話，只點頭答幾聲「是」。

第五回　三水館權作會陽臺　十二紳同結談瀛社

　　這時已飲到四鼓時分，周庸祐已帶九分醉意，聯元便說一聲「簡慢」，即命撤席。又和兩個象姑說笑一回，差不多已天色漸明，遂各自辭別而去。自此周庸祐就和聯元天天在象姑寓裡，花天酒地，倒不消說。聯元凡有所用，都找周庸祐商酌，無不應手。果然不過十天上下，軍機裡的消息傳出來，也有放聯元任粵海關監督的事，只待諭旨頒發而已。自這點風聲泄出，京裡大官倒知得聯元巴結上一個南方富商姓周的，哪個不歆羨？有來找周庸祐相見的，有託聯元做介紹的，車馬盈門。周庸祐縱然花去多少，也覺得一場榮耀。

　　閒話休說。且說當時有一位大理正卿徐兆祥，正值大比之年，要謀一個差使。叵奈京官進項不多，打點卻不容易，幸虧由聯元手裡結識得周庸祐，正要從這一點下手，只是好客主人多，人人倒和他結識，不是有些關切，借款兩字，覺得難以啟齒。那一日，徐兆祥正在周庸祐寓裡談天，乘間說道：「老哥這會兒來京，幾時才回廣東去？究竟有帶家眷同來的沒有？」周庸祐道：「歸期實在未定。小弟來京時，起程忙速些，卻不曾帶得家眷。」徐兆祥道：「旅館是很寂寥的，還虧老哥耐得。」周庸祐道：「連天和聯大人盤桓，借酒解悶，也過得去。」徐兆祥道：「究竟左右沒人服侍，小僮也不周到，實不方便。小弟有一小婢，是從蘇州本籍帶來的，姿首也使得，只怕老哥不喜歡。倘若不然，盡可送給老哥，若得侍巾櫛，此婢的福澤不淺。未悉老哥有意否？」周庸祐道：「哪有不喜歡的道理？只是大人如此盛意，小弟哪裡敢當？」徐兆祥道：「不是這樣說，彼此交好，何必這般客氣？請擇過好日子，小弟自當送來。」周庸祐聽了，見徐兆祥如此巴結，心上好不歡喜，謙讓一回，只得領諾。徐兆祥自回去準備。

　　周庸祐此時，先把這事對聯元說知，一面就要找個地方迎娶。只念沒有什麼好地方，欲在聯元那裡，又防太過張揚，覺得不好看。正自尋思，

只見同鄉的陳慶韶到來拜會。那陳慶韶是由舉人年前報捐員外郎的，這時正在工部裡當差。周庸祐接進裡面，談次間，就說起娶妾的事，正愁沒有地方借用。陳慶韶道：「現時三水會館重新修飾，在寓的人數不多，地方又自寬廣，想借那裡一用，斷沒有不可的。」周庸祐道：「如此甚好，只小弟和他館裡管事的人不曾認識，就煩老哥代說一聲，是感激的了。」陳慶韶道：「這也使得，小弟即去便來。」說罷，即行辭出。不多時，竟回來報導：「此事妥了，他的管事說，彼此都是同鄉，盡可遵命。因此小弟也回來報知。」周庸祐感激不已，便立刻遷過三水館來居住。即派人分頭打點各事，聯元也派人幫著打點。不數日間，臺椅器具及房裡床帳等事，都已停當。是時正是春盡夏來的時候，天氣又自和暖。到了迎娶那一日，周庸祐本待多花費一些撐個架子，才得滿意。只因徐兆祥是個京裡三品大員，與書吏結這頭姻好，自覺得不甚體面，就託稱恐礙人議論，囑咐周庸祐不必太過張揚。周庸祐覺得此話有理，便備一輛車子，用三五個人隨著，迎了徐兆祥的婢子過門。周庸祐一看，果然如花似月，蘇州美女，端的名不虛傳，就列她入第四房姬妾，取名叫作錦霞。她本姓王，就令下人叫她王氏四姨太太。

是日賓朋滿座，都借三水館擺下筵席，請親朋赴宴。夜裡仍借館裡房子做洞房，房裡的陳設，自然色色華麗，簇簇生香。錦霞看了這張床子，香氣撲著鼻裡，還不知是什麼木料製成，雕刻卻十分精緻，便問周庸祐這張是什麼床子。周庸祐道：「你在徐大人府裡，難道不曾見過？這張就是紫檀床，近來價值還高些，是六百塊銀子買來的了，你如何不知？」錦霞道：「徐大人是個京官，慣是清儉，哪見過這般華美的床子。」周庸祐笑了一聲，其餘枕褥被帳的華貴，自不消說了。過了洞房那一夜，越日，周庸祐即往徐兆祥那裡道謝，徐兆祥又往來回拜，因此交情頗密。後來和周庸

祐借了萬把銀子，打點放差，此是後話不提。

　　且說聯元自從得了周庸祐資本，自古道「財可通神」，就由王大臣列保，竟然諭旨一下，聯元已得任粵海關監督，正遂了心頭之願。自然同僚紛紛到來道賀，聯元便要打點赴任。那日見著周庸祐，即商議到粵上任去，先說道：「這會兒仗老哥的力，得任這個好缺，小弟感激了。只是起程赴任，還要多花一二萬金，才得了事。倒求老哥一概打算，到時自當重報。」周庸祐道：「這不消說，小弟是準備了。」聯元又道：「日間小弟就要上摺謝恩，又過五七天，然後請訓，必須聽候召見一二遭，然後出京，統計起程之時，須在一月以後。弟意欲請老哥先期回去，若是同行，就怕不好看了。」周庸祐聽得有理，一一允從。送聯元回去後，過了些時，即向各親友辭行，然後和錦霞帶同隨人，起程回粵。雖經過上海的繁華地面，因恐誤聯元到粵時接應，都不敢勾留，一直揚帆而下，不過十天上下，已回到廣東。

　　原來家人接得他由香港發回的電報，因知得周某回來，已準備幾頂轎子迎接，一行回到宅子裡。家人見又添上一位四姨太太，都上前請安，錦霞又請馬氏出堂拜見，次第請伍姨太太和香屏姨太太一同見禮。各人都見錦霞生得十分顏色，又是性情態度頗覺溫柔，也很親愛。只有馬氏一人心上很不自在，外面雖沒說什麼話，因念入門未久，不宜鬧個不好看，只得權時忍耐忍耐，好留得後來擺布。因此錦霞暫時也覺安心。香屏姨太太自回自己的宅子裡去，錦霞就和馬氏、伍姨太太一塊兒居住。

　　過了一月有餘，早聽得聯元將近到省的消息，周庸祐這時已換了一位管家，喚作駱念伯，即著他到香港遠地迎接聯元，並對聯元說道：「這回大人到省，周老爺也不敢到碼頭迎接，因恐礙人議論，請到公館時相見罷。」聯元早已全意，即著駱念伯回報，代他找一間公館，俾得未進衙時

居住。駱念伯得令，自回來照辦。那聯元果然第二天就到了粵城，自然有多少官員接著，即先到公館裡住下，次日就要出來拜客。

你道那聯元先往拜見的果是何人？他不見將軍，不見督撫，又不見三司，竟令跟人拿著帖，乘著大轎子，直出大南門人東橫街，拜見本衙門的書吏周庸祐，次後才陸續往拜大小官員。此事實周庸祐想不到，旁人更不免見得奇異。有知道內裡情節的，自然搖首一笑；若是不知內裡情節的，倒要欣羨周庸祐了。及至聯元接印而後，衙裡什麼事都由周庸祐出主意，聯元只擁著一個監督的虛名，差不多這官兒是周庸祐做的一樣，因此周庸祐的聲勢越加大起來了，當時官紳哪個不來巴結？

周庸祐因忖有這般勢力，不如乘此時機，聯結幾個心腹的親朋，盡可把持省裡的大事，無論辦什麼捐，承什麼餉，斷不落到他人手上，且又好互成羽翼。想罷，覺得好計，即把本意通知各人，各人哪有不贊成的？就結了官紳中十一個好友，連自己共十二人，名喚十二友，同作拜把的兄弟：第一位是姓潘的，喚作祖宏，是個舉人出身，報捐道員，他的兄長都是翰林院，是個有名的豪紳，渾稱潘飛虎。第二位是姓蘇的，名喚如緒，他的祖父曾任過督撫，是個辦捐務的能手。第三位許英樣，他的老子曾任三司，伯父又是當朝一品。這三位是省內久聞素仰的大紳了。第四位李子儀，是個總兵。第五位李文桂，是個都司，曾在賭場上賺得幾塊錢，也是一個富戶。第六位李著，即李慶年，是個洋務局委員。第七位楊積臣，雖是外教中人，卻是個副將銜的統兵官。第八位李信，是個候補道員。第九位裴鼎毓，本貫安徽人氏，由進士出身，當時正任番禺知縣，這一位能巴結上司，是個酷吏中的班首。第十位鄧子良，他雖是一個都司銜，實任千總，只是鑽營上也有些手段。第十一位周乃慈，別字少西，是周庸祐的同宗，本沒甚勢力，只是結得那周庸祐，好拍馬屁，故此認作兄弟。以上

十一人，連周庸祐共成十二友。

　　這十二友的名字，個個有權有勢，周庸祐好不歡喜！那日便對周乃慈說道：「少西老弟，我們結得這班朋友，是有聲勢的，還有肝膽的，那時節不患沒個幫手。只須找個地方常常聚談，才見得親密，你道哪一處才好？」周乃慈道：「各位兄弟多在城外往來，今谷埠一帶，是個繁華地面，哥哥許多產業在那裡，不如撥一間鋪子出來，作兄弟們的聚會處，豈不甚好？」周庸祐猛然醒道：「有了，現有一間鋪子，在龍母廟的附近，離谷埠不遠，襟江帶海，是個好所在。裡面還很寬廣，樓上更自清雅，有廳子數座，就把來整飾整飾，總要裝潢些。有時請官宴、開筵，盡可方便。其餘商量密事，自不消說。」周乃慈聽得大喜，一面通知十位兄弟，看他們意見如何。只見各人都已願意，便商議這一座近水樓臺，改個好名色。周庸祐即請潘祖宏、許英祥、裴鼎毓三人酌議，因這三位是科甲中人，自然有文墨。果然那三人斟酌停妥，旋改作「談瀛社」三個字。眾人都讚道：「改得好！」周庸祐便大興土木，修飾這座樓臺，好備各兄弟來往。正是：

　　結得金蘭皆富貴，興來土木鬥奢華。

　　要知後事如何，且聽下回分解。

第六回
賀薑酌周府慶宜男 建齋壇馬娘哭主婦

　　話說周庸祐自從聯元到任粵海關監督，未曾拜見督撫司道及三堂學使，卻先來拜見他，這時好不聲勢，因此城內的官紳，哪個不來巴結？故十二位官紳，一同作了拜把兄弟，正是互通聲氣，羽翼越加長大的了。自古道：「運到時來，鐵樹花開。」那年正值大比之年，朝廷舉行鄉試。當時張總督正起了一個捐項，喚作海防截緝經費，就是世俗叫作闈姓賭具的便是。論起這個賭法，初時也甚公平，是每條票子，買了怎麼姓氏，待至放榜時候，看什麼人中式，就論中了姓氏多少，以定輸贏。怎曉得官場裡的混帳，又加以廣東官紳鑽營，就要從中作弊，名叫買關節。先和主試官講妥帳目，求他取中某名某姓，使闈姓得了頭彩，或中式每名送回主試官銀子若干，或在闈姓彩銀上和他均分，都是省內的有名紳士，才敢作弄。

　　這時，一位在籍的紳士劉鶚純，是慣做文科關節攬主顧的，他與周庸祐是個莫逆交。那時正是他經手包辦海防截緝經費，所以舞弄舞弄，更自不難。那一日正來拜見周庸祐，談次說起闈姓的事情，周庸祐答道：「本年又是鄉科，老哥的進項，盡有百萬上下，是可預賀的了。」劉鶚純道：「也未嘗不撇光兒，只哪裡能夠拿得定的。」周庸祐道：「豈不聞童謠說道：『文有劉鶚純，武有李文佳。若要中闈姓，殊是第二世。』這樣看來，兩位在科場上的手段，哪個不曾領教的？」劉鶚純聽了，忙扯周庸祐至僻處，暗暗說道：「棟公，這話他人合說，你也不該說。實在不瞞你，本年主試官，正的

是錢閣學，副的是周大史，弟在京師，與他兩人認識，因此先著舍弟老人劉鶚原先到上海，待兩主試到滬時，和他說這個。現接得老八回信，已有了眉目，說定關節六名，每名一萬金，看來闈姓準有把握。棟公便是占些股時，卻亦不錯。」周庸祐道：「老哥既是不棄，就讓小弟占些光也好。」劉鶚純道：「哪有不得，只目前要抬什麼姓氏，卻不能對老哥說。彼此既同志氣，說什麼占光？現小弟現湊本十萬元，就讓老哥占三二萬金就罷了。」

周庸祐不勝之喜，一面回至關裡，見了聯元，仍帶著幾分喜色。聯元道：「周老哥有什麼好事，如此歡喜？可借本官還正在這里納悶得慌。」周庸祐道：「請問大人，怎地又要納悶起來？」聯元道：「難道老哥不知，本官自蒙老哥慷慨仗義，助這副資本，才得到任。然命裡帶不著福氣，到任以來，金價日高，若至滿任時，屈指不過數月，恐這時辦金進京，還不知吃虧多少。放著老哥這一筆帳，又不知怎地歸款了。」周庸祐道：「既然如此，大人還有什麼計較？」聯元道：「昨兒拜會張制帥，託他代奏，好歹說個人情。因從前海關定例，辦金照十八換算，近來時價也至卅六七換，好生了得，故此小弟欲照時價折算進京。奈張制帥雖然代奏，只朝上說是成例如此，不得變更，因此不准，看來是沒有指望的了。」周庸祐道：「此事我也知得，自前任的挪去二三十萬，自然歸下任填抵。借小弟的三十來萬，又須償還，偏又撞著千古未有的金價，也算是個不幸。只小弟現在有個機會，本不合對大人說，但既然是個知己，如何說不得？」

聯元聽了，急問有什麼機會。周庸祐便附耳把和劉鶚純謀的事，細細說了一遍。聯元道：「原來科場有這般弊端，怪得廣東主試官是個優差了。」周庸祐道：「年年都是如此。可笑賭闈姓的人，卻來把錢奉獻。」聯元道：「既有這個機會，本官身上，究有什麼好處？」周庸祐道：「小弟準可在劉某那裡占多萬把本錢，就讓些過大人便是。」聯元聽得，喜得笑逐

顏開，即拱手謝道：「如此始終成全本官的，本官銘感的了。」兩人說罷，周庸祐即轉出來，次日即到劉鶚純那裡回拜，就在買關抬闈姓項下，占了資本三萬銀子，暗中卻與聯元各占一萬五千。把銀子交付過後，因那劉鶚純是個弄科場的老手，這場機會，都拿得九成妥當。

不覺光陰似箭，已是八月中旬，士子進闈的，三場已滿，不多時，凡賭闈姓的都已止截，只聽候放榜消息。那一日，劉鶚純正到周庸祐的宅子來，庸祐接進裡面，即問闈裡有什麼好音。劉鶚純道：「不消多說，到時便見分曉。這會弄妥關節之外，另請幾位好手進場捉刀。因恐所代弄關節的人，不懂文理，故多花幾塊錢，聘上幾位好手，管教篇篇錦繡，字字珠璣，哪有不入彀的道理？」正說得興高采烈，周庸祐道：「放榜的日期，是定了九月十二，還隔有五天，到這時，就在談瀛社設一酌，大家同候好音，你道何如？」劉鶚純答一聲「是」而去。

果然到了是日，周庸祐就作個東道，囑咐廚子在談瀛社準備酒席。除了三五做官的，是日因科場有事不便出來，餘外同社各位紳士，都到談瀛社赴席去了。少頃，劉鶚純亦到，當下賓朋滿座，水陸雜陳。正自酣飲，這時恰是闈裡填榜的時候，凡是中式的人，已先後奔報，整整八十八名舉人之內，劉鶚純見所弄關節的人，從不曾失落一個，好不歡喜，即向周庸祐拍著胸脯說道：「棟翁，這會兒又增多百十萬的家當了。」周庸祐一聽，自然喜得手舞足蹈。同座聽得的，都呼兄喚弟地讚羨，有的說是周老哥好福氣，有的說是劉老哥不把這條好路通知。你一言，我一語，正在喧做一團，忽見守門的上來回道：「周老爺府上差人到了。」

周庸祐還不知有甚事故，即令喚他上來，問個緣故。那人承命上前，拱手說道：「周老爺好了，方才二姨太太分娩，產下一個男子，駱管家特著小的到來報知。」周庸祐聽到這話，正不知喜從何來。方才科場放榜，

第六回　賀薑酌周府慶宜男　建齋壇馬娘哭主婦

已添上百十萬家資，這會又報到產子，自世俗眼底看來，人生兩宗第一快事，同時落在自己身上。又見各友都一齊舉杯道賀，不覺開懷喝了幾盅，就說一聲「欠陪」，即令轎班掌轎，登時跑回宅子去。只見家人都集在大堂上，錦霞四姨太太，已幫著打點各事，香屏三姨太太也是到來了，其餘僕婦丫鬟，都往來奔走。

各人見周庸祐回來，都歡天喜地，老爺前老爺後的賀喜，單不見馬氏。那錦霞四姨太接著說道：「將近分娩的時節，即對馬太太說知，誰想馬太太說恰是身子不大舒服，沒有出來。妾是不懂事，只得著人催了那穩婆到來，還幸托賴得大小平安。不久三姨太太又到了，妾這時才有些膽子，今是沒事了。」香屏道：「妾聞報時即飛也似地過來，到時已是產下來了。」一頭說，一頭著丫鬟點長明燈，掌香燭拜神。又準備明天到各廟裡許個保安願，又要打點著人分頭往各親串那裡報生。周庸祐一一聽得，隨到二姨太太房裡一望，見那穩婆和丫鬟巧桃、小柳，在那裡侍候著。穩婆早抱著小孩子起來，讓周庸祐一看，周庸祐看得確是一個男子，心上歡喜說道：「二姨太這會兒身子可好？」各人答應個「是」。周庸祐又吩咐小心侍候，別教受了風才好。說罷，隨即轉身出來，叫駱管家先支出五百兩銀子。做紅封，又囑明兒尋好好的乳娘，並說道：「凡是家裡有了喜事，就是多花些銀子，也沒緊要。」駱管家答應過了，然後退下。

到了次日，自然親朋戚友，紛紛到來道賀。一連幾天，車馬盈門。所有拜把兄弟，共十一位官紳，和關裡受職事的人，與一切親友，有送金器的，有送袍料的，都來逢迎巴結，只有馬子良未到，周庸祐也覺得奇異。原來馬氏也是懷了六甲，滿望二姨太太生女，自己生男，還是個長子。今見二姨太太先生了一個男子，將來家當反被他主持了，所以心懷不滿，故並未報知馬子良。那馬子良又因家道中落，常看妹子的臉面，因此不敢違

妹子的意思。周庸祐還不省得，次日在馬氏房裡，見馬氏托著腮，皺著眉，周庸祐正問她怎地緣故，馬氏即答道：「天生妾薄命，是該受人欺負的。往常二房常瞧我不在眼內，這會又添上個兒子，還不知將來更嘔多少氣！」周庸祐道：「常言道：『侍妾生子，為妻的有福。』妳是個繼室，便算是個正妻，哪來小覷妳？妳也休再淘氣罷了。」馬氏道：「老爺常出外去，哪裡知得那三房四房雖瞧我不起，還不敢裝模作樣。那二房常對人說：她是先到這裡，親見我進來的，故凡事都不由我作主意。又說我外家是個破落戶，紙虎兒嚇不得人，杉木牌兒作不得主，這樣就該受人欺負了。我外家哪裡敢作人情送禮物來，高扳他人？須知我是拳頭上立得人，臂膊上走得馬，叮叮噹噹的女兒，又不是個丫頭出身，如何受得這口氣？」周庸祐道：「料二房未必有這等說話，妳休要聽人說。」馬氏見周庸祐不信，還是撒嬌撒痴，嗚嗚咽咽地說了一會兒兒，周庸祐只得安慰一番而罷。隨轉過來二姨太太房裡，自不提起馬氏的話，只著管家擇個日子，好辦彌月薑酒，駱管家領命去了。一會兒子隨來回道：「十月十一日，是個黃道吉日，準合用著。」周庸祐答個「是」，就令人分頭備辦去。

不料那馬氏聽得十月十一日是彌月，正要尋些凶事，要來沖犯她，好歹她的兒子不長進，才遂卻心頭之願。那一夜，就枕邊對周庸祐說道：「妾日來心緒不安，常夢見鄧氏奶奶對著妾只是哭。妾已省得，她自從沒了，並沒有打齋超度她，怪不得她懷恨。老爺試想，這筆錢是省不得的。不如爽性做了這場功德，待她在泉下安心，庇護庇護，使家門興旺，兒女成就，便是好了。」周庸祐道：「我險些忘卻了，這是本該的。但兒子將近彌月，不宜見這些凶事。」馬氏道：「橫豎家裡事，有什麼忌諱？況且本月是重陽節，陰間像清明開鬼門關，正合做功德。老爺若嫌凶喜交集，可在府裡辦薑酌，卻另往寺門打齋也使得。若待至十月，怕妾早晚要分娩，

十一月又是老爺和三房的嶽降，十二月又近歲暮，都不合用的。」周庸祐聽得，覺得此言有理，便即應允而行。果然到了次日，就著人擇定九月廿五日起，建十來天清醮，府裡上上下下，都到長壽寺做好事。各人聽得，也見得奇異，都來對二姨太太說知。二姨太太道：「她的心術，你們難道不知？自古道：『吉人自有天相。』任她怎麼做去，我只是不管。」此時馬氏這裡，一面使人到寺裡告知住持，打掃房舍伺候，都不必細說。

　　到了二十五日早膳之後，東橫街周府門前，百十頂轎子，紛紛簇簇，聽候起程。香屏是另在素波巷居住的，這時也到來，錦霞也是同往。其餘親串到的，例說不盡。那些丫鬟僕婦，都想鄧氏生前慈祥和厚，哪個不願追薦她？又因鎮日圍在屋裡，自然想前往十天八天的了。於是馬氏的丫鬟寶蟬、瑞香，第三房的丫鬟巧桃、小柳，第四房的丫鬟碧雲、紅玉，就是第二房的丫鬟麗娟、彩鳳，都一起同行。二姨太太身邊，只留一二個粗笨的婢子侍候。駱管家或在宅子裡，或到寺門打點，及僕婦一切家人，倒是來來往往，周宅裡幾乎去個空。各人上了轎子，有的說漏了包兒，使人回去取；有的說漏了籃子，使人回去拿。哄哄嚷嚷，塞滿街巷。或叫坐穩轎子，或叫扯上轎簾，說說笑笑。駱管家即走來說道：「這是在街上，比不得宅子裡，也要守些規矩。若太過嘈鬧，是不好看了。」各人方才略止了聲。

　　少時陸續起程，寶蟬、瑞香伴著馬氏先行，餘都挨次而去。路上看的，都站在兩邊。及至寺前，早有住持執香迎接。周宅人等，一一下了轎子，馬氏見頭門是土地及兩位泥塑天將，過了又是四大金剛，馬氏率領三四房侍妾及丫鬟，一層一層的，瞻拜觀玩。駱管家立在臺基上，逐一點過，各人都已到齊，即對住持道：「我們家人來得多，要準備五七間相連的房子安置，才易照應。」並囑不准閒人進去。住持答應著，預備去了。住持又對駱管家說道：「貴府人多，雖有丫鬟僕婦，只是人生路不熟，倒

茶打水，究竟不便。奈是太太姨太太皆已到了，小沙彌出進不便，可有嫌忌？還請示下來。」駱管家即回明馬氏，馬氏道：「有什麼嫌忌？除了小沙彌服侍，才不准別的進來罷。」駱管家就對住持說知，住持即派小沙彌幾人，聽候使用。

忽馬氏著人請住持進來，囑咐準備齋壇。住持急進來，先向馬氏見個禮，馬氏就問幾時能夠開壇。住持回道：「酉時就是最吉的了。」馬氏道：「各事倒要齊全，也不必計較銀子。」住持道：「小僧也省得，像太太的人家，本該體面些。」馬氏道：「不要過獎，我只願多花幾塊錢，齊齊備備，望鄧奶奶早日昇天。」住持道：「不是過獎，東橫街周，高第街許，一富一貴，哪個不知？自太太進了門，姓周的越加興旺，城內外通通知道了。」馬氏聽了，外面雖然謙讓，內裡見有這番獎讚她，已著實歡喜。

住持又談一會兒，然後退出，打點下去。到了酉刻，即請馬氏一群人到大雄寶殿上，但見正中供著鄧氏奶奶牌位，殿上掛著長幡飄動，左邊寫道是「西方極樂世界」，右邊寫道「南無阿彌陀佛」。壇裡十二張桌子，都供著佛像，派十二位僧人散木魚，誦《法華經》。另有方丈披袈裟執錫杖，敲玉磬念佛。壇外長杆豎起，繫著紙鶴兒，名叫跨鶴上西天。所有丫鬟，都在壇裡燒往生錢。又有小沙彌四名，剪燭花、看香火，四名倒茶打水，往來奔走。各僧每日念佛三次，馬氏和眾人即到壇哭三次。一連十數天，都是如此。還有寶蟬、瑞香，向日是鄧氏奶奶丫鬟，想起鄧氏往日的仁慈，馬氏今日的刻薄，觸景生情，越哭得淒楚。這時念佛和哭泣的聲音，震動內外；香燭和寶帛的煙，東西迷漫。弄得壇外觀的人山人海。忽聽得壇外臺階上一聲喧鬧起來，各人都嚇了一跳。正是：

殿前佛法稱無量，階外人聲鬧不休。

要知人聲怎麼喧鬧起來，且看下回分解。

第六回　賀薑酌周府慶宜男 建齋壇馬娘哭主婦

第七回
偷龍轉鳳巧計難成 打鴨驚鴛姻緣錯配

話說周府人等正在寺裡薦做好事，各僧方囉囉哱哱的，在大雄寶殿上念經，忽聽殿外臺階上，一派喧鬧之聲。那時管家駱子棠別字念伯的，正自打點諸事，聽了急急地飛步跑出來觀看。原來一個十五六歲的丫鬟，在一處與一個小沙彌說笑，被人看著了，因此嘩嚷起來，那小沙彌早一溜煙地跑了。駱子棠把那丫鬟仔細一望，卻是馬氏隨嫁的丫鬟，叫作小菱。那小菱見了駱子棠，已轉身閃過下處。駱子棠即把這事，對住持說知，就喚三五僧人，先要趕散那些無賴子弟，免再嘈鬧。只是一班無賴子弟，見著這個情景，正說得十分得意，見那班僧人出來驅趕，哪裡肯依，反把幾個僧人罵個不亦樂乎。有說他是沒羞恥的，有說他是吃狗肉，不是吃齋的。你一言，我一語，反鬧個不休。

這時馬氏和幾位姨太太卻不敢作聲，都由大雄寶殿上跑出來回轉下處。那些僧人羞憤不過，初時猶只是口角，後來越聚越眾，都說道那些和尚不是正派的，巴不再拋磚擲石，要在寺裡生事。還虧這時寺裡，也有十把名練勇駐紮，登時把閒人驅散去了，方才沒事。只有那馬氏見小菱是自己的丫鬟，卻幹出這等勾當，如何忍得？若不把她切實警戒，恐後來更弄個不好看的，反落得侍妾們說口。便立刻著人尋著小菱過來，嚇得那十五六歲的小妮子魂不附體，心裡早自發抖。來到馬氏眼前，雙膝跪下，垂淚地喚了一聲太太。馬氏登時臉上發了黑，罵道：「沒廉恥貨！方才幹

得好事，妳且說來。」小菱道：「沒有幹什麼事。方才太太著婢子尋帕子，我方自往外去，不想撞著那和尚，向婢子說東說西，不三不四。婢子正纏得苦，還虧人聲喧嚷起來，婢子方才脫了手。望太太查察查實也就罷了。」馬氏道：「我要割了妳的舌頭，好教妳說不得謊！」小菱道：「婢子哪裡敢在太太跟前說謊？外面的人，盡有看得親切的，太太不信，可著人來問。」馬氏更怒道：「人盡散了，還問誰來？」就拿起一根籐條子，把小菱打了一會兒。駱子棠道：「這樣是寺裡沒些規矩了，打她也是沒用的。只怕傳了出來，反說我們府裡是沒教訓的了。」馬氏方才住了手。

只見幾個僧人轉進來，向馬氏道歉，賠個不是，駱子棠即把僧人責備幾句而罷。單是馬氏面上，還尚帶有幾分怒氣，正是怒火歸心，忽然「哎喲」一聲，雙手掩住小腹上，叫起痛來。駱子棠大驚，因馬氏有了八九個月的身孕，早晚怕要分娩，這會兒忽然腹疼，若然是在寺裡產將下來，如何是好？便立刻叫轎班扛了轎子進來，並著兩名丫頭扶了馬氏，乘著轎子，先送回府上去。又忖方才鬧出小菱這一點事，婦人家斷不宜留在寺裡，都一起打發回府。把這場功德，先發付了帳目，餘外四十九天齋醮，只囑咐僧人循例做過，不在話下。

且說馬氏回到府裡，暗忖這會兒比不得尋常腹痛，料然早晚就要臨盆，滿想乘著二姨太太有了喜事，才把這場凶事舞弄起來，好沖犯著她。不想天不從人願，偏是自己反要臨盆，豈不可恨！幸而早些回來，若是在寺裡產下了，不免要淨過佛前，又要發回賞封，反弄個不了，這時更不好看了。想罷，又忖道：這會兒若然生產，不知是男是女？男的猶自可，倘是女兒，眼見得二房有了兒子，如何氣得過？想到這裡，猛然想起一件事來：因前兒府上一個縫衣婦人區氏，她丈夫是姓陳的，因亦有了身孕，故不在府裡雇工。猶憶起她說有孕時，差不多與自己同個時候。她丈夫是個

窮漢，不如叫她到來，與她酌議，若是自己生男，或大家都生女，自不必說；自己若是生女，她若生男，就與五七百銀子，和她暗換了。這個法門，喚作偷龍轉鳳，神不知，鬼不覺，只道自己生了兒子，好瞞得丈夫，日後好承家當，豈不甚妙！想了覺得委實好計，就喚一個心腹梳傭喚作六姐的，悄悄請了區氏到來，商酌此事，並說道：「若是兩家都是生男，還賞妳一二百銀子，務求不可泄漏才是。」區氏聽得，自忖若能賞得千把銀子，還勝過添了一個窮兒。遂訂明八百銀子，應允此事。區氏又道：「只怕太太先我生產，這事就怕行不得了。太太目前就要安胎，幸我昨兒已自作動，想不過此一二天之內，就見分曉。請太太吩咐六姐，每天要到茅舍裡打探打探，若有消息，就通報過來便是。」馬氏應諾，區氏即自辭去。

　　果然事有湊巧，過了一天，區氏竟然生了一個男子，心中自然歡喜。可巧六姐到來，得了這宗喜信，就即回報馬氏。馬氏就吩咐左右服侍的人，祕密風聲，但逢自己生產下來，無論是男是女，倒要報稱是生了男子。又把些財帛賄囑了侍候的穩婆。又致囑六姐，自己若至臨盆，即先暗藏區氏的兒子，帶到自己的房裡。安排既定，專候行事。

　　且說區氏的丈夫，名喚陳文，也曾念過幾年書，因時運不濟，就往幹小販營生去。故雖是個窮漢子，只偏懷著耿直的性兒。當區氏在周府上雇工時，陳文也曾到周府一次，因周府裡的使喚人，也曾奚落過他，他自念本身雖貧，還是個正當人家，哪裡忍得他人小覷自己。看這使喚人尚且如此，周庸祐和馬氏，自不消說了。因此上也懷著一肚子氣。恰可那日回家，聽區氏說起與馬氏商量這一件事，陳文不覺大怒道：「丈夫目下雖貧，也未必後來沒一點發達。就是丈夫不中用，未必兒子第二代還是不中用的。兒子是我的根苗，怎能賣過別人？無論千把銀子，便是三萬五萬十萬，我都不要。父子夫婦，是個人倫，就令乞食也同一塊兒走。賢妻這

事，我卻不依。」區氏道：「丈夫這話，原屬有理。只是我已應允她了，怎好反悔下來？」陳文道：「任是怎麼說，通通是行不得。若背地把兒子送將去，我就到周家裡搶回，看妳們有什麼面目見人！」說罷，也出門去了。

此時區氏見丈夫不從，就不敢多說，只要打算早些回覆馬太太才是。正自左思右想，忽然見六姐走過來，歡喜地向區氏說道：「我們太太，目下定是生產，特地過來，暗抱哥兒過府去。」區氏嘆道：「這事幹不來了。」六姐急問何故，區氏即把丈夫的說話，一五一十地對六姐說來。六姐驚道：「娘子當初是親口應允得來，今臨時反覆，怎好回太太？想娘子的丈夫，料不過要多勒索些金錢，也未可定。這樣，待我對太太說知，倒是容易的。這會兒不必多言，就立刻先送哥兒去吧。」區氏道：「六姐哪裡得知，奴的丈夫還說，若然背地送了去，他還要到周府裡搶回。奴丈夫脾性是不好惹的，他說得來，幹得去，這時怕嘈鬧起來，驚動了街坊鄰里，面子不知怎好見人了。」六姐聽罷，仍復苦苦哀求。不料陳文正回家裡來，撞著六姐，早認得她是周府裡的人，料然為著將女易男的一件事，即喝了一聲道：「到這裡幹什麼？」六姐還自支吾對答，陳文大怒，手拿了一根竹竿，正要往六姐頭頂打下來，還虧六姐眼快，急閃出門外，一溜煙地跑去了。陳文自去責罵妻子不提。

單說六姐跑回周府，一路上又羞又憤，志在快些回去，把這事中變的情節，要對馬太太說知。及到了門首，只見一條紅繩子，束著柏葉生薑及紅紙不等，早掛在門楣下。料然馬太太已分娩下來了，心中猶指望生的是男兒，便好好了事。即急忙進了頭門，只聽上上下下人等都說道：「馬太太已產下兒子了。」六姐未知是真是假，再復趕起幾步，跑到馬太太房中。那馬氏和穩婆以及房裡的心腹人，倒見六姐赤手回來，一驚非小。馬氏臉上，登時就青一回，紅一回。六姐急移身挨近馬氏跟前，附耳說道：

「這事已變更了！」馬氏急問其故，六姐即把區氏的說話，及陳文還她的情景，述了一遍。把一個馬氏，氣得目瞪口呆。暗忖換不得兒子，也沒打緊，只是自己生了一個女兒，假說生男，是不過要偷龍轉鳳的意見。今此計既用不著，難道又要說過實在生女不成？想到此情，更是萬分氣惱，登時不覺昏倒在床上。左右急地來灌救。外面聽得馬太太昏了，猶只道她產後中了風，也不疑她另有別情。

灌救了一會兒，馬氏已漸漸醒轉來，即急令丫鬟退出，卻單留六姐和穩婆在房子裡，要商議此事如何設法。六姐道：「方才雖報說生了男子，可說是丫鬟說錯了，只把實在生女的話，再說出來，也就罷了。」馬氏道：「這樣說別人聽來，也覺得很奇怪了。」六姐道：「這點緣故，別人本是不知的，當是丫鬟說錯，就委屈罵了丫鬟一頓，也沒打緊。天祐太太，別時再有身孕，便再行這個計兒，眼前是斷謀不及的。若再尋別個孩子頂替，怕等了多時，泄漏了，將來更不好看了。」馬氏聽了，不覺嘆了一聲。沒奈何，就照樣做去，說稱實在生女。當下幾位姨太太聽了，為何方說生男，忽又改說生女，著實見得奇異。只有三五丫頭知得原委的，自不免笑個不住。

閒話休說。且說周庸祐那日正在談瀛社和那些拜把兄弟閒坐，忽聽得馬氏又添上一個兒子，好不歡喜，忙即跑回家裡。忽到家時，又說是只生了一個女兒，心上自然是有些不高興。便到馬氏房子裡一望，還幸大小平安，倒還不甚介意。到了廿餘天，就計算備辦薑酌。前兩天是二房的兒子彌月，後兩天就是馬氏的女兒彌月，正是喜事重來，哪個不歆羨？只是舅兄馬子良心想，當二房產子時，也沒有送過禮物，這會兒若送一不送二，又覺不好看，倒一起備辦過來。這時一連幾天，肆筵設席，請客延賓，周府裡又有一番熱鬧了。

第七回　偷龍轉鳳巧計難成　打鴨驚鴛姻緣錯配

　　過了幾天，只見關裡冊房潘子慶進來拜候，周庸祐接進坐下，即問道：「前幾天小兒小女彌月，老哥因何不到？」潘子慶道：「因往香港有點事情，所以未到，故特來道歉。」周庸祐道：「原來如此，小弟卻是不知。若不然，小弟也要同往走走。」潘子慶道：「老哥若要去時，返幾天，小弟也要再往。因是英女皇的太子到埠，小弟也要看會景，就同走走便是。」周庸祐道：「這樣甚好。」潘子慶便約過起程的日期，辭別而去。

　　果然到了那一日，周、潘兩人，都帶了跟隨人等，同往香港而來。那周、潘兩人，也不過是閒逛地方，哪裡專心來看會景，鎮日裡都是花天酒地，青樓女子又見他兩人都是個富翁，手頭上這般闊綽，哪個不來巴結？一妓名喚桂妹，向在錦繡堂妓院裡，有名的校書，周庸祐就叫她侑酒。那桂妹年紀約十七八上下，色藝很過得去。只偏有一種奇性，所有人客，都取風流俊俏的人物，故周庸祐雖是個富戶，只是俗語說：「牛頭不對馬嘴。」她卻不甚歡喜。那一夜，周庸祐正在錦繡堂廳上請客，直至入席，還不見桂妹上廳來。周庸祐心上大怒，又不知怎地緣故，只罵桂妹瞧他不起。在中就有同院的姊妹，和桂妹有些嫌隙的，一來妒桂妹結交了一個富商，不免說她的短處；二來又好在周庸祐跟前獻個殷勤，便說道：「周老爺你休要怪她，她自從接了一位姓張的，是做蘇杭的生意，又是個美少年，因此許多客人，通通撇在腦背後了。現正在房子裡熱薰薰的，由得老爺動氣，他們只是不管。」

　　周庸祐聽了，正如無明業火高千丈，怒沖沖地說道：「他幹小小的營生，有多少錢財，卻敢和老爺作對？」說罷，便著人喚了桂妹的乾娘，喚作五嫂的上來，說道：「令千金桂妹，我要帶她回去，要多少銀子，妳只管說。」五嫂暗忖，桂妹戀著那姓張的客人，天天到來賒帳，倒還罷了；還怕他們相約達去，豈不是一株錢樹，白地折了不成？今姓周的要來買

她，算是一個機會。想罷，便答道：「老爺說的話可是真的？」周庸祐道：「哪有不真？難道瞧周某買她不起？」五嫂道：「老爺休怪，既是真的，任由老爺喜歡，一萬銀子也不多，六七千銀子也不少。」周庸祐道：「哪裡值得許多，實些兒說罷。」五嫂道：「唉！老爺又來了。小女嗎，一夜叫局的，十局八局不等；還有過時過節，客人打賞的，年中盡有千把二千。看來一二年間，就夠這般身價了。老爺不是外行的，試想想，老身可有說謊的沒有？」

周庸祐聽到這話，覺得有理，便還了六千銀子說合，登時交了五百塊銀子作定錢，待擇日帶她回去。並說道：「我這會兒不是喜歡桂妹才來帶她，卻要為自己爭回一口氣，看姓張的還能否和我作對。這會兒桂妹是姓周的人了，五嫂快下樓去，叫姓張的快些爬走！若是不然，我卻是不依。」五嫂聽了，方知他贖桂妹卻是這個緣故，即喏喏連聲地應了。方欲下去，忽聽得一陣哭聲，嬌滴滴的且哭且罵，直登廳上來。眾人大驚，急舉頭一望，見不是別人，卻是桂妹。正是：

赤繩方繫姻緣譜，紅粉先聞苦咽聲。

畢竟桂妹因何哭泣起來，且看下回分解。

第七回　偷龍轉鳳巧計難成 打鴨驚鴛姻緣錯配

第八回
活填房李慶年迎妾 擋子班王春桂從良

　　話說周庸祐那夜在錦繡堂廳上，因妓女桂妹在房子裡，和別客姓張的一個美少年，正在熱薰薰的，幾乎沒個空到廳上，因此動氣，要把六千銀子贖桂妹回去。那桂妹聽得，放聲大哭，跑到廳上來，在座的倒嚇了一跳。方欲問她怎地緣故，那桂妹且哭且說，向五嫂罵道：「我自歸到娘的手上，也沒有虧負娘的，每夜裡捱更抵夜，侍酒準有十局八局，年中算來，供過娘使用的，卻也不少。至今二三年來，該有個母女情分。說起從良兩字，是兒的終身事，該對女兒說一聲，如何暗地裡幹去？」說罷，越加大哭。五嫂道：「妳難道瘋了不成？須知娘不是把來當娼的，像周老爺這般豪富的人家，也不辱沒兒。妳今有這頭好門路，好像戲本上說的廢鐵生光，他人作夢也夢不到，還有何說？」桂妹道：「兒在這裡，什麼富家兒也見得不少，兒通通是不喜歡的，但求安樂就罷了。由得娘幹去，兒只是不從！」五嫂聽了，暗忖姓周的只是一時之氣，倘桂妹不從，翻悔起來，則是六千銀子落個空，便睜著眼罵道：「妳的身原是娘的，即由娘作主。娘幹這宗營生，不是做功德幹善事，要倒賠嫁妝，送與窮漢！若有交還六千銀子的，任由兒去便是。」說罷，還千潑辣貨萬潑辣貨罵個不絕。一頭罵，一頭下樓去了。桂妹還在一旁頓足只是哭。便有同院的姊妹，上前勸她一會兒，扯她下了樓來。

　　當下一干朋友倒見得奇異。周庸祐自忖自己這般家富，她還不願意，

心上更自不樂。只見席上一位喚作周雲微的說道：「這卻怪不得，宗兄這會兒方才叫她，從前沒有定過情，她自然心上不感激。待她回到府裡五七天，自然沒事了。」正說著，只見五嫂再復上來，周庸祐即說道：「定銀已是交了，人是定要帶她回去的。妳且問她，怎樣才得願意？」五嫂道：「十老爺你只管放心，老身準有主意。」說了再復下樓，把周庸祐的話，對著桂妹，問她怎樣才得願意。

桂妹聽了，自想滿望要跟隨那姓張的，可恨養娘貪這六千銀子，不遂自己心頭之願。那姓周的有許多姬妾，料然回去沒甚好處。若到華民政務司那裡告他，斷不能勉強自己。奈姓張的是雇工之人，倘鬧了出來，反累他的前程，就枉費從前的相愛了。橫豎身已屬人，不如乘機尋些好意，發付姓張的便是。想罷，即答道：「既是如此，兒有話說。」五嫂道：「有話只管說，娘自然為妳出力。」桂妹道：「隨他回去，卻是不難，只有三件事，要依從兒的。」五嫂便問哪三件？桂妹道：「第一件，除身價外，另要置些頭面，還要五千銀子，把過兒作私己用，明天就要交來。第二件，隨他回去，只在香港居住，也不回府上去。第三件，兒今心裡不大舒服，過兩天方能去得。這三件若能應允，兒沒有不從。若是不然，兒就要到華民政務司裡，和娘妳算帳。」五嫂聽罷，只得來回周庸祐。那周庸祐覺得三件都不是難事，當即允了。便開懷飲了一會兒，席終而散。

果然到了次日，即將五千銀子交給桂妹，隨把身價銀除交五百元之外，尚有五千五百銀子，一併交妥了。另有頭面約值四千銀子上下，都送了過來。五嫂就與桂妹脫褐，念經禮斗，又將院裡掛生花、結橫彩，門外掛著縐紗長紅，不下十餘丈。連天鼓樂，徹夜笙歌，好不熱鬧！同院姊妹，紛紛送餅禮來，與桂妹賀喜。桂妹一概推辭。或問其故，桂妹道：「姊妹們厚情，為妹的算是領了。這會兒回去，若得平安，也是托賴洪福。倘

不然，為妹嗎，怕要削去三千煩惱青絲，念阿彌去。姊妹們若是不信，且放長眼兒看來。」各人聽了，都為感動。只有五嫂得了六千銀子，卻不管三七廿一。

到了次夜，桂妹即密地邀姓張的到來，與他作別，姓張的只皺著眉，沒話可說。桂妹勸道：「妾這場苦心，君該原諒。俗語說：『窮不與富敵。』君當自顧前程，是要緊的。妾是敗柳殘花，沒什麼好處，也不須留戀。」說罷，隨拿出三千銀子，再說道：「拿這些回去，好好營生，此後青樓不宜多到。就是知己如妾，今日也不過如此而已。」說時不覺淚下，姓張的亦為感泣。正是生離死別，好不傷心！整整談了幾個更次，姓張的心裡帶著憤恨，本不欲拿那三千銀子，只不忍拂桂妹的美意，沒奈何，只得拿著，趁人靜時，分別而去。別時的景況，自不消說了。

到了第三天，周庸祐即準備轎子迎桂妹回去。宅子什物，都是預先準備的，也不必說。自從贖了桂妹之後，周庸祐因此在港逗留多時。

那一日，正接得羊城一函，是拜把兄弟李慶年因前妻歿了，要續娶繼室，故請周庸祐回省去。周庸祐聽得，當即別了香港，要返羊城。先回到東橫街府上，也沒有說在香港攜妓的事，即叫管家駱子棠（號念伯）上前，問李兄弟續娶繼室，可有措辦禮物，前往道賀的沒有。駱念伯道：「禮物倒也容易，只是喜聯上的上款怎麼題法，卻不懂得。」周庸祐道：「這又奇事，續娶是常有的，如何你還不懂？」駱念伯道：「他本來不算得續娶，那李老爺自前妻陳氏在時，每欲抬起第二房愛妾，作個平妻，奈陳氏不從，因此夫妻反目。今陳氏已歿了，他就把第二房作了繼室。這都是常有的事，也不見得奇異。偏是那第二房愛妾，有一種奇性，因被陳氏從前罵過，又沒有坐過花紅轎子，卻懷恨於心。今因李老爺抬舉她為繼室，她竟要先離開宅子裡，另稅別宅居住，然後擇過良辰，使李老爺再行擺酒延

賓，用儀仗鼓樂，花紅大轎子，由宅子裡起行，前往現稅的別宅接她，作
為迎娶。待回至宅子，又再行拜堂合卺禮。她說道：『這樣方才算真正繼
室，才算洗清從前作詩妾的名目，且伸了從前陳氏罵她的這口氣。』這樣
看來，怎麼賀法，還要老爺示下。」

　　周庸祐聽得，答道：「這樣果然是一件奇事，還不知同社的各位拜把
兄弟，究有賀他沒有？」駱念怕道：「蘇家的說道：『李老爺本是官場裡的
人，若太過張揚，怕這些事反弄個不好看。』許家的又說道：『他橫豎已
對人說，他自然當是一件喜事，斷沒有不賀的道理。』兩家意見，各自不
同。只小弟聽說，除了官宦之外，如潘家、劉家的早已備辦去了。」周庸
祐道：「是呀！凡事盡主人之歡，況且近年關部裡兼管進口的鴉片，正要
靠著洋務局的人員，怎好不做個人情？就依真正娶繼室的賀他也罷了。」
便辦了寧綢喜帳一軸、海味八式、金豬一頭、金華腿二對、紹酒四壇、花
羅杭綢各二匹，隨具禮金一千元，及金器等件，送往李府去。

　　到了那日，周庸祐即具袍帽過府道賀。果然賓朋滿座，男女親串，都
已到了。頭鑼執事儀仗，色色俱備，活是個迎親的樣子。及至新婦到門，
李慶年依然具衣頂，在門首迎轎子，新婦自然是鳳冠霞帔，拜堂謁祖，花
燭洞房，與及金豬四門的，自不消說。次日即請齊友誼親串，同赴梅酌。
宴罷之後，並留親朋聽戲。原來李府上因有了喜事，也在府裡唱堂戲。所
唱的卻是有名的擋子班，那班名叫作雙福。內中都是聲色俱備的女伶，如
小旦春桂、紅淨金鳳、老生潤蓮唱老喉，都是馳名的角色了，各親朋哪個
不願聽聽。約莫初更時分開唱，李慶年先自肅客就座，男客是在左，女客
是在右。看場上光亮燈兒，嬌滴滴的女兒，錦標繡帳，簇簇生新，未唱
時，早齊口喝一聲彩。未幾就拿劇本來，讓客點劇。有點的，有不點的。
許英祥點的是《打洞》，用紅淨金鳳；潘飛虎點的是《一夜九更天》，用老

生潤蓮。次到周庸祐，方拿起筆兒，時周少西正坐在一旁，插口說道：「這班有一小旦，叫作春桂，是擅唱《紅娘遞柬》的，點來聽聽也好。」周庸祐答個「是」，就依著點了。這時在座聽戲的人，個個都是有體面的，都準備賞封，好來打賞，不在話下。

　　不多時，只聽場上笙管悠揚，就是開唱。第一齣便是《打洞》，只見紅淨金鳳，開面扮趙匡胤，真是文武神情畢肖。唱罷，齊聲喝采，紛紛把賞封擲到場上去。唯周庸祐聽不出什麼好處，只隨便打賞去了。跟手又唱第二齣，便是《一夜九更天》，用老生掛白鬚，扮老人家，唱過嶺時，全用高字，真是響遏行雲。唱罷，各人又齊聲喝采，又紛紛把賞封擲到場上去。周庸祐見各人這般讚賞，料然他們賞的不錯，也自打賞去了。及到第三齣就是《紅娘遞柬》，周庸祐見這本是自己親手點的，自然留神聽聽。果然見春桂扮了一個紅娘，在廂房會張生時，眼角傳情處，腳踵兒把心事傳，差不多是紅娘再生的樣子。周庸祐正看得出神，周少西在旁說道：「這樣可算是神情活現了。」周庸祐一雙耳朵，兩隻眼兒，全神早注在春桂，魂兒差不多被她攝了一半。本來不覺得周少西說什麼話，只隨口亂答幾個「是」。少頃，又聽得春桂唱時，但覺鶯喉跌蕩，端的不錯。故這一出未唱完，周庸祐已不覺亂聲喝采，隨舉手扣著周少西的肩膊說道：「老弟果然賞識得不差了，是該賞的。」便先把大大的賞封，擲到場上。各人見了，也覺得好笑。過了些時，才把這一齣唱罷。

　　李慶年即令停唱一會兒，命家人安排夜宴。飲次間，自然班裡的角色，下場與賓客把盞。有讚某伶好關目，某好做手，某好唱喉，紛紛其說。小旦春桂把盞到周庸祐跟前，向姓周的老爺前老爺後，喚個不住，眉頭眼角，特別傳神。各人心裡，只道周棟臣有這般豔福，哪裡知得周庸祐把過春桂的賞封，整整有二千銀子，婦人家哪有不喜歡？那周庸祐又見得

第八回　活填房李慶年迎妾　擋子班王春桂從良

春桂如此殷勤，也不免著實讚獎他一番。又復溫存溫存，讓她一旁坐下，隨問她姓什麼的。春桂答道：「是姓王。」周庸祐道：「到這班裡幾時了？是從哪裡來的？」春桂答道：「已經兩載，從京裡來的。」周庸祐道：「惜周某緣薄，見面得少。現在青春幾何？現住哪裡？」春桂道：「十九歲了。現同班的，都稅寓潮音街。往常也聽得老爺大名，今兒才幸相見。」

周庸祐見春桂說話玲瓏，聲又嬌細，自然賞識。回顧周少西附耳說道：「她的容貌很好，還賽過桂妹呢。」周少西道：「老哥既是歡喜她，就贖她回去也不錯。」周庸祐道：「哪有不懂得。只有兩件事：一來是怕她不喜歡；二來馬奶奶，你可知得她的性兒，是最不喜歡侍妾的。便是在香港花去六千銀子，贖了桂妹，我還不敢對她說。」周少西道：「老哥忒呆了！看春桂這般殷勤，是斷沒有不喜歡的。若馬奶奶那裡，自不必對她說。像老哥如此豪富，準可另謀金屋的，豈不是兩全其美？」周庸祐道：「這話很是，就煩老弟問問春桂，看她願意不願意，我卻不便親自說來。」

周少西便手招春桂，移坐過來，把周庸祐要娶她回去的話，說了一遍。春桂一聽，也不知周庸祐已有許多房姬妾，自然滿口應承。便帶周少西轉過廂廳裡，並招班主人到來面說。當下說妥身價五千銀子，準於明天兌付。周少西即回過周庸祐，庸祐好不歡喜！先向李慶年及各位賓朋說明這個緣故，是晚就不再令春桂登場唱戲了。各友都知得錦上添花，不是讚春桂好良緣，就是讚周棟臣好豔福，倒不能勝記。

及至四更時分，唱戲的已是完場，席終賓散，各自回去。到了次日，即把春桂身價交付過了，就迎春桂到增沙一間大宅子居住。那宅子直通海旁，卻十分宏敞，風景又是不俗，再添上幾個丫鬟僕從，這個別第，又有一番景象。正是堂上一呼，堂下百諾，春桂住在其間，倒自覺得意。那一日，正在廳前打坐，忽聽門外人聲喧鬧，一群婦女，蜂擁地跑上樓來，把

春桂嚇得一跳。正是：

方幸姻緣扳閥閱，又聞詬誶起家庭。

要知她門外人聲怎地喧鬧起來，且聽下文分解。

第八回　活填房李慶年迎妾 擋子班王春桂從良

第九回
鬧別宅馬娘喪氣 破紅塵桂妹修齋

　　話說第六房姨太太王春桂，正在樓上坐地，忽聽一群婦女的聲音，喧喧嚷嚷，跑上樓來，早把春桂嚇得一跳。時丫鬟海棠、牡丹，侍坐一旁，春桂正要她打聽，誰想那些婦女，早登在樓上。春桂一看，只見三幾名丫鬟，隨後又兩個梳傭跟定，擁著一位二十來歲的婦人，面色帶著三紅七黑，生得身材瘦削，纏著雙腳兒。春桂看她面色不像，忙即上前與她見禮。那婦人也不回答，即靠著一張酸枝斗方椅子坐下，徐開言罵道：「你們背地幹得好事！好欺負人！怪得冤家經宿不回府裡去。」

　　春桂此時聽了，才知她是馬氏太太，不覺面上登時紅漲了。自念她究是主婦，就要循些規矩，即令丫鬟倒茶來，忙又讓馬氏到炕上，春桂親自遞過那折盅茶，馬氏也不接受。春桂此時怒從心起，還虧隨來的丫鬟寶蟬解事，即代馬氏接了，放在几子上。馬氏道：「平日不參神，急時抱佛腳。茶是不喝了，卻哪敢生受？須知俗語說：『家有千口，主事一人。』就是瞧我不起，本該賞個臉兒，到府裡和我們相見，今兒不敢勞妳貴步，倒是我們先來拜見妳了。」春桂道：「自從老爺帶妾回到這裡，便是府上向東向西，妾也不懂得。老爺不教妾去，誰敢自去？太太須知妾也是有頭有主，不是白地闖進來的。太太縱不相容，也該為老爺留個臉面，待老爺回來，請和太太評評這個道理。」馬氏聽得春桂牙尖嘴利，越加憤怒，用手指著春桂罵道：「妳會說！恃著寵，卻拿老爺來嚇我！我膽子是嚇大的，

今兒便和妳算帳！」說罷，拿了那折盅茶，正要往春桂打過來，早有丫鬟寶蟬攔住。那瑞香、小菱和梳傭銀姐，又上前相勸，馬氏才把這折盅茶復放下。

春桂這時十分難耐，本欲發作，只看著周庸祐的面上，權且忍她，不宜太過不好看，只得罷手。當下馬氏氣惱不過，又見春桂沒一毫相讓，欲要與她鬧起來，怕自己裹著腳兒，鬥她不過；況且她向在擋子班裡，怕手腳來得厲害，如何是好？欲使丫鬟們代出這口氣，又怕她們看老爺面上，未必動手；若要回去時，豈不是白地失了臉面，反被她小覷自己了。想到這裡，又羞又憤，隨厲聲喚丫鬟道：「她在這裡好自在，妳們休管三七二十一，所有什物，與我搬回府上去。」丫鬟仍不敢動手，只來相勸。只是馬氏哪裡肯依，忙拿起一根旱煙管，向自己的丫鬟瑞香，沒頭沒腦地打下來。眾丫鬟無奈，只得一齊動手。只見春桂睜著眼兒，罵道：「這裡什物，是老爺把過妾使用的，老爺不在，誰敢拿去？若要動手時，妾就顧不得情面了。」

馬氏的丫鬟聽了，早有幾分害怕，奈迫於馬氏之命，哪裡敢違抗？爭奈廳上擺的什物，只是圍屏臺幾椅桌，通通是粗笨的東西，不知搬得哪一樣。有把炕几移動的，有把臺椅打掉的，五七手腳，弄東不成西，究搬得哪裡去。春桂看了，還自好笑。那梳傭銀姐站在臺面上，再加一張椅子，方待把牆上掛的花旗自鳴鐘拿下，不提防誤失了手，叮噹的一聲，鐘兒跌下，打作粉碎。銀姐翻身撲下來，兩腳朝天，滑溜溜的髻兒，早蓬亂去了。海棠與牡丹看了，都掩口笑個不住。馬氏見了，又把千臭丫頭萬臭丫頭的，罵個不住。這時馬氏已加倍的怒氣，忙叫丫鬟道：「所有粗笨難移動的東西，都打翻了罷！餘外易拿的，都搬回府上去。」那些丫鬟聽得，越加作勢，正鬧得天翻地覆。銀姐自從一跌，更不免積羞成怒，跑到春桂

房子裡，要把那洋式大鏡子，盡力扳下來。春桂一看，此時已忍耐不住，即跟到房子裡，將銀姐的髻兒揪住，一手扯了她出來。馬氏即叫自己的丫鬟上前相助。正在難解難分的時候，忽守門的上來報說道：「周老爺回來了。」那些丫鬟聽了，方才住了手。

原來那周庸祐正在東橫街的宅子裡，只見馬氏一干人出了門，卻沒有說過往哪裡去。少時又見家人說說笑笑，忽見管家駱念怕上來說道：「馬太太不知因甚事，聞說現到增沙的宅子，正鬧得慌呢。」周庸祐聽得這話，心上早已明白，怕她將春桂有什麼為難，急命轎班掌轎，要跑去看看。一路上十分憤恨馬氏，誓要把個厲害給她看個樣子，好警戒後來。及到了門前，已聽得樓上人聲洶湧，巴不得三步登到樓上，見春桂正把銀姐打作一團，忙喝一聲：「休得動手！」方說得一句話，馬氏即上前對著周庸祐罵道：「沒羞的行貨！我自進門來，也沒有帶得三災七煞，使你家門不興旺，如何要養著一班妖精來欺負我？她們是要我死了，方才安心的。你好過得意？」說罷，嗚嗚咽咽地咒罵。

周庸祐此時，頓覺沒話可說，只得遷怒丫鬟，打的罵的，好使馬氏和春桂撒開手。隨又說道：「古人說：『大事化為小事，小事化為沒事。』方是個興旺之家。若沒點事故，因些意氣，就嚷鬧起來，還成個什麼體統？」說了，即令丫鬟們扶馬氏回去。那馬氏還自不肯去，復在周庸祐面前撒嬌撒痴，言三語四，務欲周庸祐把春桂重重地責罵一頓，討回臉面，方肯罷休。只周庸祐明知馬氏有些不是，卻不忍枉屈春桂，只得含含糊糊地說了一會兒。春桂已聽得出火，便對馬氏著實說道：「去不去由得妳，這會兒是初次到來攪擾，妾還饒讓三分。須知妾在江湖上，見過多少事來，是從不畏懼他人的。若別時再復這樣，管教妳不好看！」周庸祐聽了，還恐馬氏再說，必然鬧個不了，急地罵了春桂幾句，馬氏便不做聲。

因看真春桂的情景，不是好惹的，不如因周庸祐罵了幾句，趁勢回去，較好下場，便沒精打采，引了一干隨從婢僕，一頭罵，一頭出門回去了。

周庸祐便問春桂：「因甚事喧鬧起來？」春桂只是不答。又問丫鬟，那丫鬟才把這事從頭至尾，一五一十地說來。此時周庸祐已低頭不語，春桂便前來說道：「妾當初不知老爺有許多房姬妾，及進門五七天，就聽說東橫街府裡的太太好生厲害，平時提起一個妾字，已帶了七分怒氣。老爺又見她如見虎的，就不該多蓄姬妾，要教人受氣才是。」周庸祐聽罷，仍是沒言可答。春桂即負氣回轉房子裡。

周庸祐一面叫家人打掃地方，將什物再行放好，又囑咐家人，不得將此事泄將出去，免教人作笑話。家人自然唯唯領諾。周庸祐卻轉進春桂房裡，千言萬語地安慰她，春桂還是不瞅不睬。周庸祐道：「妳休怨我，大小間三言兩語，也是常常有的。萬事還有我作主呢。」春桂道：「像老爺紙虎兒，哪裡嚇得人？老爺若還作得主，她哪敢到這裡來說長說短？奈見了她，似蛇見硫磺，動也不敢動，她越加作勢了。只若是畏懼她，當初不合娶妾回來；就是娶了回來，也不該對她說。委屈了妾，也不打緊，只老爺還是個有體面的人家，若常常弄出笑話，如何是好？」周庸祐道：「我是沒有對她說的，或者少西老弟家裡傳出來，也未可定。只她究竟是個主婦，三言兩語，該要饒讓她，自然沒有不安靜的。」春桂道：「你也說得好，她進來時，妾還倒茶伺候她，她沒頭沒腦就嘈鬧起來。妾到這裡，坐還未暖，已是如此，後來還了得？」

周庸祐此時，自思馬氏雖然回去，若常常到來嘈鬧，究沒有了期。想了一會兒，才說道：「俗語說：『不賢妻，不孝子，沒法可治。』四房在府裡，倒被她拿作奴婢一般，便是二房先進來的，還不免受氣。我是沒法了，不如同妳往香港去，和五房居住，意下如何？」春桂道：「如此或得安

靜些，若還留在這裡，妾便死也不甘心！」周庸祐便定了主意，要同春桂往香港。到了次日，即打點停妥，帶齊梳傭侍婢，取齊細軟，越日就望香港而來。東橫街大屋裡，上上下下，都沒一個知覺。只有馬氏使人打聽，知道增沙屋裡已去個乾淨，自去怨罵周庸祐不提。

且說周庸祐同春桂來到香港，先回到宅子裡，桂妹見了周庸祐又帶著一個如花似玉的女子進來，看她動靜卻不甚莊重，自然不是好人家女子的本色，不知又是哪裡帶回的。周庸祐先令春桂與五房姐姐見禮，桂妹也回過了，然後坐下。周庸祐就令人打掃房子，安頓春桂住下。

那一日，春桂正過桂妹的房子來，說起家裡事，少不免互談心曲，春桂就把向在擋子班裡，如何跟了周庸祐，如何被馬氏攪擾，如何來到香港，一五一十地說來，言下少不免有埋怨周庸祐畏懼馬氏的意思。桂妹道：「妹妹忒呆了！不是班主人強妳的，妳結識姓周的沒有幾時，他的家事不知，他的性兒不懂，本不該胡亂隨他。愚姐因沒恩義的乾娘貪著五千銀子，弄姐來到這裡，今已悔之不及了。妳來看，娶了愚姐過來，不過數月，又娶妳妹來了。將來十年八年，還不知再多幾房姬妾。我們便是死了，也不得他來看看。」說罷，不覺淚下。春桂亦為嘆息而去。

桂妹獨自尋思，暗忖自己在香港居住，望長望短，不得周庸祐到來一次；今又與第六房同住，正是會面更少。若回羊城大屋，又恐馬太太不能相容。況且兩三年間，已蓄五六房姬妾，將來還不知更有多少。細想人生如夢，繁華富貴，必有個盡頭。留在這裡，料然沒有什麼好處，倒不如早行打算。想到這裡，又不免想到從前在青樓時那姓張的人了。忽又轉念道：使不得，使不得。自己進他門以來，未有半點面紅面綠，他不負我，我怎好負他？想了一會兒，覺得神思睏倦，就匿在床子上睡去。只哪裡睡得著，左思右想，猛然想起在青樓時，被相士說自己今生許多災難，還恐

第九回　鬧別宅馬娘喪氣　破紅塵桂妹修齋

壽元不永，除是出家，方能抵煞，不如就尋這一條路也好。在女兒家知識未開，自然迷信星相；況那桂妹又有這般感觸，如何不信？當下就立定了主意，要削髮為尼。只是往哪一處削髮才好？忽然又想起未到香港以前，在珠江谷埠時，每年七月捐樓建醮，請來念經的，有一位師父名叫阿光的，是個不長不短的身材，年紀約二十上下，白淨嫣紅的臉面，性情和婉，誦梵音悠揚清亮。自己因愛他一副好聲喉，和他談得很熟，他現在羊城口口庵裡修齋，就往尋他，卻是不錯。但此事不可告人，只可託故而去罷了。便託稱心事不大舒暢，要往戲園裡觀劇。香港戲園每天唱戲，只唱至五句鐘為度。當是時，晚上汽船正在五點開行的時候，就乘機往附汽船，有何不可？

　　次日，先攜了自己私蓄的銀兩，著丫鬟隨著，乘了轎子，先到戲園，隨發付轎子回去。巴不得等四句半鐘時候，先遣開丫鬟，叫她回府催取轎子，丫鬟領命去了。桂妹就乘勢出了戲園，另僱轎子，直到汽船上去。及丫鬟引轎子回到戲園，已不見了桂妹，只道她因唱戲的已經完場，獨坐不雅，故先自回去。就立刻跑回府裡，才知桂妹並未回來，早見得奇異。往返半句鐘有餘，汽船早已開行去了。又等了多時，都不見桂妹人影。

　　周庸祐暗忖桂妹在港多時，斷沒有失路的，究往哪裡去？就著人分頭尋覓，總不見一個影兒。整整鬧了一夜，所有丫鬟婢僕家裡人，上天鑽地，都找遍了，都是空手回來，面面相覷。周庸祐情知有異，就疑她見春桂來了，含了醋意，要另奔別人去。此時便不免想到那姓張的去了，因那姓張的與桂妹是在青樓時的知己，若不是奔他，還奔何人？想罷，不覺大怒，就著人尋那姓張的理論。正是：

　　　方破凡塵歸佛界，又來平地起風波。

　　要知後事如何，且聽下回分解。

第十回
鬧谷埠李宗孔爭釵 走香江周棟臣懼禍

話說周庸祐自桂妹逃後，卻不知得她因什麼事故。細想在這裡居高堂，衣文繡，吃膏粱，呼奴喝婢，還不能安居，一定是前情未斷，要尋那姓張的無疑了，便著家人來找那姓張的理論。偏是事有湊巧，姓張的卻因得了桂妹所贈的三千銀子，已自告假回鄉去了。周庸祐的家人聽得，越想越真，只道他與桂妹一同去了，一發生氣，並說道：「她一個婦人，打什麼緊要？還挾帶多少家財，方才逃去。既是做商業的人，包庇店伴，幹這般勾當，如何使得？」當下你一言，我一語，鬧作一團。

那姓張的，本是個雇工的人，這時那東主聽得，又不知是真是假，向來聽說他與錦繡堂的桂妹是很知己的，此時也不免半信半疑。只得向周庸祐那家人，說幾句好話而罷。過了數天，姓張的回到店子裡，那東主自然把這事責他的不是。姓張的自問這事幹不來，如何肯承認。爭奈做商務的人家，第一是怕店伴行為不端，就有礙店裡的聲名，不管三七二十一，立即把姓張的開除去了。姓張的哪裡分辯得來，心裡只叫幾聲冤枉，拿回衣箱而去。周家聽得姓張的開除去了，也不再來追究。

誰想過了數天，接得郵政局付到一封書，並一包物件，外面寫著「交香港中環士丹利街某號門牌周宅收啟」的十幾個大字，還不知從哪裡寄來的。急急地拆開一看，卻是滑溜溜的一束女兒上頭髮。周庸祐看了，都不解何故，忙又拆那封書看個備細，才知道桂妹削髮出家，這束頭髮，正是

桂妹寄來，以表自己的貞白。周庸祐此時，方知姓張的是個好人，慚愧從前枉屈了他。欲把這事祕密，又恐外人紛傳周宅一個姬妾私奔，大大不好看。倒不如把這事傳講出來，一面著人往姓張的店子，說個不是。從中就有那些好事之徒，勸姓張的到公庭，控姓周的賠醜。唯是做商業的人，本不好生事的，單是周家聞得這點消息，深恐真個鬧出來，到了公堂，更失了體面，便暗中向姓張的賠些銀子，作為了結。自此周庸祐心上覺得有些害羞，倒不大出門去，只得先回省城裡，權住些時，然後來港。當回到東橫街宅子時，對馬氏卻不說起桂妹出家的事，只說自己把桂妹趕逐出來而已。因馬氏素性是最憎侍妾的，把這些話好來結她歡心。那馬氏心裡，巴不得把六房姬妾盡行驅去，拔了眼前釘刺，倒覺乾淨。

那一日，周庸祐正在廳上納悶，忽報馮少伍到來拜候。原來那馮少伍是周庸祐的總角之交，平時是個知己。自從周庸祐憑關庫發達之後，那馮少伍更來得親切。這會兒到來，周庸祐忙接進裡面，茶罷，周庸祐道：「許久不見足下，究往哪裡來？」馮少伍道：「因近日有個機會，正要對老哥說知。」周庸祐便問有什麼機會，馮少伍道：「前署山東藩司山東泰武臨道李宗岱，別字山農，他原是個翰林世家，本身只由副貢出身。自入仕途以來，官星好生了得，不多時就由道員兼署山東布政使。現在力請開缺，承辦山東莒州礦務。他現與小弟結識，就是回籍集股的事宜，也與小弟商酌。試想礦產兩字，是個無窮利路，老哥就從這裡占些股兒，卻也不錯。」周庸祐道：「雖然是好，只小弟向未嘗與那姓李的認識，今日附股的事小，將來獲利的事大。官場裡的難靠，足下可省得？」馮少伍道：「某看李山農這人，很慷慨的，料然不妨。既然足下過慮，待小弟今晚作個東道，並請老哥與山農兩位赴席，看他如何，再行酌奪，你道如何？」周庸祐答個「是」，馮少伍便自辭出。

果然那夜，馮少伍就請齊李、周兩人赴席。偏是合當有事，馮少伍設宴在谷埠繡谷艇的廳上，先是李山農到了，其次周庸祐也到了。賓朋先後到齊，各叫校書到來侑酒。原來李山農因辦礦務的事，回籍集股，鎮日倒在谷埠上花天酒地，所押的校書，一是繡谷艇的鳳蟬，一是肥水艇的銀仔，一就是勝艇的金嬌。那三名校書，一來見李山農是個監司大員，二來又是個辦礦的富商，倒來竭力奉承。那李山農又是個色界情魔，倒與她們很覺親密。這時節，自然叫了那三名校書過來，好不高興。誰想冤家有頭，債各有主，那三名校書，又與周庸祐結交已非一日。當下周庸祐看見李山農與各校書如此款洽，心中自是不快，便問馮少伍道：「那姓李的與這幾名校書，是什麼時候相識的？」馮少伍道：「也不過一月上下。只那姓李的自從回粵之後，已在谷埠攜了妓女三名。聞說這幾天，又要和那數名校書脫籍了。」周庸祐心裡聽得，自是不快。暗忖那姓李的有多少身家，敢和自己作對。就是盡把三妓一齊帶去，只不過花去一萬八千，值什麼錢鈔？看姓李的有什麼法兒。想罷，早打定了主意。

　　當下笙歌滿座，有弄琴的，有唱曲兒的，熱熱鬧鬧，唯李山農卻不知周庸祐的心裡事，只和一班妓女說說笑笑。周庸祐越看不過眼，立即轉過船來，與鴇母說妥，合用五千銀子，準明天要攜那三妓回府去。李山農還不知覺，飲罷之後，意欲回去鳳蟬的房子裡打睡，鴇母哪裡肯依。李山農好不動怒，忙問什麼緣故，才知周庸祐已說妥身價，明天與她們脫籍了。李山農心上又氣又惱，即向鴇母發作道：「如何這事還不對我說？難道李某就沒有三五千銀子，和鳳蟬脫籍不成？我實在說，自山東回來，不及兩月，已攜妓三名。就是佛山蓮花地敝府太史第裡，兄兄弟弟，老老幼幼，已攜帶妓女不下二十名了，哪有那姓周的來？」說了左思右想，要待把這幾名妓女爭回。叵奈周庸祐在關裡的進款，自鴉片歸洋關料理以來，年中

不下二三十萬。且從前積蓄，已有如許家當，講起錢財兩字，料然不能和他爭氣，唯有忍耐忍耐。沒精打采地回轉來，已有四更天氣，心上想了又想，真是睡不著。

到了越日，著人打聽，已知周庸祐把銀子交妥，把那三名妓女，不動聲色地帶回增沙別宅，那別宅就是安頓春桂的住處。這會兒，比不得從前在香港攜帶桂妹的喧鬧，因恐馬氏知道了，又要生出事來，因此祕密風聲，不敢教人知覺。唯是李山農聽得，心裡憤火中燒，正要尋個計兒，待周庸祐識得自己的手段，好泄這口氣。猛然想起現任的張總督，屢想查察海關庫裡的積弊。現時總督的幕府，一位姓徐的老夫子喚作賡揚，也曾任過南海知縣，他敲詐富戶的手段好生厲害，年前查抄那沈韶笙的一宗案件，就是個榜樣。況自己與那徐賡揚是個知己，不如與他商酌商酌，以泄此恨，豈不甚妙？想罷，覺得有理，忙即乘了轎子，望徐賡揚的公館而來。

當下兩人相見，寒暄數語，循例說幾句辦礦的公事，就說到周庸祐身上。先隱過爭妓的情節不提，假說現在餉項支絀，須要尋些財路；又說稱周庸祐怎麼豪富，關裡怎麼弊端，說得落花流水。徐賡揚道：「這事即張帥早有此意，奈未拿著他的痛腳兒；且關裡的情形，還不甚熟悉。若要全盤翻起，恐礙著歷任海關的面上，覺得不好看，是以未敢遽行發作。老哥此論，正中下懷，待有機會，就從這裡下手便是。」李山農聽了，忙稱謝而出。心裡又暗恨馮少伍請周庸祐赴席，致失自己的體面，口雖不言，只面色常有些不妥。馮少伍早已看得，即來對周庸祐說個備細。周庸祐道：「足下好多心，難道除了李山農，足下就沒有吹飯的所在不成？現在小弟事務紛紛，正要尋個幫手，請足下就來合下，幫著小弟打點各事，未審尊意若何？」馮少伍聽得，不勝之喜。自此就進周府裡打點事務，外面家

事，自由駱子棠料理，餘外緊要事情，例由馮少伍經手。有事則作為紀綱，沒事時便如清客一般，不是到談瀛社談天，就是在廳子裡言今說古。

那馮少伍本是個機警不過的人，因見馬氏有這般權勢，連周庸祐倒要看她臉面，因此上在周庸祐面前，自一力趨承；在馬氏面前，又有一番承順，馬氏自然是歡喜他的了。只是馬氏身子，平素是最孱弱的，差不多十天之內，倒有八九天身子不大舒暢，稍吃些膩滯，就乘機發起病來。偏又不能節戒飲食，最愛吃的是金華腿，常說道，每膳不設金華腿，就不能下箸。故早晚二膳，必設金華腿兩大碟子，一碟子是家內各人吃的，一碟子就獨自受用，無論吃多吃少，這兩大碟子金華腿是斷不能缺的，若有殘餘，便給下人吃去。故周宅每月食品，單是金華腿一項，準要三百銀子有餘。

周庸祐見馬氏身子羸弱，又不能戒節口腹，故常以為慮。馮少伍道：「馬太太身子不好，性又好怒，最要斂些肝火，莫如吸食洋膏子，較足養神益壽。像老哥富厚的人家，就月中多花一二百銀子，也沒緊要。但得太太平安，就是好了。」周庸祐聽得，覺得此話有理，因自己自吸食洋膏以來，也減了許多微病，便勸馬氏吸食洋膏。那馬氏是個好舒展闊款子、不顧錢財的人物，聽了自沒有不從，即著人購置煙具。馮少伍就竭力找尋，好容易找得一副奇巧的，這煙盤子是酸枝密鑲最美的螺甸，光彩射人，盤子四角，都用金鑲就。大盤裡一個小盤子，卻用紋銀雕成細緻花草，內鋪一幅宮筆春意圖，上用水晶罩住。這燈子是原身玻璃燒出無數花卉，燈膽另又一幅五色八仙圖，好生精緻。隨購了三對洋煙管，一對是原枝橘紅，外抹福州漆；一對是金身五彩玉石製成；一對是崖州竹外鑲玳瑁。這三對洋煙管，都是金堂口，頭尾金，管夾象牙。其餘香娘、青草、譚元記等有名的煙斗，約共七八對。至於煙盤上貴重的玩器，也不能勝數。單是這一

副煙具，通通費三千銀子有餘。

　　馬氏自從吸食洋膏之後，精神好像好些，也不像從前許多毛病，只是身體越加消瘦了。那周庸祐除日間出談瀛社閒逛，和朋友玩賭具，或是花天酒地之外，每天到增沙別宅一次，到素波巷香屏的別宅一次，或十天八天，到關裡一次不等。所有餘日，不是和清客談天，就是和馬氏對著弄洋膏子。人生快樂，也算獨一無二的了。

　　不想安樂之中，常伏有驚心之事。那一日，正在廳子裡打座，只見馮少伍自門外回來，腳步來得甚速，面色也不同。踏到廳子上，向周庸祐附耳說了幾句話，周庸祐登時臉上帶些青黃，忙屏退左右，問馮少伍道：「這話是從哪裡聽得來的？」馮少伍道：「小弟今天有事，因進督衙裡尋那文案老夫子會話，聽說張大帥因中法在諒山的戰事，自講和之後，這賠款六百萬由廣東交出。此事雖隔數年，為因當日挪移這筆款，故今日廣東的財政，十分支絀，專憑敲詐富戶。聽得關程許多中飽，所以把從前欲查辦令舅父傅成的手段，再拿出來。小弟聽得這個消息，故特跑回通報。」周庸祐道：「他若要查辦，必累監督聯大人，那聯大人是小弟與他弄這個官兒的，既有切膚之痛，料不忍坐視，此事或不須憂慮。」馮少伍道：「不是這樣說。那張帥自奏參崇厚以來，聖眷甚深，哪事幹不來？且他衙裡有一位姓徐的刑名老夫子，好生厲害。有老哥在，自然敲詐老哥。若聯大人出頭，他不免連聯大人也要參一本了。」周庸祐道：「似此怎生才好？」馮少伍道：「前者傅成就是個榜樣，為老哥計，這關裡的庫書，是個鄧氏銅山，自不必轉讓他人，但本身倒要權時走往香港那裡躲避。張帥見老哥不在，自然息了念頭。他看敦郡王的情面，既拿老哥不著，未必和聯大人作對。待三兩年間，張帥調任，這時再回來，豈不甚妙？」周庸祐道：「此計亦可，但這裡家事，放心不下，卻又如何？」馮少伍道：「老哥忒呆了！府上

不是憂柴憂米，何勞掛心？內事有馬太太主持，外事自有小弟們效力，包管妥當的了。」周庸祐此時，心中已決，便轉進裡面，和馬氏商議。正是：

營私徒擁薰天富，懼禍先為避地謀。

要知後事如何，且聽下回分解。

第十回　鬧谷埠李宗孔爭釵 走香江周棟臣懼禍

第十一回
築劇臺大興土木 交豪門共結金蘭

　　話說周庸祐聽得馮少伍回來報說，因督帥張公要查辦關裡的中飽，暗忖此事若然幹出來，監督未必為自己出頭。除非自己去了，或者督帥息了念頭，免至牽涉。若是不然，怕他敲詐起來，非傾耗家財，就是沒法了。計不如三十六著，走為上著，便進內與馬氏商議此事。馬氏道：「此事自然是避之則吉，但不知關庫裡的事務，又靠何人打點？」周庸祐道：「有馮少伍在，諸事不必掛意。細想在羊城裡，終非安穩，又不如在香港置些產業，較為妥當。現關裡的庫款，未到監督滿任以前，是存貯不動的。某不如再拿三五十萬，先往香港去，天幸張督帥調任，自回來填還此款。縱認真查辦，是橫豎不能免罪的，不如多此三五十萬較好。這時縱羊城的產業顧不住，還可作海外的富家兒了。」馬氏道：「此計很妙，但到香港時住在哪處，當給妾一個信息，妾亦可常常來往。」

　　周庸祐領諾而出，隨向伍氏姨太太和錦霞姨太太及素波巷、增沙的別宅各姨太太，先後告訴過了。即跑到關裡，尋著那代管帳的，託稱有點事，要移轉三五十萬銀子。那管帳人不過是代他管理的，自然不敢抗他。周庸祐便拿了四十萬上下，先由銀號匯到香港去了。然後回轉宅子裡，打疊細軟。此行本不欲使人知覺，更不攜帶隨伴，獨自一人，攜著行筐，竟乘夜附搭汽船，望香港而去。到後先函知馬氏，說自己平安到埠。又飛函馮少伍，著他到增沙別宅，把第七房鳳蟬、第八房銀仔的兩房姬妾送到港

來，也不與春桂同住，就尋著一位好友，姓梁別字早田，開張口記船務辦館生理的，在他店的樓上居住，不在話下。

馬氏自周庸祐去後，往常家裡事務，本全託管家人打點，東思銀兩過付還多，因周庸祐不在，誠恐被人欺弄，不免事事倒要自己過目。家人盡知她索性最多疑忌，也不為怪。只是馬氏身子很弱，精神不大好，加以留心各事，更耗心神，只憑弄些洋膏子消遣，暇時就要尋些樂事，好散悶兒。單是丫鬟寶蟬，生性最是伶俐，常討得馬氏的歡心，不時勸馬氏唱演堂戲散悶；馬氏又最愛聽戲的，所以東橫街周宅裡，一月之內，差不多有二十天鑼鼓喧天，笙歌盈耳。

那一日，正在唱戲時候，適馮少伍自香港回來。先見了馬氏，素知馬氏性妒，即隱過送周庸祐姬妾到港的事不提，只回說周庸祐已平安住港而已。馬氏道：「周老爺有怎麼話囑咐？」馮少伍道：「他囑某轉致太太，萬事放開心裡，早晚尋些樂境，消遣消遣，若弄壞了身子，就不是頑的。」馬氏道：「我也省得。自老爺去後，天天到南關和樂戲院聽戲，覺往來不方便，因此在府裡改唱堂戲。你回來得湊巧，今正在開演，用過飯就來聽戲罷。」馮少伍道：「在船上吃過西餐，這會兒不必弄飯了。」說了，就靠一旁坐下，隨又說道：「唱堂戲是很好，只常蓋篷棚在府裡，水火兩字，很要小心。倒不如在府裡建築戲場，不過破費一萬八千，就三五萬花去了，究竟安穩。」馬氏一聽，正是一言驚醒夢中人，不覺歡喜答道：「終是馮管家有閱歷的人也，見得到。看後國許多地方，準可使得，明日就煩管家繪圖建築便是。」馮少伍聽得，一聲領諾，隨轉出來。

一宿無話。越日即到後花園裡，相度過地形，先將圍內增置花卉，或添置樓閣，與及戲臺形式，都請人繪就圖說，隨對馬氏說道：「請問太太，建築戲場的材料，是用上等的，還是用平常的？」馬氏笑道：「唉！馮管

家真瘋了！我府裡幹事，是從不計較省嗇的，你在府裡多時，難道不知？這會兒自然用上等的材料，何必多問？還有聽戲的座位，總要好些。因我素性好睡，不耐久坐的，不如睡下才聽戲，倒還自在呢。」馮少伍聽罷，得了主意。因馬太太近來好吸洋膏子，沒半刻空閒時候，不如戲臺對著那一邊另築一樓，比戲臺還高些，好待她吸煙時看戲才好。想罷，便說一聲「理會得」，然後轉出。

　　擇日興工，與工匠說妥，中央自是戲臺，兩旁各築一小閣，作男女聽戲的座位。對著戲臺，又建一樓，是預備馬氏聽戲的座處。樓上中央，以紫檀木做成煙炕，炕上及四周，都雕刻花草，並點綴金彩。戲臺兩邊大柱，用原身樟木雕花的，餘外全用格木，點綴輝煌。所有磚瓦灰石，都用上等的，是不消說得。總計連工包料，共八萬銀子。待擇妥興工的日辰，即回覆馬氏。此時府裡上下，都知增建戲臺的事，只道此後常常聽戲，好不歡喜。

　　次日，馬氏即同四房錦霞跟著，扶了丫鬟瑞香，同進花園裡看看地勢。一路繞行花徑，分花拂柳而來。到一株海棠樹下，忽聽得花下石磴上，露出兩個影兒，卻不覺得馬氏三人來到。馬氏聽得人聲喁喁細語，就潛身花下一聽，只聽得一人說道：「這會兒於建築戲臺，本不合興工的。」那一人道：「怎麼說？難道老爺不在這裡，馬太太就做不得主不成？」這一人又道：「不是這樣說。你看馬太太的身形，腹裡比從前大得很，料然又是受了胎氣的了，怕動工時沖犯著了，就不是頑的。」那一人又道：「沖犯著便怎麼樣？」這一人又道：「我聽人說：凡受了胎的婦人，就有胎神在屋裡。那胎神一天一天的坐處不同，有時移動一木一石，也會沖犯著的。到興工時，哪裡關照得許多，怕一點兒不謹慎，就要小產下來，可不是好笑的嗎？」那一人聽罷，啐一口道：「小小妮子懂怎麼？說怎麼大產小產，

好不害羞！」說了，這一人滿面通紅，從花下跑出來，恰與馬氏打一個照面。馬氏一看，不是別人，跑出來的，正是四房的丫鬟麗娟，還坐在石磴上的，卻是自己的丫鬟寶蟬。麗娟料然方才說的話早被馬氏聽著了，登時臉上青黃不定。錦霞恐馬氏把她來生氣，先說道：「偷著空兒，就躲到這裡，還不回去，在這裡幹什麼？」麗娟聽了，像得了一個大機會一般，就一溜煙地跑去了。馬氏即轉過來，要責罵寶蟬，誰想寶蟬已先自跑回去了。

　　馬氏心上好不自在，隨與二人回轉來。先到自己的房子裡，暗忖那丫鬟說的話，確實有理，她又沒有一言犯著自己，本來怪她不得。只即傳馮少伍進來，問他幾時動工。馮少伍道：「現在已和那起做的店子打定合約，只未擇定興工的日子。因這時三月天氣，雨水正多，恐有妨礙工程，準在下月罷。」馬氏道：「立了合約，料然中止不得。只是興工的日元，準要細心，休要沖犯著家裡人。你可拿我母女和老爺的年庚，交易士看，勿使相沖才好。」馮少伍答一聲「理會得」，隨退出來。暗忖馬氏著自己勿選相沖的日子，自是合理，但偏不掛著各房姬妾，卻又什麼緣故？看來倒有些偏心。又想昨兒說起建築戲臺，她好生歡喜，今兒自花園裡回來，卻似有些狐疑不定，實在摸不著她的意。隨即訪問丫鬟，馬太太在花園有怎麼說話。才知她聽得麗娟的議論。因此就找著星士，說明這個緣故，仔細擇個日元。到了動工時，每日必拿時憲書看過胎神，然後把物件移動，故馬氏越贊馮少伍懂事。

　　話休煩絮。自此周府內大興土木，增築戲臺樓閣，十分忙碌。偏是事有湊巧，自興工那日，四房錦霞姨太太染了一病，初時不過頭帶微痛，漸漸竟頭暈目眩，每天到下午，就發熱起來。那馬氏生平的性兒，提起一個妾字，就好像眼前釘刺，故錦霞一連病了幾天，馬氏倒不甚掛意，只由管

家令丫鬟請醫合藥而已。奈病勢總不見有起色，馮少伍就連忙修函，說與周庸祐知道。是時錦霞已日重一日，料知此病不能挽回，周庸祐又不在這裡，馬氏從不曾過來問候一聲，只有二姨太太或香屏姨太太，每天到來問候，除此之外，只靠著兩個丫鬟服侍。自想自己落在這等人家，也算不錯，奈病得這般冷淡，想到此情，不免眼中吊淚。

那日正自愁嘆，忽接得周庸祐由香港寄回一書，都是叫她留心調養的話。末後又寫道：「今年建造戲臺，實在不合，因時憲書說本年大利東方，不利南北，自己宅子實在不合向。」這等話看了，更加愁悶。果然這數天水米不能入口，馬氏天天都是離家尋親問戚，只有二姨太太替他打點，看得錦霞這般沉重，便問她有怎麼囑咐。錦霞嘆一聲道：「老爺不在這裡，有什麼囑咐？死生有命，只可惜落在如此豪富的人家，結局得這個樣子。」二姨太太道：「人生在世，是說不定的，妹妹休怨。還怕我們後來比妹還不及呢！」說了，又大家垂淚。是夜到了三更時候，錦霞竟然撐不住，就奄然歿了。當下府裡好不忙亂，馬氏又不在府裡，一切喪事，倒不能拿得主意。

原來馬氏平日，與潘子慶和陳亮臣的兩位娘子最為知己，那潘子慶是管理關裡的冊房，卻與周庸祐同事的。那陳亮臣就是西橫街內一個中上的富戶。馬氏平日，最好與那兩家來往；那兩家的娘子，又最能得馬氏的歡心，因是一個大富人家，哪個不來巴結？無論馬氏有什麼事，或一點不自在，就過府來問前問後，就中兩人都是。潘家娘子朱氏，周旋更密，其次就是陳家的娘子李氏了。自從周宅裡興工建築戲臺，已停止唱演堂戲，故馬氏常到潘家的娘子那裡談天。這時，陳家的李氏因馬氏到了，倒常常在潘宅裡，終日是抹葉子為戲。那馬氏本有一宗癖性，無論到了哪處人家，若是他的正妻相見，自然是禮數殷勤；若還提起一個妾字，縱王公府裡的

寵姬，馬氏也卻瞧也不瞧。潘、陳兩家娘子，早識她意思，所以馬氏到來，從不喚侍妾出來見禮，故馬氏的眼兒，自覺乾淨。自到了潘家盤桓之後，錦霞到病重之時，馬氏卻不知得，家人又知她最怕聽說個妾字，卻不敢到來奔報。

　　正是人逢知己，好不得意。那一日，馬氏對潘家朱氏說道：「我兩人和陳家娘子，是個莫逆交，倒不如結為姊妹，較覺親熱，未審兩人意見何如？」朱氏道：「此事甚好，只我們高扳不起，卻又怎好？」馬氏道：「說怎麼高扳兩字？彼此知心，休說閒話罷。」朱氏聽了，就點頭稱善，徐又把這意對李氏說知，李氏自然沒有不允。當下三人說合，共排起年庚，讓朱氏為姊，馬氏為次，李氏為妹，各自寫了年庚及父名母姓，與丈夫何人，並子女若於人，一一都要寫妥。誰想馬氏寫了多時，就躺在炕上吸洋膏子，只見朱、李兩人翻來覆去，總未寫得停妥。馬氏暗忖：她兩人是念書識字的，如何一個蘭譜也寫不出？覺得奇怪，只不便動問。

　　原來朱氏心裡，自忖蘭譜上本該把侍妾與及侍妾的兒女一併填注，奈馬氏是最不要提個妾字，這樣如何是好？想了一會兒，總沒主意，就轉問李氏怎樣寫法才好。不想李氏亦因這個意見，因此還未下筆。聽得朱氏一問，兩人面面相覷。沒奈何，只得齊來問問馬氏要怎麼寫法。馬氏道：「難道兩位姊妹連蘭譜也不會寫的？」說罷，忙把自己所寫的，給兩人看。兩人看了，見馬氏不待侍妾不提，就是侍妾的兒女，也並不寫及。朱氏暗忖：自己的丈夫，比不得周庸祐，若然抹煞了侍妾們，怕潘子慶有些不悅。只得擠著膽子，向馬氏說道：「愚姊的意思，見得妾子也一般認正妻為嫡母，故欲把庶出的兩個兒子，一併寫入，尊意以為可否？」馬氏道：「她們的兒子，卻不是我們的兒子，斷斷寫不得的。」朱氏聽得，本知此言實屬無理，親不忍拂馬氏的性，只勉強答一聲「是」，然後回去，立刻依

樣寫了。

這時三人就把自己的年庚，放在桌子上，焚香當天禱告，永遠結為異性姊妹，大家相愛相護，要像同父同母生下來的。拜罷天地，然後焚化寶帛，三人再復見過了一個禮，又斟了三杯酒。正在大家對飲，只見周府上四房的丫鬟彩鳳和梳傭六姐，汗淋淋地跑到潘宅來，見了馬氏，齊聲說道：「太太不好了！四姨太太卻升仙去了！」正是：

堂前方結聯盟譜，府上先傳噩耗聲。

要知後事如何，且聽下回分解。

第十一回　築劇臺大興土木 交豪門共結金蘭

第十二回
狡和尚看相論銀精 冶丫鬟調情鬧花徑

　　話說馬氏太太和潘家的朱氏、陳家李氏三人結了姊妹，正在交杯共飲的時候，忽見四房的丫鬟彩鳳和流傭六姐到來，報告回房錦霞的喪事。馬氏聽了，好生不悅，因正在結義之時，說了許多吉祥的話兒，一旦聞報凶耗，那馬氏又是個最多忌諱的人，聽了登時罵道：「這算什麼事，卻到來大驚小怪？自古道：『有子方為妾，無子便算婢。』由她死去，干我什麼事？況這裡不是錦霞丫頭的外家，到來報什麼喪事？快些爬去罷！」

　　當下彩鳳和六姐聽罷，好似一盤冷水從頭頂澆下來。彩鳳更慌做一團，沒一句說話。還是六姐心中不眼，便答道：「可不是家有千口，主事一人。家內人沒了，不告太太，還告誰去？」馬氏道：「府裡還有管家，既然是沒了，就買副吉祥板，把她殮葬了就是。她沒有一男半女，又不是七老八大，自然不消張皇做好事，對我說什麼？妳們且回去，叫馮、駱兩管家依著辦去罷。」彩鳳便與六姐一同跑回去，把馬氏這些話，對駱子棠說知，只得著人草草辦理。但府上一個姨太太沒了，門前掛白，堂上供靈，這兩件事，是斷斷少不了的。只怕馬氏還不喜歡，究竟不敢作主。

　　家裡上下人等，看見錦霞死得這般冷淡，枉嫁如此人家。況且錦霞生前，與太太又沒有過不去，尚且如此。各人想到此層，都為傷感。便是朱氏和李氏，聽得馬氏這番說話，都嫌她太過。還虧朱氏多長兩歲年紀，看不過，就勸道：「四房雖是個侍妾，仍是姊妹行。她平生沒有十分失德，

且如此門戶，倒要體面體面，免落得外人說笑。」馬氏心裡，本甚不以此說為然；奈是新結義的姐姐，怎好拂她？只得勉強點頭稱是。便與丫鬟辭出潘宅，打轎子回來。駱管家再復向她請示，馬氏便著循例開喪，命丫鬟們上孝，三七二十一天之內，造三次好事，買了一副百把銀子的長生板，越日就殮她去了。各親串朋友，倒見馬氏素性不喜歡侍妾的，也不敢到來祭奠。各房姬妾與各房丫鬟，想起人死無仇，錦霞既沒有十分失德，馬氏縱然憎惡侍妾，但既然死了，也不該如此冷落，因此觸景生憐，不免為之哀哭。那彩鳳想錦霞是自己的主人，越哭得淒楚。馬氏看了，心上自然不自在。

　　過了三旬，就是喪事完滿，馬氏想起現時建築戲臺的事，周老爺也說過，本年不合方向，果然興工未久，就沒了錦霞。縱然把自己夫妻母女的年慶，交星士算過，斷然沒有沖犯，只究竟心裡疑懼。那日就對丫鬟寶蟬說起此事，言下似因起做不合方向，仍恐自己將來有些不妥的意思。寶蟬道：「太太休多心，這會兒四姨太沒了，也不關什麼沖犯，倒是她命裡注定的了。」馬氏道：「胡說！妳哪裡得知？這話是人人會說的，休來瞞我。」寶蟬道：「哪敢來瞞太太？實在說，前月奴婢與瑞香，隨著四姨太到華林寺參拜羅漢，志在數羅漢卜兒女。遇了一個法師，喚作志存，是寺裡一個知客，向他問各位羅漢的名字。說了幾句話兒，就知他是個善看相的，就到他房子裡看相。那志存和尚說她本年氣色不佳，必有大大的災險。四姨太登時慌了，就請他實在說。他還指著四姨太的鼻兒，說她準頭暗晦，且額上黑氣遮蓋天庭，恐防三兩月之內，不容易得吉星救護。除是誠心供事神佛，或者能免大禍。故四姨太就在寺裡許下血盆經，又順道往各廟堂作福。誰想靈神難救，竟是歿了，可不是命裡注定的嗎？」馬氏道：「原來如此，這和尚真是本領，能知過去未來，不如我請他到來看看也好。」寶蟬

道：「那有什麼不好？若是太太請他到來，奴婢也要順便看看。」馬氏道：「這可使得。」便著人到華林寺裡，要請志存和尚到來看相。

　　這志存聽得周府上馬太太請他看相，自然沒有不來。暗忖從前看他四姨太太，不過無意中說得湊巧；這會兒馬氏她如何出身，如何情性，及夫婿何人，已通通知得的。縱然不能十分靈驗，準有八九妥當。更加幾句讚語，不由她不喜歡。便放著膽子到來。先由駱管家接待，即報知馬氏說：「相士到了。」馬氏就扶丫鬟寶蟬出來，到廂廳裡坐定，隨請相士進來。那志存身穿一件元青杭綢袈裟，足登一雙烏緞子鞋，年紀三十上下。生得眉清目秀，舉動溫柔，看了自不動人憎厭。手搖紙扇，進到廂廳上，喚一聲「太太」，隨見一個禮。馬氏回過了，就讓他坐下。寶蟬代說道：「前兒大師與四姨太太看相。實在靈驗，因此上太太也請大師到來看看。」

　　志存謙讓一番，先索馬氏右掌一看，志存先讚道：「掌軟如綿，食祿萬千，便不是尋常的。看掌紋深細，主為人聰明伶俐。中間明堂深聚，天地人三紋清楚，財帛豐盈，不消說了。休、生、傷、杜、景、死、驚、開八門即八卦，獨惜乾、坎兩宮，略為低陷，恐少年已克父母，即祖業根基，仍防中落。餘外良、震、巽、離、坤、兌各宮，豐滿異常，更有佳者。看巽宮則配夫必巨富，看離位則誥命至夫人，實是萬中無一。況指中賓主相對，貧僧閱人千萬，未有這般好掌。」馬氏笑說道：「大師休過獎，實些兒說罷。」志存道：「貧僧是不懂奉承的，太太休得思疑。」說了又看面部，更搖頭伸舌，讚不絕口。即請馬氏用金釵兒挑起鬢翼一看，隨道：「少年十四載俱行耳運，是為採聽官，惜兩耳輪廓欠分，少運就差些了。自十五入額運，正是一路光明。且保壽宮眉分八彩，鼻如懸膽，可知大富由天定。眼中清亮藏神，自然福壽人也。且人中深長，子息無憂。唯先女後男，恐帶虛花耳。至於地角圓滿，雙顴得佩，萬人中好容易有如此

091

相格。且髮如潤絲，頸項圓長，活是一個鳳形。依相書說，問壽在神，求全在聲。今太太精神清越，聲音嬌亮，貧僧拼斷一句，此金形成局，直是銀精，所到則富。所以周老爺自得太太回來，一年發一年，就是這個緣故。」馬氏道：「既是所到則富，怎麼未出閣時，父母早過去了？」志存道：「女生外向，故不能旺父母，只能旺夫家。」馬氏道：「是了。只依大師說，問壽在神，怎麼我常常見精神睏倦，近來多吸了洋膏子，還沒有十分功效，究竟壽元怎地？」志存道：「此是後天過勞所致，畢竟元神藏在裡面。壽元嗎，盡在花甲以外，是斷然的。」馬氏又問道：「雖是這樣，只現在精神睏得慌，卻又怎好？」志存答道：「這樣盡可培補，既是太太要吸洋膏子，若用人蔘熬煎洋膏，然後吸下，自沒有不能復元的了。」

馬氏聽得這一席話，心上好不歡喜。可惜周老爺不在這裡，若還在時，給他聽聽，豈不甚妙？忽又轉念道：不如叫那大師依樣把全相批出來，寄到周老爺那裡一看，自己定然加倍體面。想了，就喚志存批相。志存早會此意，便應允下日批妥送來。馬氏道：「大師若是回去，然後批妥送來，怕方才這番說話就忘卻了。」志存說道：「哪裡話？大凡大貴大賤的相，自然一望而知。像太太的相格，是從不多見的，哪有忘卻的道理？」馬氏點頭說聲「是」，就令家人引志存到大廳上談天，管待茶點。先備了二百兩銀子作賞封，送將出來。志存還作謙讓一回，才肯收下。

少頃，志存辭了出來，越日即著人把相本送到。推馬氏自得志存說他是銀精，心上就常掛著這兩個字，又恐他批時漏了銀精兩個字，即把這相本喚馮少伍從頭讀過一遍，果然較看相時有加多讚詞，沒有減少獎語，就滿心歡喜。正自得意，只見三房香屏姨太轉過來，馬氏即笑著說道：「三丫頭來得遲了，那志存大師看相，好生了得！若是昨兒過來，順便看看也好。」香屏道：「妾不看也罷了。這般薄命人，看時怕要失禮相士。」說罷，

笑了一聲，即轉進二姨太房裡去，忽見伍氏正睡在床上，香屏搖他說道：「鎮日睡昏昏，昨夜裡往哪裡來？竟夜沒有睡過不成？」伍氏還未醒來，香屏即在她耳邊轟的叫了一聲，嚇得伍氏一跳，即扭轉身來一瞧，見是香屏，香屏就笑個不住，即啐一口道：「鎮日裡睡什麼？」伍氏道：「我若還不睡，怕見了銀精，就相形見絀的了。」香屏料知此話有些來歷，就問伍氏怎地說這話。伍氏即把昨兒馬氏看相，志存和尚怎麼讚她，說個透亮。香屏即罵道：「相士說她進門來旺夫益婿，難道我們進來，就累老爺丐食不成？」伍氏道：「妹妹休多說，妳若還看相時，恐相士又是一般讚賞，也未可定。」說了，大家都笑起來。

香屏道：「休再睡了，現時已是晚膳的時候，築戲臺的工匠也放工去了，我們到花園裡看看晚景，散散悶兒罷。」伍氏答個「是」，就喚梳傭容姐進來輕輕挽過鬢兒，即攜著丫鬟巧桃，直進花園裡去。只見戲臺四面牆壁，也築得一半，各處樓閣，早已升梁。一路行來，棚上夜香，芳氣撲鼻。轉過一旁，就是一所荼薇架，香屏就順手摘了一朵，插在鬢上，即轉過蓮花池上的亭子坐下。丫鬟巧桃，把水煙角遞上，即潛出亭子，往別處遊玩去。

伍氏兩人抽一回煙，就在亭畔對著鸚鵡，和牠說笑。不覺失手，把一持金面象牙柄的扇子，墜在池上去。池水響了一聲，把樹上的雀兒驚得亂鳴。就聽得那一旁花徑，露些聲息，似是人聲細語。香屏也聽得奇異，正向花徑四圍張望，只見巧桃額上流著一把汗，跑回亭子來。伍氏即接著，問她什麼事，巧桃還不敢說，伍氏罵了一聲，巧桃即說道：「奴婢說出來沒打緊，但求二姨太三姨太休泄出來是奴婢說的。」伍氏道：「我自有主意，妳只管說來。」巧桃道：「方才二太太在這裡，奴婢轉進前面去，志在摘些茉莉回來。不料到花徑這一旁……」巧桃說到這一句，往下又不說

了。香屏又罵道：「臭丫頭！有話只管說，鬼鬼祟祟幹什麼？」巧桃才再說
道：「到花徑那旁，只見瑞香姐姐赤著身兒，在花下和那玉哥兒相戲，奴
婢就閃在一旁看。不提防水上有點聲兒，那玉哥兒就一溜煙地跑了，現時
瑞香姐還坐在那裡摘花呢。」

　　伍氏聽了，面上就飛紅起來，即攜香屏，令巧桃引路，直闖進花徑
來。到時，還見瑞香呆立花下，見了伍氏三人，臉上就像抹了胭脂的，已
通紅一片，顫顫地喚了一聲：「二姨太，三姨太。」伍氏道：「天時晚了，
妳在這裡怎麼？我方才見阿玉在這裡，這會兒他又往哪裡去？」瑞香聽到
這裡，好似頭上起了轟天雷一般。原來那姓李的阿玉，是周庸祐的體己家
童，年約二十上下，生得白淨的臉兒，常在馬氏房裡穿房人室，與瑞香眉
來眼去，已非一日。故窺著空兒，就約同到花徑裡，幹這些無恥的事。當
下瑞香聽得伍氏一問，哪有不慌？料然方才的事，早被她們看破，只得勉
強答道：「姨太太說什麼話？玉哥兒沒有到這裡來。」伍氏道：「我是明明
見的，故擲個石子到池上去，他就跑了。沒廉恥的行貨子，好好實在說，
老爺家聲是緊要的。若還不認，我就太太那裡，問一聲是什麼規矩？」

　　瑞香聽罷，料然此事瞞不去，不覺眼中掉淚，跪在伍氏和香屏跟前，
哭著說道：「兩位姨太太為奴婢遮瞞，奴婢此後是斷不敢幹了。」說了又
哭。伍氏暗忖道：就把此事揚出來，反於家聲有礙。且料馬氏必然不認，
反致生氣，不如隱過為妙。但恐丫鬟們更無忌憚，只得著實責她道：「妳
若知悔，我就罷休。但此後妳不得和玉哥說一句話，若是不然，我就要說
出來，這時怕太太要打下妳半截來，妳也死了逃不去的，妳可省得？」瑞
香聽了，像個囚犯遇大赦一般，千恩萬謝地說道：「奴婢知道了，奴婢的
命，是姨太太挽回的，這點事此後死也不敢再幹了。」伍氏即罵道：「快滾
下去！」瑞香就拭淚跑出來，伍氏三人，即同回轉大堂上，並囑香屏姨太

和巧桃休要聲張，竟把此事隱過不提。正是：

　　門庭苟長驕淫習，閨閣先聞穢德腥。

　　要知後事如何，且聽下回分解。

第十二回　狡和尚看相論銀精 冶丫鬟調情鬧花徑

第十三回
余慶雲被控押監房 周少西受委權書吏

　　話說二房伍氏姨太和香屏姨太在花園裡，見馬氏的丫鬟瑞香與玉哥兒在花下幹這些無恥事，立即把瑞香罵了一頓，隨轉出來，囑咐香屏與丫鬟巧桃休得聲張。因恐馬氏不是目中親見的，必然袒庇丫鬟，這時反教丫鬟的膽子愈加大了。倘看不過時，又不便和馬氏合氣，便將此事隱過便了，只令馮、駱兩管家謹慎防範丫鬟的舉動而已。自此馮、駱兩人，也隨時在花園裡梳巡，又順便查看建造戲臺的工程。果然三數月內，戲臺也建築好了，及增建的亭閣與看戲的生處，先後竣工。即回明馬氏，馬氏就到場裡審視一周，確是金碧輝煌，雕刻精緻。正面的聽戲座位，更自華麗，就躺在炕上，那一個戲場已在目前。

　　馬氏看了，心中大悅，一發令人到香港報知周庸祐，併購了幾個望遠鏡，好便看戲時所用。隨與馮少伍商酌，正要賀新戲臺落成，擇日唱戲。馮少伍道：「這是本該要的。但俗話說，大凡新戲臺煞氣很重，自然要請個正一道士，或是茅山法師，到來開壇奠土，祭白虎、舞獅子，辟除煞氣，才好開演。這不是晚生多事，怕煞氣沖將起來，就有些不妥。不如辦妥那幾件事，一併待周老爺回來，然後慶賀落成，擺筵唱戲，豈不甚妙？」馬氏道：「此事我也忘卻了，但凡事情該辦的，就該辦去，說什麼多事？只不知老爺何日回來，可不是又費了時日嗎？」馮少伍道：「有點事正要對太太說，現張督帥不久就離粵東去了。」馬氏喜道：「可是真的？

這點消息究從哪裡得來？」馮少伍道：「是昨兒督衙裡接得京報，因朝上要由兩湖至廣東建築一條火車運動行的鐵路，內外大臣都說是工程浩大，建造也不容易。又有說，中國風氣與外國不同，就不宜建設鐵路的，故此朝廷不決。還虧張督帥上了一道本章主張建造的，所以朝上看他本章說得有理，就知他有點本領，因此把湖廣的李督帥調來廣東，卻把張督帥調往湖廣去，就是這個緣故。」馬氏道：「既是如此，就是天公庇祐我們的。怪得我昨兒到城隍廟裡參神，拿籤筒兒求籤，問問家宅，那籤道是：『逢凶化吉，遇險皆安。目前晦滯，久後禎祥。』看來卻是不錯的。」馮少伍道：「求籤問卜，本沒什麼憑據，唯張督帥調省的事既是真的，那籤卻有如此湊巧。」馬氏道：「咦！你又來了，自古道：『人未知，神先知。』哪裡說沒憑據？你且下處打聽打聽罷。」馮少伍答了兩個「是」，就辭出來。

果然到了第二天，轅門抄把紅單發出，張督帥就確調任湖廣去了。馬氏聽得，好不歡喜。因張督手段好生厲害，且與周庸祐作對的只他一人，今一旦去了，如拔去眼前釘刺，如何不喜，立即飛函報到周庸祐那裡。周庸祐即歡喜，說一聲「好造化」，一面覆知馬氏，著派人打聽張督何日起程，自己就何日回省。過了半月上下，已回到省城裡，見了家人婦子，自然互相問候。先將闔府裡事情，問過一遍，隨又到花園裡，把新築的戲臺及增建的樓閣看了一回。

因新戲臺已開壇做過好事，正待慶賀落成，要唱新戲，不提防是夜馬氏忽然分娩，到三更時分，依然產下一個女兒。本來馬氏滿望生個男子的，縱是男是女，倒是命裡注定。但她見二房的兒子，已長成兩三歲的年紀，若是自己膝下沒有一個承當家事之人，恐後來就被二房占了便宜了。故此第一次分娩，就商量個換胎之法，只因這件事於不成，府裡上上下下，倒知得這點風聲，還怕露了馬腳出來，故此這會兒就不敢再來舞弄。

只天不從人，偏又再生了一個女子。馬氏這時，真是氣惱不過，就啐一口道：「可不是送生的和妾前世有仇，別人產的，就是什麼弄璋之喜；枉妾天天念佛，夜夜燒香，也不得神聖眼兒瞧瞧，偏生受這種賠錢貨，要來做什麼？」說了登時氣倒。一來因產後身子羸弱，二來因過於氣惱，就動了風，一時間眼睛反白，牙關緊閉，正在生死交關。丫鬟們急的叫幾句「觀音菩薩救苦救難」，那穩婆又令人拿薑湯灌救。家人正鬧得慌，好半天才漸醒轉來。

周庸祐聽得，即奔到房子裡，安慰一會兒子而罷。只是周府裡因馬氏生女的事，連天忌音樂，禁冷腳，把唱戲的事，又擱起不提。當時周庸祐在家裡，不是和姬妾們說笑，就是和馮少伍談天。因馮少伍是向來知己，雖然是管家，也不過是清客一般，與駱管家盡有些分別。若然出外，就是在談瀛社要賭具、又麻雀。忽一日，猛然省起關裡事務，自走往香港而後，從不曾過問，不知近日弄得怎麼樣，因此即往關裡查問庫書事務。

原來關書本有許多名目，周庸祐只是個管庫的人員，那管庫的見周庸祐到來查著，就把帳目呈上。周庸祐查個底細，不提防被那同事的余慶雲號子谷的，早虧了五萬有餘。在周庸祐本是個視錢財如糞土的人，那五萬銀子本瞧不在限內；奈因關裡許多同事，若是人人傚尤，豈不是誤了自己？因此上心裡就要籌個善法，又因目前不好發作，只得詐作不知，又不向余慶雲查問，忙跑回家裡，先和馮少伍商酌商酌。馮少伍道：「關裡若大帳目，自不宜託他。若是人人如此，關裡許多同事，一人五萬，十人五十萬，一年多似一年，這還了得？倒要把些手段，給他們看看也好。」周庸祐道：「哪有不知？爭奈那姓余的是不好惹的，他在關裡許多時，當傅家管當庫書時，他就在關裡辦事。實在說，周某在關裡的進項，內中實在不能對人說的，只有余慶雲一人通通知得，故此周某還有許多痛腳兒，

落在他的手內。這會兒若要發作他，怕他還要發作我，這又怎樣好？」馮少伍道：「老哥說的，未嘗不是。只老哥若然畏事，就不合當這個庫書。恐今兒畏懼他，不敢發作，他必然加倍得勢，只怕傾老哥銀山，也不足供這等無饜之求了。」周庸祐道：「這話很是，但目下要怎麼處置才好？」馮少伍道：「裴鼎毓是老哥的拜把兄弟，現在由番禺調任南海，那新任的李督帥，又說他是個能員，十分重用。不如就在裴公祖那裡遞一張狀子，控他侵吞庫款，這四個字好不厲害，就拿余慶雲到衙治罪，實如反掌。像老哥的財雄勢大，城中大小文武官員和許多紳士，哪個不來巴結老哥？誰肯替余慶雲爭氣，敢在太歲頭上來動土呢？」

周庸祐聽馮少便說得如花似錦，不由得不信，連忙點頭稱是。隨轉馬氏房子裡，把庫裡的事，並與馮少伍商酌的話，對馬氏說了一遍。馬氏道：「那姓余的恃拿著老爺的痛腳，因此欺負老爺。自古道：『一不做，二不休。』若不依憑管家說，把手段給他看看，後來斷然了不得的。事不宜遲，明天就照樣做去，免被那姓余的逃去才是。」周庸祐此時，外有馮少伍，內有馬氏，打鑼打鼓來催他，他越加拿定主意。次日，就著馮少伍寫了一張狀子，親自到南海縣衙，拜會裴縣令，乘勢把那張狀子遞上。裴知縣從頭至尾看了一會兒，即對周庸祐說道：「侵吞庫款一事，非同小可。余慶雲既如此不法，不勞老哥掛心，就在小弟身上，依稟辦事便是。」周庸祐道：「如此，小弟就感激的了，改日定有酬報。貴衙事務甚煩，小弟不便久擾。」說罷，即辭了出來，先回府上去。

且說余慶雲本順德人氏，自從在關裡當書差，不下三十年，當傳成手上各事倒是由他經手。及至周庸祐接辦庫書，因他是個熟手人員，自然留他蟬聯關裡。周庸祐所有種種圖利的下手處，倒是由他指點。因周庸祐遷往香港的時候，只道張督帥一天不去，他自然一天不回，因此在庫裡弄了

五萬銀子。暗忖自己引他得了二三百萬的家財，就賞給自己十萬八萬，也不為過。他若不念前情，就到張督帥那裡發作他的破綻，他還奈得怎麼何？因挾著這般意見，就弄了五萬銀子。不料不多時，張督帥竟然去任。周庸祐回後，把關裡查過，猶道他縱知自己弄這筆錢，他未必敢有什麼動彈。那日正在關裡辦事，忽見兩個衙役到來，說道：「現奉裴大老爺示，要請到街裡有話說。」余慶雲聽得，自付與裴縣令向無來往，一旦相請，斷無好意。正欲辯問時，那兩名差役早已動手，不由分說，直押到南海縣衙裡。

裴縣令聞報，旋即開堂審訊。訊時問道：「汝在關裡多年，自然知庫款的關係。今卻覷周庸祐不在，擅自侵吞，汝該知罪。」余慶雲聽了，方知已為周庸祐控告，好似十八個吊桶在心裡，捋上捋下，不能對答。暗忖今周庸祐如此寡情，欲把他弊端和盤托出，奈裴縣令是周庸祐的拜把兄弟，大小官員又是他的知己，供亦無用；欲待不認，奈帳目上已有了憑據，料然抵賴不得。當下躊躇未定。裴令又一連喝問兩三次，只得答道：「這一筆錢，是周庸祐初接充庫書時，應允賞他的，故取銀時，已註明帳目上，也算不得侵吞二字。」裴令又問道：「那姓周的若是外行的人，料然不肯接充這個庫書。他若靠庫裡舊人打點，何以不賞給別人，偏賞汝一個，卻是何意？」余道：「因某在庫裡數十年，頗為熟手，故得厚賞。」裴又道：「既是如此，當時何以不向姓周的討取？卻待他不在時，擅行支取，卻又何意？」余道：「因偶然急用之故。」裴又道：「若然是急用，究竟有通信先對姓周的說明沒有？」余慶雲聽到這裡，究竟沒話可答。裴令即拍案罵道：「這樣就饒你不得了。」隨即令差役把他押下，再待定罪。那差役押了余慶雲之後，那裴令究竟初任南海，眼前卻未敢過於酷厲。又忖這筆款必然有些來歷，怎好把他重辦？姑且徇周庸祐的情面，判他監禁四年，

便行結案；一面查他有無產業，好查封作抵，不在話下。

　　且說周庸祐自從余慶雲虧去五萬銀子，細想自己這個庫書，是個悖入的，還恐亦悖而出，一來恐被他人攙奪，二來又恐別人更像余慶雲的手段，把款項亂拿亂用去了，如何是好？因此心上轉疑慮起來。那日正與馮少伍商量個善法，馮少伍道：「除非內裡留一個親信的人員，不時查察猶自可。若是不然，怕別人還比余慶雲的手段更高些，拿了銀子，就逃往外國去了。這時節，他靠著洋鬼子出頭，我奈得怎麼何？豈不是賠錢嘔氣？」周庸祐道：「這語慮得是，只合下各事，全靠老哥主持，除此之外，更有何人靠得？實在難得很。」

　　正說著，只見周乃慈進來，周、馮兩人，立即起迎讓坐。周乃慈見周庸祐面色不甚暢快，即問他：「有什麼事故？」周庸祐便把剛才說的話，對他說來。周乃慈道：「自古道：『交遊滿天下，知交有幾人？』若不是錢銀相交，妻子相托，哪裡識得好歹？十哥縱然是關裡進項減卻多少，倒不如謹慎些罷。」周庸祐道：「少西賢弟說得很是。但據老弟的意見，眼底究有何人？」周乃慈道：「屬在兄弟，倒不必客氣。但不知似小弟的不才，可能勝任否？倘不嫌棄，願作毛遂。」周庸祐道：「如此甚好。但俗語說：『兄弟雖和勤算數。』但不知老弟年中經營，可有多少進項？若到關裡，那進項自然較平時優些便是。」

　　周少西聽罷，暗忖這句話十分緊要，說多就年中進項必多，說少就年中進項必少，倒不如說句謊為是。遂強顏答道：「十哥休要取笑，小弟愚得很，年中本沒什麼出息，不過靠走衙門，弄官司，承餉項，種種經營，年中所得不過五六萬銀子上下，哪裡像得十哥的手段？」說罷，周庸祐一聽，吃了一驚。因向知周乃慈沒甚家當，又是個遊手好閒，常在自己門下出進，年中哪裡獲得五六萬銀子之多，明明是說謊了。奈目前不好搶白

他，且自己又先說過，要到庫裡時，年中進項，盡較現時多些，怎能翻悔？不覺低頭一想，倒沒甚法兒，只得勉強說道：「若老弟願到庫裡，總之愚兄每年取回十萬銀子，餘外就讓老弟拿去罷。」周乃慈聽了，好不歡喜，連忙拱謝一番，然後商量何日才好進去。正是：

已絕朋情囚獄所，又承兄命管關書。

要知後事如何，且聽下回分解。

第十三回　余慶雲被控押監房 周少西受委權書吏

第十四回
賴債項府堂辭舅父 饋嬌姿京邸拜王爺

　　話說周庸祐自因那姓余的虧空關庫裡五萬銀子，鬧出一場官司，因此把關庫事務，要另託一個親信人管理。當時除馮少伍因事務紛紜，不暇分身之外，就要想到周乃慈身上。因周乃慈一來是談瀛社的拜把兄弟，二來又是個同宗，況周乃慈鎮日在周庸祐跟前奔走，早拿作親弟一般看待，故除了他一個，再沒可以委託的人。這周乃慈又是無賴的貧戶出身，一旦得了這個機會，好像流丐掘得金窖，好不歡喜，故並不推辭，就來對周庸祐說道：「小弟像鼠子尾的長瘡，有多少膿血兒？怕沒有多大本領，能擔這個重任。只是既蒙老哥抬舉，當盡力求對得老哥住。但內裡怎麼辦法，任老哥說來，小弟沒有不遵的。」周庸祐道：「俗語說：『兄弟雖和勤算數。』總要明明白白。統計每年關庫裡，愚兄的進項，不下二十來萬銀子。今實在說，把個庫書讓過賢弟做去，也不用賢弟拿銀子來承頂。總之，每年愚兄要得回銀子十萬兩，餘外就歸賢弟領了，可不是兩全其美？」周乃慈聽了，就慌忙謝道：「如此，小弟就感激不盡的了。請老哥放心，小弟自今以後，每年拿十萬兩銀子，送到尊府上的便是。」周庸祐大喜，就時立券，馮少伍在場見證，登時收付清楚。周庸祐即回明監督大人，周乃慈即進關庫裡辦事，不在話下。

　　且說周庸祐自退出這個庫書席位，鎮日清閒，或在府裡對馬氏抽洋煙，或在各房姬妾處說笑，有時亦到香屏姨奶奶那裡，此外就到談瀛社，

款朋會友，酒地花天，不能消說。那日正在廳子裡坐地，忽門上來回道：「外面有一個乘著轎子的，來會老爺，年紀約五十上下，他說是姓傅的，單名一個成字。請問老爺，要請的還是擋的，懇請示下。」周庸祐一聽，心上早吃一驚，還是沉吟未答。時馮少伍在旁，即問道：「那姓傅的到來，究有什麼事？老哥因怎麼大驚小怪起來？」周庸祐道：「你哪裡得知，因這個傅成是小弟的母舅，便是前任的關裡庫書。那庫書向由他千來，小弟憑他艱難之際，弄個小小計兒，就承受做了去。今因張督去了，他卻密地回來廣東，必有所謀。想小弟從前尚欠他三萬銀子，或者到來討這一筆帳，也未可定。」馮少伍道：「些小三二萬銀子，著什麼緊？老哥何必介意？」周庸祐道：「三萬銀子沒打緊，只怕因庫書事糾葛未清，今見小弟一旦讓過舍弟少西，恐他要來算帳，卻又怎好？」馮少伍道：「老哥好多心，他既然是把庫書賣斷，老哥自有權將庫書把過別人，他到來好好將就猶自可。近來世界，看錢分上，有什麼親戚？他若有一個不字，難道老哥就懼他不成？」周庸祐點頭道「是」，即喚門上傳出一個請字。

　　少時，見傅成轎進來，周庸祐與馮少伍一齊起迎。讓坐後，茶罷，少不免寒暄幾句，傅成就說及別後的苦況。周庸祐道：「此事愚甥也知得，奈自舅父別後，愚甥手頭上一向不大鬆，故未有將這筆銀匯到舅父處，很過意不去。」傅成道：「休得過謙。想關裡進項，端的不少，且近來洋藥又歸海關辦理，比愚舅父從前還好呢。」周庸祐道：「雖是如此，奈進項雖多，年中打點人情，卻實不少。實在說，自從張督帥去後，愚甥方才睡得著，從前沒有一天不著恐慌，不知花去多少，才得安靜點兒。因此把庫書讓與別人，就是這個緣故。」馮少伍又接著向傅成說道：「老先生若提起庫書的事，說來也長。因老先生遺下首尾未清，張督帥那裡今日說要拿人，明天又說要抄家，好容易打點得來，差不多蕩產傾家還恐逃不去的。」傅

成聽說，暗忖自己把個庫書讓過他，尚欠三萬兩銀子，今他發了三四百萬的家財，都是從關裡賺得，今他不說感恩，還說這等話，竟當自己是連累他的了。想罷，心上不覺大怒，又忖這個情景，慾望他有怎麼好處，料然難得，不如煞性向他討回三萬銀子罷了。徐即說道：「此事難為賢甥打點，倒不必說。奈愚舅父回到省裡，正沒錢使用，往日親朋，大半生疏，又沒處張挪。意欲賢甥賞回那三萬銀子，未審尊意若何？」

周庸祐聽得，只略點點頭，沉吟未答，想了想才說道：「莫說這回舅父手頭緊，縱是不然，愚甥斷不賴這筆數。但恐目前籌措不易，請舅父少坐，待愚甥打點得來。」說罷，即拂衣入內，對馬氏把傅成的話說了一遍。馬氏道：「這三萬銀子，是本該償還他的，只怕外人知道我家有了欠負，就不好看了。不如先把一萬或八千銀子不等交他，當他是到來索借的，我們還覺體面呢。」周庸祐聽了，亦以此計為然，即拈出一萬銀券來回傅成道：「這筆數本該清楚，惜前數天才匯了五六十萬銀子到香港去，是以目前就緊些。今先交一萬，若再要使用的，改日請來拿去便是。」傅成聽罷，心中已有十分怒氣。奈這筆款並無憑據單紙，又無合約，正是無可告案的，只得忍氣吞聲，拿了那張銀券，告辭去了。

周庸祐自送傅成去後，即對馮少伍說道：「那姓傅的拿了那張銀券，面色已露出不悅之意。倘此後他不時到來索取，臉上就不好看，卻又怎好？」馮少伍道：「任他何時到來，也不過索回三萬銀子，也就罷了，憂他則甚？」周庸祐道：「不是這樣說，自來關庫裡的積弊，只是姓傅的知得原委，怕他挾仇發難，便不是件小事。你試想，好端端像個銅山的庫書，落到某手上，他心裡未嘗不悔；又因這三萬銀子的糾葛，他怎肯罷休？俗語說：『窮人思舊債。』他到這個田地，索債不得，就要報仇，卻恐不免發作起來了。」馮少伍道：「既是如此，就該把三萬銀子通通還了他也好。」周

第十四回　賴債項府堂辭舅父　饋嬌姿京邸拜王爺

庸祐聽了，即把馬氏的用意，說個緣故。馮少伍道：「這也難怪。但老哥今兒是有權有勢的，還怕何人？不如就由知府銜加捐道員，謀個出身，他時做了大官，哪怕敵他不住？他哪敢在太歲頭上來動土呢？」周庸祐道：「此計甚妙，準可做去。因姓傅的是個官紳人家，若不是有些門面，怎能敵得他過？就依此說，加捐一個足花樣的指省道員，然後進京裡幹弄幹弄罷了。」說罷，就令馮少伍提萬把銀子，在新海防例，由知府加捐一個指省道員去。這時派報紅，換扁額，酬恩謁祖，周府上又有一番熱鬧。

過了些時，先備下三五十萬銀子，帶同三姨奶奶香屏，即與馮少伍起程進京去。所有家事，即由駱子棠幫著馬氏料理，大事就托周乃慈照應。先到了香港，住過五七日，即揚帆到上海那裡。是時上海棋盤街有一家回祥盛的字號，專供給船務的煤炭火食，年中生意很大，差不多有三四百萬上下，與香港口同是一個東主。那東主本姓梁的，原是廣東人氏，與周庸祐是個至交，周庸祐即到那店裡住下。俗語說：「好客主人多。」周庸祐是廣東數一數二的富戶，自然招呼周到，每夜裡就請到四馬路秦樓楚館，達旦連宵。一般妓女，都聽得他是有名富戶，哪個不來巴結？況且上海的妓女，風氣較廣東又是不同，因廣東妓女全不懂些禮數，只知是自高自傲，若是有了三五月交情的猶自可，倘或是頭一二次認識的，休想她到來周旋，差不多連話兒也不願說一句。就是下乘煙花地獄變相的，都裝腔兒擺著架子，大模屍樣，十問九不應的了。唯上海則不同，就是初認識的人，還不免應酬一番；若當時同席上有認識的，也過來周旋周旋。這個派頭，喚作轉局，凡為客的見此情景，從沒有吃醋的。

可巧那一夜，周庸祐應那姓梁的請酒，認得妓女金小霞。那金小霞本是姓梁的所歡，越夜，周庸祐還了一個東兒。金小霞見了，即過來周庸祐處周旋。那周庸祐雖然從前到過兩次上海，卻因公事匆忙，也不曾在煙花

上走過。今見金小霞這個情景，只道金小霞另眼相看，好不歡喜。過了兩夜，就背地尋到金小霞寓裡，立意尋歡。那金小霞見周庸祐到來，念起姓梁的交情，自然愛屋及烏，怎敢把周庸祐怠慢？況周庸祐又是個有名的豪富，視錢財如糞土的，更不免竭力逢迎，這都是娼樓上的慣家。周庸祐看得清楚，確當金小霞是真愛自己的，自不用思疑的了。因此在金小霞寓裡，一連流連了幾天，漸親漸熟，金小霞就把與姓梁的交情，移在周庸祐身上，周庸祐自然直受不辭。又看房中使用的娘姨，雖上了二十以上的年紀，究竟玉貌娉婷，較廣東娼寮使喚的僕婦，蓬頭大足的，又有天淵之別。周庸祐看得，就把與金小霞的十分交情，自然有三分落到娘姨去了。所以周、金兩人一男一女，已覺似漆如膠；那娘姨們又在一旁打和事鼓，又在馮少伍跟前獻些殷勤。自古道：「溫柔鄉里迷魂洞。」任是英雄到此，不免魄散魂消；何況周庸祐是個尋煙花的領袖，好女色的班頭，哪不神迷意眩？因此周庸祐與金小霞早弄成個難解難分的樣子。

那一日，正自回祥盛的店子出來到金小霞的寓裡，忽又見一位雛妓在那裡，年紀約十四五上下，約少金小霞三兩歲，生得明眸皓齒，面似花飛，目如柳舞，裹著小足兒，纖不盈握。見了周、馮兩人，也隨著金小霞起迎。周庸祐問道：「這位叫什麼名字？」金小霞答道：「這是妹子金小寶。」周庸祐聽得，隨與金小寶溫存溫存，見金小寶舉止大方，應對嫻熟，不勝之喜。金小霞道：「舍妹子沒事兒常常到這裡談天，卻巧遇見老爺。」馮少伍急搖手道：「這會兒該喚周大人，不該喚老爺了。」周庸祐道：「橫豎只是一句，隨便喚罷。」金小霞方欲說時，馮少伍恐他們不好意思，即又說道：「一見之緣，亦屬不易，若不是在這裡相見，我們的腳蹤兒從哪裡認得令妹？」金小寶謙讓一回，那周庸祐也沒有說話，只把一雙眼兒，對著金小寶看得出神。

第十四回　賴債項府堂辭舅父　饋嬌姿京邸拜王爺

　　娘姨們多半是心靈眼快，看得周庸祐有幾分意思，即在旁打話，一邊說金小寶好性子，一邊說周庸祐好體面，說得天花亂墜，不由得周庸祐不移神，鎮日就留小寶在小霞寓裡，一同唱曲兒，侑金樽，又麻雀，消遣消遣。自此當那裡是個安樂窩，縱有良朋束請，通通辭不赴席。那姊妹們又素知周庸祐的揮霍手段，也鎮日伴著周、馮兩人，盡力款洽，從不說一個錢字。周庸祐好不感激，正憂沒處酬報，所以贈金銀、送首飾與他姊妹兩人，不下費了七八千銀子。又把銀子五百、金鐲子一對，送與娘姨。整整一月有餘，除有時回祥盛，餘外日子，都在金小霞寓裡過去。因此上海人士，見金小霞姊妹月來並不出局，就紛紛傳說姊妹們嫁了人。娘姨們就聽得這點消息，即對周庸祐說知，隨說道：「外間既有此說，周大人不如煞性帶了她們回去罷。」周庸祐道：「這也不是一件難事，若她姊妹願意，沒有做不得的。」娘姨們就從中說妥，訂實她姊妹身價，統共二萬銀子，擇日帶了回去，那娘姨仍作體己跟人隨了回來。那時一番熱鬧，自不必說。這周庸祐來時，本是進京有事的，為勾留在金小霞寓裡，耽擱了數十天。這時自把她姊妹帶了回來，眼前未有所戀，就辭了回祥盛的東主，攜同家眷，取道進京，各朋友送了一程自回。

　　有話即長，無話即短。不過三四天，已到了京城，先到南海會館住下。是時京中多少官員，都知周庸祐前次進京，曾耗了數十萬，為聯元幹差之事。今番再復到來，那些清苦京曹，或久候沒有差使的，都當他是一座貴人星下降，上天鑽地，要找個門兒來，與周庸祐相見，真是車馬盈門，應酬不暇。有些鑽弄不到的，又不免布散謠言，說那周某帶賄進京，要在官場上舞弊的，日內就有都老爺參他摺子，早已預備的了。這風聲一出，不知是真是假，吹到周庸祐的耳朵裡，反不免驚懼起來，就與馮少伍商酌，要打點此事。

偏是事有湊巧，那日適是同鄉的潘學士到來拜會，周庸祐接進裡面，同是鄉親，少不免吐露真情，把這謠言對潘學士說了一遍。那潘學士正是財星入命，乘勢答道：「此事寧可信其有，不可信其無，盡要打點打點才是。」周庸祐道：「據老哥在京許久，知交必多，此事究怎麼設法才好？」潘學士低頭想了一想，說道：「此事須在一最有勢力之人說妥，便是百十個都老爺，可不必畏他了。目下最有勢力的，就算寧王爺，他是當今天潢一派，又是總掌軍機。待小弟明兒見他，說老哥要來進謁，那王爺若允接見時，老哥就盡備些禮物，包管妥當。」周庸祐道：「禮無窮盡，究竟送哪一樣方好？」潘學士道：「天下動人之物，唯財與色，老哥是聰明的人，何勞說得？」周庸祐喜道：「妙得很！小弟這回到上海，正買了兩位絕色佳人，隨行又帶了三二十萬銀子，想沒有不妥的了。」說罷，兩人大喜。正是：

　　方在滬濱攜美妓，又來京裡拜親王。

　　要知後事如何，且看下回分解。

第十四回　賴債項府堂辭舅父 饋嬌姿京邸拜王爺

第十五回
拜恩命倫敦任參贊 禮經筵馬氏慶宜男

　　話說潘學士勸令同周庸祐預備禮物，好來拜謁王爺。周庸祐就猛然想起自己在上海攜帶了兩個絕色的佳人，又隨帶有二十來萬銀子，正好作為進見王爺之禮，因此拜託潘學士尋條門路，引進王爺府去。那時正是寧王當國，權傾中外的時候，王府裡就有一位老夫子，姓江名超，本貫安徽的人氏，由兩榜翰林出身，在王府裡不下數年，十分有權有勢，因他又有些才幹，寧王就把他言聽計從。偏是那王爺為人生性清廉，卻不是貪賄賂弄條子的人，唯是有個江超在那裡，少不免上下其手，故此求見王爺的，都在江翰林那裡人馬。叵奈寧王唯江翰林之言是聽，所以說人情、求差使的，經過江翰林手上，就沒有不准的了。這時潘學士先介紹周庸祐結識江超，那江超與潘學士又是有師生情分，加以金錢用事，自然加倍妥當。

　　閒話休說。那一日，江翰林正在寧王面前回覆公事，因這年恰是駐洋公使滿任的時候，就中方討論何人熟得公法，及何人合往何國。江翰林道：「有一位由廣東來的大紳，是從洋務裡出身的，此人很懂得交涉事情，只是他資格上還不合任得公使，實在可惜。」寧王道：「現在朝裡正要破格用人，若然是很有才幹的，就派他前往，卻也不妨。但不知他履歷是個什麼底子？」江翰林道：「正為此事，他不過一個新過班的道員，從前又沒有當什麼差使，晚生說他不合資格，就是這個緣故。」寧王道：「既然是道員，又是新過班的，向來又沒有當過差，這卻使不得。只若是他有了才

情，還怕哪裡用不著？究竟此人是誰呢？」江超道：「晚生正欲引此人進謁王爺。他是姓周，名喚庸祐，年紀不上四十，正是有用的時候。王爺若不見棄，晚生準可引他進來拜謁。」寧王道：「也好，就由你明天帶他來見見便是。」江超聽了，拜謝而出。

次日，江翰林即來拜會周庸祐，把昨兒寧王願見及怎麼說，一五一十，對周庸祐說來。周庸祐聽得王爺如此賞識，心上早自歡喜，就向江翰林說道：「這都是老哥周全之力，明天就煩老哥一發引小弟進去。但有點難處：因小弟若然獻些禮物，只怕王爺不受，反致生氣。若沒有些敬意，又過意不去，怎麼樣才好？」江超道：「這事都在小弟身上，改日代致禮物，向王爺說項便是。」周庸祐不勝之喜，江超就暫行辭別。

次日，即和周庸祐進謁。原來那寧王雖然掌執全權，有些廉介，究竟是沒甚本領的人，只信江超說周庸祐有些能耐，他就信周庸祐有能耐。所以周庸祐進謁時，正自驚懼，防王爺有什麼盤問，心上好不拑上拑落。誰想王爺只循行故事的問了幾句，不過是南方如何風景，做官的要如何忠勤而已。周庸祐自然是對答如流，弄得寧王心中大喜，即訓他道：「你既然到京裡，權住幾天，待有什麼缺放時，自然發放去便是。」周庸祐當堂叩謝，即行辭出，心裡好生安樂。次日，即把從上海帶來的妓女小霞小寶二人，先將小霞留作自己受用，把小寶當作一個選來的閨秀，進侍王爺；又封了十萬銀子，遞了一個門生帖，都交到江超手上。那江超先將那妓女留作自己使用，哪裡有送到王府去。隨把十萬銀子，截留一半，適是時離寧王的壽辰不遠，就把五萬銀子，說是周某獻上的壽禮送進。寧王收下。

自古道：「運至時來，鐵樹花開。」那一年既是駐洋欽差滿任之期，自然要換派駐洋的欽使。這時，就有一位姓鍾喚作照衢，派出使往英國去。那鍾照衢向在北洋當差，又是口班丞相李龍翔的姻婭，故此在京裡絕好手

面，竟然派到英國。自從諭旨既下，謝恩請訓之後，即往各當道辭行。先到寧王府叩拜，寧王接進裡面，隨意問道：「這回幾時出京？隨行的有什麼能員？」那鍾照衢本是個走官場的熟手，就是王爺一言一語，也步步留神。在寧王說這幾句話，本屬無心，奈自姓鍾的聽來，很像有意，只道他有了心腹之人，要安插安插的，就答道：「晚生料然五七天內準可出京了，只目下雖有十把個隨員，可惜通通是才具平庸的，盡要尋一個有點本領的人，參贊時務，因此特來王爺處請教。」寧王一聽，就不覺想起周庸祐來，即說道：「這會兒十分湊巧，目下廣東來了一位候補道員，是姓周的，向從洋務裡出身，若要用人時，卻很合適。」鍾照衢道：「如此甚好，倘那姓周的不棄，晚生就用他做一員頭等參贊，只統求王爺代為轉致。」寧王聽罷，就點頭說一聲：「使得。」

　　鍾照衢拜辭後，寧王即令江超告知周庸祐。周庸祐聽了，實在歡喜，對著江超跟前，自不免說許多感恩知己的話。過了一二天，就具衣冠來拜鍾照衢。鍾照衢即與他談了一會兒，都是說向來交涉的成案，好試周庸祐的工夫。誰想周庸祐一些兒不懂得，遇著鍾照衢問時，不過是胡胡混混地對答。鍾照衢看見如此，因忖一個參贊地位，凡事都要靠他籌策的，這般不懂事，如何使得？只是在寧王面前應允了，如何好翻悔？唯有後來慢地打算而已。因說道：「這會兒得老哥幫助，實是小弟之幸。待過五七天，就要起程，老哥回去時，就要準備了。」周庸祐答一聲「是」，然後辭回。一面往叩謝寧王及江超，連天又在京裡拜客，早令人打了一封電報，回廣東府裡報喜。又著馮少伍派人送香屏姨太太來京，好同赴任。

　　這時，東橫街周府又有一番熱鬧，平時沒事，已不知多少人往來奔走，今又因周庸祐做了個欽差的頭等參贊，自然有那些人到來道喜，巴結巴結，鎮日裡都是車馬盈門。因周庸祐過班道員時，加了一個二品頂戴，

故馬氏穿的就是二品補褂，登堂受賀。先自著人覆電到京裡，與周庸祐道賀，不在話下。

　　慢表周庸祐到倫敦赴任。且說馬氏自從丈夫任了參贊，就囑咐下人，自今只要稱她作夫人了，下人哪敢不從？這時馬夫人比從前的氣焰，更加不同了。單惱著周庸祐這會兒赴任，偏要帶同香屏，並不帶同自己，心上自然不滿意。有時在丫鬟跟前，也不免流露這個意思出來。滿望要把香屏進不得京去，唯心上究有些不敢。原來馬氏最憎侍妾，後來又最畏香屏，因馬氏常常誇口，說是自己進到門裡，周庸祐就發達起來，所以相士說她是銀精。偏後來聽得香屏進門時，也攜有三十來萬銀子，故此在香屏跟前，也不說便宜話，生怕香屏鬧出這宗來歷出來，一來損了周家門風，二來又於自己所說好腳頭的話不甚方便。所以這會兒香屏進京，只好埋怨周庸祐，卻不敢提及香屏。

　　那日香屏過府來辭別，單是二房姨太太勸她路途珍重，又勸她照顧周大人的寒熱起居，說無數話，唯馬氏只尋常應酬而已。那香屏見馬氏面色不像，倒猜出九分緣故，就說道：「這會兒周大人因夫人有了身孕，不便隨去，因此要妾陪行。妾到時，準替夫人妥妥當當地料理大人就是了。」馬氏聽了，就強顏說一聲「是」，香屏自回屋子去了。馬氏即喚馮少伍上來囑道：「這會兒大人升了官，府上就該慶賀，且親串們具禮到來道賀的，也該備些酒筵回敬。從後天起，唱十來天戲，況且戲臺建造時，本不合向的，皆因擇得好日子，倒要唱多些戲，那家門自然越加興旺的了。」馮少伍領諾退出來，一發備辦，先行發帖請齊各親串。

　　果然到了那日，除親串外，所有朋誼及那些趨炎附勢的，男男女女，都擁擠望周府來。除駱念伯和馮少伍打點事務，男的在東廳，就請周少西過來知客，馬氏就親自招呼堂客。這堂客又分兩廳，凡各家太太奶奶姑娘

小姐們在西廳上，是馬氏招呼；餘外為妾的，卻令二房伍姨太在廂廳招呼。先分發幾名跟人，伺候男客。丫鬟使媽梳傭們都伺候堂客；若打茶打水，便有侍役掌執。到下午五打鐘時候，賓客到齊，略談一會兒，所有男女客，便都去外衣，然後肅客入席。男的是周少西端了主位，馮、駱兩管家陪候，其次就是官家裴鼎毓、李子儀、李慶年，親誼是馬竹賓，紳家的就是潘飛虎、蘇如結、劉鶚純之類，不一而足。女的是馬氏端了主位，二房伍姨太陪候，其次就是潘家太太、陳家奶奶、周十二宅大娘子，也不能勝記。

飲了一會兒，興高采烈，席上不過說些頌揚周府的話，有的說：「今兒做了參贊，下次自會升欽差的，自不難升到尚書的地位了。」又有說：「這時候外交事情重得很，人才又難得很，怕將來周大人還要破格入閣呢。」你一言，我一語，把個馬氏喜得笑逐顏開。又好幾時才撤席，都請到後園裡聽戲。男客依然是周少西招待。只是用過膳，馬氏正趕緊抽洋膏子，招待堂客的事，雖然不可怠慢，只抽洋膏是最要緊，因此實費躊躇。欲使二房伍姨太代勞，又因她只是個侍妾，似乎對著那些太太奶奶們不甚敬意。沒奈何，只得令周十二宅的大娘子招待各家奶奶們，仍令二房招待各家侍妾。

各進座位後，馬氏就在戲臺對面的煙炕上，一頭抽洋膏，一頭聽戲。那時唱的是杏花村班，小旦唱那碧桃錦帕一齣。馬氏聽得出神，梳傭六姐正和馬氏打洋膏，湊巧丫鬟巧桃在炕邊伺候著，轉身時，把六姐臂膊一撞，六姐不覺失手，把洋煙管上的煙斗打掉了，將一個八寶單花精緻人物的煙燈，打個粉碎。馬氏看得，登時柳眉倒豎，向巧桃罵一聲「臭丫頭」，拿起煙管，正要望巧桃的頂門打下來。巧桃急地，夫人前夫人後地討饒，馬氏怒猶未息。二房見了，就上前勸道：「小丫鬟小小年紀，懂得

什麼？也又不是有意的，就饒她罷。」馬氏反向二房罵道：「妳仗著有了兒子，瞧我不在眼內，就是一干下人，也不容我管束管束。怪得那些下人，恃著有包庇，把我一言兩語，都落不到耳朵裡！」且說且罵，兩臉上好像黑煞神一般，罵得二房一句話不敢說。不想馬氏這時怒火歸心，登時腹痛起來，頭暈眼花，幾乎倒在地上，左右的急扶她回房子裡。在座的倒覺不好意思，略略勸了幾句，也紛紛託故辭去了。

　　是時因馬氏起了事，府裡上下人等，都不暇聽戲。馮少伍就令駱子棠管待未去的賓客，即出來著人喚大夫瞧脈去了。好半天，才得一個醫生來，把完左手，又把右手，總說不出什麼病症，但說了幾句沒相干，胡混開了一張方子而去。畢竟是二房姨太乖覺，猛然想起馬氏已有了八九個月的身孕，料然是分娩，且二房又頗識大體，急令人喚了穩婆來伺候，府上丫鬟們打茶打水，也忙得不得了。果然到三更時候，抓的三聲，產下一個兒子來。馬氏聽得是生男，好不歡喜，就把從前氣惱的事，也忘卻了。又聽得是二房著人找穩婆的，也覺得是二房還是好人，自己卻也錯怪，只因她有了兒子，實在礙眼。今幸自己也生了兒子，望將來長成，自己也覺安樂。正自思自想，忽聽鑼鼓喧天，原來臺上唱戲，還未完場。馬氏即著人傳語戲班，要唱些吉樣的戲本。因此就換唱個送子、祝壽總總名目。當下賓朋個個知得馬氏產子，都道是大福氣的人，喜事重重，又不免紛紛出來道賀。正是：

　　人情多似春前柳，世態徒添錦上花。

　　要知後事如何，且聽下回分解。

第十六回
斷姻情智卻富豪家 慶除夕火燒參贊府

話說周府因慶賀周庸祐升官，正在唱戲時候，忽報馬氏產子，這時賓客紛紛出堂道賀，正是喜事重重。又因馬氏望子心切，今一旦得如所願，各人都替她歡喜。這一會兒的熱鬧，比從前二房生子時，更自不同了。連日門前車馬到來道賀的，紛紛不絕。馬氏為人，又好鋪排的，平時有點事，都要裝裝潢潢，何況這會兒是自己有了喜事。就傳駱子棠上來，囑咐道：「現在府裡有事，每天大清早起就要點卯，分派執事。大凡親串朋友送禮物來的，就登記簿上。所有事情，總要妥當，休可惜三五塊錢，就損失了體面。」駱子棠聽罷，答一聲「理會得」，隨下去了。

隨見馮少伍進來回道：「方才到一位星士那裡，查得小孩是有根基的；但十天內要禁冷腳，月內又不宜見凶喜兩事，且關煞上不合聽鑼鼓的聲音。這樣看來，卻不可不信。」馬氏聽了道「是」，先令後園停止唱戲，支結了戲金，在彌月後，方行再唱。馮少伍下去了。又見六姐來回道：「適承夫人命，已尋得一位乳娘，年紀約三十上下。這人很虔潔的，月前產了一女，因家貧，送女到育嬰堂去了，放她準可過府來。她前後共產過男女五胎，撫養極為順手，這樣僱她，著實不錯。」馬氏道：「月錢多少，也不用計較，既是撫養順利，就是好了。」六姐道：「她要月錢十兩，另要食物給她家的兒女。」這等講說了，馬氏一一應允，即令六姐速尋那乳娘過來。

第十六回　斷姻情智卻富豪家　慶除夕火燒參贊府

　　馬氏因日來分發各事，且又產後身子越加疲倦，就躺在床上，令丫鬟瑞香捶腿。六姐道：「夫人精神不大好，休再理事，免勞神思。」馬氏道：「此言甚是有理。」故這一月內，府裡的事務，都由二房打點。因自己初生了一個兒子，正望他根基長養，少不免多憑神力，就令各僕婦分頭往各廟堂炷香作福，契神契佛，自不消說。又建了戲場之後，老爺也升了官，自己也生了子，喜事重重，若不是堪輿家點得好坐向，料然是興工時擇得好日子，料將來家門越加昌大，故就將兒子改了一個名字，喚作應昌。

　　過二十天上下，又將近彌月，是時親朋道賀的，潘飛虎家是一副金八仙，兼藤鑲金的鐲子一只；周乃慈家是一個金壽星，取長生福壽之意，另金鑲鑽石的約指一枚，及袍料果物；劉鶚純家的是一只金鐲子，另珍珠綴花的帽子一件；裴縣令那裡更有金練子，隨帶一個金牌。其餘李慶年、李子儀等，都來禮物相賀。單是清水濠內舅家馬子良未到。原來馬家已經門戶中落，這會兒妹子生了兒子，本應做個人情，只因偌大門戶，非厚些禮儀，體面上就不好看。只是手頭上不易打算得來，正在要尋個法子。馬氏早知他的意，就著心腹的梳傭六姐，挽著籃子，作為探問外家，暗藏一張五百元的紙幣，送到馬子良的手裡。馬子良會意，登時辦妥禮物，金銀珠石，不一而足。一來好爭自己體面，二來周家裡各房姬妾，倒知得馬氏外家睏乏，落得輝煌些，免被她們小覷自己。

　　統計具禮物來道賀的，不下百來家，就中一家姓鄧的，是前室鄧氏外家。馬氏此時猛然想起，自己原是個繼室，即俗語所說的填房，看來自己算是鄧舅的妹妹，奈向來沒有來往，自問倒過意不去。怪得自己年來身子蹇滯，就是鄧氏在九泉，或者是埋怨自己的，也未可定。偏是自己忘卻了鄧家，那鄧家的又向沒有到來府裡，大抵古人說貧賤的常羞人，因此或不敢來到這裡。就喚馮少伍到來問道：「周大人前室鄧氏，現究有什麼人在

城裡？」馮少伍說道：「也聽得佛山鎮上那鄧家的紙店仍依舊開張，只鄧親家年前已經棄世，現他的兒子喚作鄧儀卿，就是鄧奶奶的兄長，在城外一間打餉的店子雇工。唯向來與他不認識，不知夫人問他作甚？」馬氏道：「鄧奶奶雖然棄世，究竟是個姻親，怎好忘卻？況他們近來家道不像，別人知得是我們姻親，倒失了自家臉面。你聽我說，好尋著鄧儀卿到來坐坐，我要抬舉他，好教鄧奶奶在九泉之下，也知我有姊妹的情分。」馮少伍道：「這是夫人的厚道處，怎敢不從命？」

遂辭了下來，忙出城外，轉過聯興街，尋著一間打餉館子，先喚一聲「老闆」，問道：「鄧儀卿可在那裡麼？」可巧鄧儀卿正在廳子裡，聽說有人來尋自己，忙閃出來一看，卻是一個向不相識之人，就上前答道：「老哥要尋那姓鄧的究有什麼事？」馮少伍道：「小弟是周家來的，要尋他有句話說。」鄧儀卿聽了，就知有些來歷，即答道：「只我便是。」馮少伍大喜，儀卿忙迎少伍到廳子坐下，茶罷，即問來意。少伍道：「馬太太因想起鄧奶奶雖然身故，唯自己填繼了她，與足下就是兄妹一般，都要來來往往，方成個姻戚的樣子。故著小弟來請足下到府裡一談，望足下枉駕為幸。」鄧儀卿道：「小弟雖家不甚豐裕，然藉先人遺積，亦僅足自活；且小弟亦好安貧食力，不大好沖煩。敢勞老哥代覆馬姐姐，說是小弟已感激盛意了。」馮少伍聽罷，猶敦致幾番，唯鄧儀卿不從，只得退出。

自馮少伍去後，同事的因見周家如此盛意，偏鄧儀卿不從，也覺得奇異，都問他有什麼意見。鄧儀卿初猶不言，及同事問了幾次，鄧儀卿才答道：「這事非他人所知得的，實在說悖入的自然悖出。自周庸祐隨著前任監督晉祥進京回來後，我鄧家早絕了來往。老哥們請放開眼兒看看，恐姓周的下場實在不大好呢。」各人聽了，反不以為是，就有說他是嫌錢多的，又有說他是願貧不願富的，鄧儀卿種種置之不理而已。

第十六回　斷姻情智卻富豪家　慶除夕火燒參贊府

　　且說馮少伍回到周府裡，把姓鄧的不願進來的話口覆馬氏。馬氏道：「這又奇了，他既不願進來，還有什麼話說？」馮少伍道：「他沒有怎麼說，但說道他父親遺積還自過得去，不勞打攪。」馬氏道：「想是嫌這裡向來沒有瞅瞅他，因此他就要負氣，這都是我們的不是。我滿意正趁著有點喜事，好請來和他相見，今他既不願，也沒有可說，由他也就罷了。」時梳傭六姐在旁答道：「依俗例說，夫人進門時，本該先到鄧家行探謁鄧奶奶的爹娘，謂之再生親女。今他不願來，或者見夫人從前未曾謁過他們，就當是夫人瞧他不起，因此見怪未定。」丫鬟寶蟬啐道：「六姐哪裡說，只有他來謁夫人，哪有夫人先見他門的道理？」馬氏聽得，只露出幾分喜意。此時六姐反悔失言，因馬氏為人最好奉承的，且又最喜歡寶蟬，今她如此說，自然歡喜。馬氏就乘機說別話，不再提鄧家的事。一面令馮少伍退出辦事。

　　是時去彌月之日，不過幾天，馬氏睏身子不大好，鎮日只在房子裡抽洋煙，卻不甚理事。因此丫鬟們也像村童一般，無甚忌憚。況自馬氏產子而後，各丫鬟都派定專一執事，比不同往日在馬氏跟前，拘手拘腳，故幹妥自己分內應辦的事，或到後花園裡耍戲，或擲骰子，或抹葉子。二房伍氏，為人又過寬容，丫鬟們還忌哪一個？

　　恰是那日一班丫鬟到後花園裡，坐著一張石臺上，談天說地。巧桃道：「偏是一個閻羅太太，竟能添丁，可不是一件奇事？」瑞香道：「這想是周老爺的福氣罷了。」碧雲道：「說怎麼福氣不福氣？前兒馬夫人臨盆，痛得慌，叫天叫地。俗話又道是：『兒女眼前冤。』看來生子有怎麼好處？」瑞香道：「口兒對不著心裡，怕姐姐嫁了時，又天天要望生子了。」巧桃道：「可不是呢！我們雖落在這個人家，天天捱罵，不過做奴做婢；將來嫁了，又不過是個侍妾。俗語說：『有子方為妾，無子便是婢。』哪有

不望生子的？」小柳道：「看鄧奶奶歿了，又沒兒子，那周家和鄧家的就如絕了姻親，這般冷淡，可知兒女緊要的了。」正在說得高興，忽然花下一聲罵道：「妳們沒臉的行貨！小女兒家沒羞恥，說怎麼嫁了人？說什麼生兒生女？外面事務正鬧得慌，卻偷懶到這裡來。明兒我見馬夫人，好和你算帳！」各人聽了，都嚇得一跳，快跑開來一望，見是寶蟬，心才放下了。瑞香道：「一時不做賊，便要做鄉正，鬼鬼祟祟來嚇人。」說罷，大家笑了一會兒。寶蟬道：「實在說，現在外頭還多事，妳們不合躲到這裡。二姨太太著我來尋妳們呢。」於是大家散了出來。

原來周少西家的大娘子來了，瑞香即回馬氏的房子裡伺候。因這幾天各家來往漸漸多了，都由二房接待堂客。馬氏還自過意不去，因見來往的都是大娘奶奶，僅用一個侍妾來招待，如何使得？奈自產後神氣未復，撐持不住，也沒得可說。還幸過了三兩天，就是彌月，各事都辦個妥當。只見駱子棠來回道：「現在預備各事，薑子買了五百斤，雞卵子三千個，還恐不足用，已趕緊著人添買了。至於酒席，早定下了，男客四十席，堂客五十席。另有香港及鄉里來賀的，或不來省赴宴，須別時另自請他。到那日想要請少西老爺進來知客，至於招待堂客的應用何人，還請示下。」馬氏道：「本意要請少西家的大娘來，只是她昨兒來說，近日知得身上有了喜，口中作問，不思飲吃，故沒甚精神，不便行動，難以使她。餘外通通是賓客，不合著人代勞。若是大人鄉里來的，又不大懂得禮數，橫豎沒人，就由二房打點罷。」駱子棠說一聲「理會得」，就辭出來。

果然那一日各事都鋪擺得裝潢，單是關煞上新小兒忌聞音樂，故未有唱戲，仍是車馬填門，衣冠滿座，把一間大大的參贊府，弄得擁擠極了。所有儀注，都比慶賀周庸祐升官時不相上下。統計這一場喜事，花去不下萬兩銀子，只接來賀的禮物，還多幾倍。因平時認識的，見周庸祐有財有

第十六回　斷姻情智卻富豪家　慶除夕火燒參贊府

勢，哪一個不來巴結？這時正是十一月的時候，天氣嚴寒，偏是那一年十一月下旬，連天降下大雪，如大雨一般。那些到來赴宴的，都冒雪而來。馬氏向來羸弱，這時只在房子裡，穿了兩件皮襖，擁著兩張鶴茸被子，卻不敢出堂來。宴罷，送客回宅。即由鄉里來的，次日都打發停妥。

過此之後，又是臘月光景。周府裡上下，都打點度歲的事。二房將丫鬟輩都發給了月錢，又著馮、駱兩管家準備各事。一來因有了喜事，比往年的度歲，更加事務多了。且來春又要慶燈，這都是粵俗生子的俗例，在周府裡更加張皇。先定製一盞花燈，高約一丈，點綴紙尾的人物花草，都不計其數，先掛在神樓上；餘外紙錢香燭寶帛，比往年買的還多，都堆在神樓上面。過了祀灶之期，不久又是除夕，家家貼起宜春。周府的輝煌，更自不消說。門外先懸一對金字聯，說什麼「恩承金闕，慶洽南陬」，又重新換的一對參贊府的燈籠；門內彩紅飄揚，酸枝臺椅擺滿中堂及左右廂廳；自大廳至左右兩廊，都在後花園裡搬出無數花草，擺得萬紫千紅，掛得五光十色。晚上就是四年時候，粵說四年即是結年之意，家家都具酒筵禱神祈福。

可巧那年三十夜亥時節交春，令馮管家囑咐人役，依時拜了新春，然後打睡。各人都領諾。因周府裡的人，哪個不是守舊的？提起神權兩字，就迷信到了不得，所以都沐浴身體聽候。果然到了亥時，就住香參神。不提防到了焚寶島之時，丫鬟瑞香不甚留意，且又因夜深眼倦，看不及，竟被火勢飛揚起來，燒著貯積神樓的紙錢寶帛。一切都是惹火之物，一時火烈具揚，瑞香也慌做一團，心口打顫，不能呼人灌救。少時火勢愈猛，樓下的見得，都一齊呼道救火。正是：

彌月方延薑酌喜，乘風先引火殃來。

要知後事如何，且聽下回分解。

第十七回
論寶鏡周家賞傭婦 贈繡衣馬氏結尼姑

話說除夕那一夜，因祀神焚化紙帛，丫鬟瑞香不慎，失了火，就在神樓上燒起來。這時樓下人等看見了，慌忙趕上撲救。東所貯的都是紙料，又有些竹炮，中有火藥，正是引人之物，火勢越加猛烈，哪裡撲救得來？又因周家裡面雖人口不少，然多半是女流，見著火，早慌忙不過；餘外五七個男漢，拉東不成西。馮少伍看見這個情景，料救火不及，只得令人鳴金打鑼，報告火警，好歹望水龍馳到，或者這一所大宅子，不致盡成灰燼。又一面令人搬移貴重物件，免致玉石俱焚；又吩咐丫鬟婢僕等，一半伴著馬氏及二房伍姨太，先乘轎子，逃往潘家避火；餘外人等，都要搬遷什物。怎奈當時各人手忙腳亂，男的或打水桶，或扯水喉，哪裡能顧得別樣？女的自然是不濟事，單是梳傭六姐究竟眼快，約令三五人幫手，急把掛在大廳上的西洋大鏡子放了下來，先著人抬出府門去了。其餘只有金銀、珍珠、鑽石、瑪瑙物件，馬氏和二房攜帶了，多少衣箱服飾，也不能多顧了。

少時，海關裡在庫書內受職的人，聽得周家遇火，都提著燈籠奔到來。不多時，又有潘家的、陳家的、蘇、潘、劉、李官紳各家，都派人奔到，志在搬運對物。怎奈隆冬時候，風高物燥，各座廳堂，都延燒遍了；更加那夜東北風甚緊，人乘風勢，好不猛烈。雖是夜正是除夕，因商店催收年帳，各街並沒關閉閘門，行動還自易些。唯是歲暮，各家事務紛紛，

所以各處水龍來得太遲，家人束手無策。所有親友到來，幫著搬運什物的，爾一手，我一腳，紛紛走動。只是周府裡的什物，皆是貴重的，西式鐵床及紫檀木雕花床，固不能移動；就是酸枝雲母石臺椅亦是大號的，哪裡搬得許多？那兩名管家，只顧收檢數部及租部銀兩銀票，忙中不及吩咐搬什物往哪裡，真是人多手腳亂，反把貴重臺椅，塞擁門戶。忙了多時，火勢又烈，忽然正廳上燒斷梁柱，把一座正廳覆壓下來，把左便廂廳同時壓陷。此時人命緊要，馮少伍急令各人逃出避火，駱子棠把各數部帶齊，先自奔往海關衙門去。

　　馮少伍見各處都已著火，料然各處什物搬不得，只得令府裡人及外來幫忙的，都一齊奔出來。才見水龍趕到，統城內外來的，不下伍拾輛水龍，一同救火。各家食井及街道的太平防虞井，水也汲盡了，火勢方自緩些。這時，觀火的、救火的，及乘勢搶火的，已填塞街道。又些時，才見各營將官，帶些半睡不醒的兵勇到來彈壓，到時火勢已寢息了。因周家的宅子大得很，通橫五面，自前門至後花園，不下二百尺深，所以燒了多時，只燒去周家一所宅子，並未燒及鄰近。各營兵及各處救火的人，已陸續散去，即各家來幫搬運物件的，馮少伍即說一聲「有勞」，打發回去了。

　　總計這場火災，一座樓閣崢嶸、廳堂富麗的大宅子，已燒個淨盡，除了六姐取回那西洋大鏡子，及馬氏和二房帶回些金銀珠寶，數部銀票亦由管家檢回，計燒去西裝彈弓床子八張，紫檀木雕刻花草人物的床子十張，酸枝大號臺椅兩副，酸枝雲母石臺椅三副，酸枝螺甸臺椅兩副，五彩宣窯大花瓶一個，價值千金，其餘西式藤床子二三號，酸枝臺椅與雲母石玳瑁的炕床，和細軟紗羅綾緞綢縐、顧繡的帳褥衣服，以至地氈、大小各等玩器，也不計其數，共約值二十餘萬兩銀子。並那大宅子及戲臺，建造時費了六七萬金，通通付之灰燼。時因各人跑東跑西，倒不知各人往哪裡去。

不久就是天亮，始紛紛走往潘家，尋著馬氏。馮、駱兩管家回道：「數部及銀票不曾失去。餘外因火勢太猛，已不能搬運了。」馬氏道：「燒了沒打緊，拿銀便可再買，但不知可有傷人沒有？」馮少伍道：「家人仗夫人鴻福託庇，倒先後逃出了。」馬氏道：「這便是好了。你快下去，趕置器具，先遷往增沙的別宅子住幾時，再行打算。」馮少伍說一聲「理會得」，即退下來。

不多時，丫鬟、乳娘、梳傭也先後尋到，都訴說火勢猛得很，不得搬運什物，實在可惜。馬氏道：「有造自然有化，燒去就罷了，可惜作甚？」各人都讚馬夫人量大。隨見六姐也進來，先見馬氏回道：「各物倒不搬運了，只我也急令人在正廳上取回那最大的西洋鏡子，同數人運送增沙別宅去了。幸虧各街沒有關閘門，若是不然，那鏡子這般大，還搬得哪裡去？」馬氏聽了，不覺滿面笑容。各人倒不解其意，只道數十萬的器具，燒了還不介意，如何值千把銀子的大鏡取回，怎便這樣歡喜？正自疑惑，只見馬氏對六姐道：「妳很中用，這大鏡子原是一件寶物。因大人向來雖有些家當，還不像今日的富貴。偏是有這般湊巧，自從買了這大鏡子回來，就家門一年好似一年，周大人年年增多幾十萬家當，生兒子、得功名，及今做了官，好不興旺！我從前也把這鏡子的奇怪對多人說過，都道一件寶物在家裡，可能鎮得煞，擋得災，興發得家門。這會兒縱然是不幸，但各物倒不能取回，偏是這般大得很的鏡子，能夠脫離了火災，可不是一件奇事？這都是六姐的靈機，也該賞妳。」便令拿了二百兩銀子，賞過六姐，六姐千謝萬謝地領了。去後，計點各人都已到齊，只單不見了丫鬟瑞香，查來查去，還沒個影兒，就疑她葬在火坑去了。

各人正在嘆息，馮少伍即來回道：「哪有此事？自她失了火之後，已扶她下了樓，在頭門候了多時，我叫人避火要緊，她方才出門去了。我因

事忙，未有問她往哪裡去。只是她出門時，是我親見的了。」馬氏道：「恐是街上往來擁擠，她跑錯了路，抑是不知我來到這裡，她誤尋別家去了，也未可知。」六姐道：「她出時，我也見她是同寶蟬一塊兒出門的。」馬氏就喚寶蟬來問。那寶蟬初還推說不知，六姐就證著她，馬氏怒道：「臭丫頭！鬼鬼祟祟幹什麼？若還不說，怕要打妳下半截來了！」寶蟬才說道：「她前兒和李玉哥有了些交情，常對婢子說道：她若除了玉哥兒，今生就不嫁人了。這回火災，本由她失慎，她一來畏忌夫人見罪，二來想隨著玉哥兒同去，故趁這一個機會走了，也未可定。」馬氏道：「她可是與李玉同走的嗎？」寶蟬道：「婢子見她和玉哥兒說了幾句，正欲跑時，偏是婢子撞著她，她就哀求婢子，休對夫人說。」馬氏又怒說：「妳既見她走了，如何不對家裡人說，又不來告訴我，是什麼緣故？」寶蟬道：「這時府裡人忙得很，哪裡還顧得她？若尋來對夫人說，怕她不知跑到哪裡去了。」馬氏想了一會兒，又罵道：「妳既是知她前兒與李玉有交情，怎地不對我說？」寶蟬道：「這事是二姨太太也知得的，他人不說，婢子哪裡敢說？」馬氏道：「我要來割了妳的滑舌頭，快滾下去！」寶蟬聽了，就似得了命，一溜煙地跑去了。

馬氏又喚二房責道：「妳既然知瑞香與李玉有這般行徑，就該對我說知，好安置她，就不致弄出今兒這點事了。」二房伍氏道：「夫人哪裡說？試想瑞香在時，夫人怎地縱她，我縱是說出來，夫人未必見信，反至失了和氣，怕那些丫頭膽子還加倍大呢。」馬氏聽得，真沒言可容。馮少伍道：「走了一個丫頭沒打緊，只是失了門風，外人就道我們沒些家教了。但現在不必多說了，打點各事罷。」馬氏道：「妳先到增沙的宅子看看，哪件沒齊備的，就要添置，也不必來回我。明兒就遷到那裡，安頓家人，遲些時我不如往香港罷。至於那臭丫頭，既是走了，休要管她，也不必出花

紅尋她了，免致被人看得，落得他人說閒話。」馮少伍答一聲「理會得」，就令打點買置什物，一面又準備銀子，賞給救護的水龍。

　　馬氏在大客廳上，自有潘家大娘子置酒饌陪她抽洋膏子，或抹骨牌，與她解悶。過了一夜，正是人多好做作，什物都買齊，單沒有紫檀床。況是新年時候，各事草草備辦，都不暇鋪排。馬氏到增沙別宅時，就有些不悅。原來馬氏生平最愛睡紫檀床的，因那時紫檀很少，每張床費了七八百銀子，還不易尋得。駱子棠也知得馬氏的意思，即來回道：「整整找了一天，尋不著紫檀床，已到各家說過，託他尋著了，就來這裡說。」

　　馬氏方欲有言，忽報十二宅的奶奶來賀年了，馬氏即接進裡面，先由丫鬟擔茶果進去，馬氏即與周奶奶團拜過了。坐後，周奶奶道：「前天聽得府上遇了火，昨兒本欲來問候，奈身子不大快，沒有出門，不知那些貴重物件可有搬回沒有？」馬氏道：「燒去也罷了，還虧那大鏡子得六姐拿回。前兒用千來銀子買了一盞精緻花卉人物煙燈，那燈膽子是水晶製成八仙的，周大人也攜往談瀛社去；那煙盤正是中間一個圓窩，看來似個金魚缸一樣，也一併攜去了，所以不曾遇著火。只有幾張紫檀床，通通沒了，況且我向來的那一張雕刻好生精緻，又是從來沒有的紫檀，今兒燒了去，倒不容易再尋得，實在可惜了。」周奶奶聽罷亦為嘆惜，徐道：「這是火災，雖失了二十來萬的家當，究竟是神靈庇佑，夫人這裡都要酬神送火星，許個平安願才是。」馬氏道：「這是理所本該的。我府裡向來托賴，這會兒雖然遇了火，還虧人口平安。本要酬神，況今兒正是進火，不如一發請幾名師父和幾位禪師，開壇念經，超幽作福，是不消說了。我記得長女初生時，墾土說她八字生得硬，要她出家，方能消災擋煞。只是這樣人家，哪裡願把個好端端的女兒拋撇去，所以把長女的年慶八字，送到無著地庵堂裡，當作出家，還拜尼姑阿容為師父。那容師父生得一種好性兒，

不過二十來歲的人，相貌又好，初時還常常來往，奈近來我們家裡事多得很，我身子又不大好，好容易掙扎得來，所以來往疏了。像別人看來，似是我們人家瞧她們不在眼內，總是枉屈我了。這會兒我要請她進來辦這一件事罷。」說罷，就著駱管家派人請容師父去。

　　當下馬氏正和周十二宅的奶奶談天，也不過是說失火的情形，及燒去的物件。馬氏道：「燒去也罷，我也不提，不過去了二十來萬。俗語說道是『破財擋災，人口平安』，也就罷了。」正說著，忽報容師父來了，馬氏即離了煙炕，與周奶奶一齊起身迎接。果然容尼姑隨進來，見了馬氏，即喚一聲「夫人」，道個萬福，馬氏忙即讓坐。周奶奶又與容師父見禮。馬氏先把容尼估量一番，見她身穿馬布外衣，束著烏布褲腳兒，即說道：「我近來事務多，也不大出門，許久不見師父來到這裡，卻怎地緣故？」容尼道：「因前數月是清水濠姓張的做功德，整整鬧了一個月有餘。後來又往潮州探師父去，不過回城數天，早聞貴府失了火。本該到來問候，只是新年光景，我們也少出門的。今得夫人傳喚，方敢進來。」

　　馬氏聽了，不覺面色變了。自因失火之後，這回應歲，不甚熱鬧，所以各事忘卻了。因當時正是元旦一二天，也不合引尼姑進來。此時已自懷悔，但她是自己請來的，還有何說？只得勉強說道：「也沒相干，我不是像俗情多忌諱的。」說了，又把開壇誦經送火災的事，說了出來。容尼道：「既是如此，目下暫且當天酬拜神靈，過了寅日（即初七日），才做功德罷。」周奶奶道：「還是師父懂得事，夫人可依他做去。」馬氏就答個「是」，容尼就要起辭而去，說稱要定製繡衣。馬氏道：「近來事煩，也忘卻把些物件送給師父，這件繡衣要怎麼樣的，讓我們盡點薄情罷。」容尼還自推辭，馬氏固遜不已，方才肯依。正是：

方向空門皈淨法，又從華第訂交情。

要知後事如何，且聽下回分解。

第十七回　論寶鏡周家賞傭婦　贈繡衣馬氏結尼姑

第十八回
譜長男驚夢惑尼姑 遷香江卜居鄰戲院

　　話說容尼說起要做繡衣，馬氏就問她要做什麼款式，正要自己盡點人情。容尼就答道：「可不用了，我們庵裡，雖比不上富厚之家，只各人有各人的使用。且凡替人念經做好事，例有些錢頭，哪裡一件繡衣，還敢勞夫人厚意？」馬氏道：「師父這話可不是客氣呢。我們實在說，你們出家人是個清淨不過的，這些小功德錢，只靠著餬口，還有怎麼餘錢？我說這話，師父休嫌來得衝撞，不過實說些兒。況小女投師拜佛，也沒有分毫敬意，多的或防我們辦不起。這件繡衣，就該讓人做過人情，若還是客氣，可是師父不喜歡也罷了。」周奶奶道：「就是這樣，師父就不消客氣了。」容尼道：「夫人這話好折煞人！說是多的辦不起，只除了這裡人家辦不得，還哪裡辦得來？夫人既這樣喜歡，我只允從便是。」

　　馬氏聽了，好不歡喜，隨再問繡衣如何款式，如何長短。容尼隨道：「款式倒是一樣，貴的就用什麼也不拘，賤的就用布兒也是有的。單是色要深紅，是斷改不得了。袖兒衿兒領兒都要金線鑲捆，腰兒夾兒自然是寬闊些，袖口兒要一尺上下。所鑲捆的金線子，貴重由人，只我身材不大高，不過長的要三尺上下。夫人若記不清楚我，包兒裡還帶著一件舊的來。」說了，隨解開包兒，拿了一件半新不舊的繡衣出來，讓馬氏看。時寶蟬在旁，笑說道：「不知我們穿了來，又怎樣似的？」周奶奶道：「試穿來，給我看看。」寶蟬笑著，就要來穿。馬氏道：「師父是清淨的上人，我

們幾身，好容易穿得，師父料然是不喜歡的，休頑罷。」容尼即接口道：「夫人怎麼說，我們出家人，是從不拘滯的，這樣夫人反客氣起來了。」說罷，即拿過讓寶蟬穿起來，果然不長不短，各人看了，都一齊笑起來。周奶奶道：「寶蟬穿來很好看，不如就隨師父回去罷。」容尼道：「哪裡說？她們在這等富貴人家，如珠似玉，將來正要尋個好人家發配去，難道要像我們捱這些清苦不成？」寶蟬聽罷，忙啐一口道：「師父休多說，我們倒是修齋的一樣，休小覷人！」說罷，就轉出去了。容尼自知失言，覺不好意思。

馬氏隨喚過六姐進來，著她依樣與容尼做這件繡衣，並囑不論銀子多少，總求好看。身子要用大紅荷蘭緞子，所有金線，倒用真金。又拿過五顆光亮亮的鑽石，著綴在衣上，好壯觀瞻。這鑽石每顆像小核子大，水色光潤，沒半點瑕疵，每顆還值三四百銀子上下。容尼見了，拜謝不已，隨說道：「多蒙夫人厚意，感激的了。今兒到這裡談了半天，明兒再來拜候罷。」說了，便自辭出。馬氏即令六姐隨容尼出去，好同定做這件繡衣，又致囑過了寅日，就揀過日子，好來禳火災、做好事，容尼也一一應允。馬氏送容尼去後，回轉來說了些時，周奶奶又辭去了。

不覺天時已晚，弄過晚飯之後，馬氏回轉房裡，抽了一會兒洋膏子，不覺雙眼疲倦，就在煙炕上睡著了。恍惚間，只見烏雲密布，少時風雨交作，霹靂的一聲，雷霆震動，那些雷火，直射至本身來。馬氏登時驚醒，渾身冷汗，卻是南柯一夢，耳內還自亂鳴，心上也十分害怕。看看煙炕上，只有寶蟬對著睡了，急地喚她醒來，問道：「霎時間風雨很大的，妳可知得沒有？」寶蟬道：「夫人瘋了！妳瞧瞧窗外還是月光射地，哪裡是有風雨？夫人想是做夢了。」馬氏見寶蟬說起一個夢字，身上更自顫抖，額上的汗珠子，似雨點一般下來，忙令寶蟬弄了幾口洋膏子。寶蟬只問馬氏

有什麼事，馬氏只是不答，誰自己想來，這夢必有些異兆，因此上肚裡頗不自在。過了一會兒，依舊睡著了。

次早起來，對人猶不自言。只見六姐來回道：「昨兒辦這件繡衣，通通算來，是一百五十兩銀子。昨夜回來，見夫人睡著了，故沒有驚動夫人。」馬氏道：「幹妥也就罷了。」六姐就不再言，只偷眼看看馬氏，覺得形容慘淡，倒見得奇異，便隨馬氏回房子去。忽見二房的小丫鬟小柳，從內裡轉出來，手拿著一折盅茶。東跑得快，恰當轉角時，與馬氏打個照面，把那折盅茶倒在地上，磁盅也打得粉碎。馬氏登時大怒道：「瞎娘賊的臭丫頭！沒睛子，幹什麼？」一頭說，一頭拿了一根竹竿子，望小柳頭上打下來。小柳就跪在地上，面色已青一回黃一回，兩條腿又打顫得麻了。六姐道：「些些年紀，饒她這一遭兒罷。」馬氏方才息了怒，轉進房裡，說道：「這年我氣運不大好了，前兒過了除夕，就是新年，府上早遇了火；我又忘了事，新年又請尼姑來府裡；今兒臭丫頭倒不是酒，又不是水，卻把茶兒潑在身上。這個就是不好的兆頭。」六姐道：「這會兒不是憑媒論婚，倒茶也沒緊要。仗夫人的福氣，休說氣運不好的話。」馬氏方才無話，隨把前夜的夢，對六姐說知。六姐道：「想是心中有點思慮，故有此夢。夫人若有懷疑，不如候容師父到時，求她參詳參詳也好。」馬氏點頭稱是。

果然過了數日，容尼已進府上來，說道：「明兒初九，就是黃道吉日，就開壇念經禳火星罷。」馬氏就囑咐六姐，著管家預備。容尼又道：「昨兒那件繡衣，已送到庵裡去，縫得標緻得很。只怕這些貴重物，我的空門中人，用著就損了福氣。」馬氏道：「哪裡說？這又不是皇帝龍袍，折什麼福？」說了，大家都笑起來。那一夜無話。

次日，容尼又招幾個尼姑同來，就在大廳子裡擺設香案，開壇念經。

都由容尼打點，所有念經，都是各尼在壇上嗷嗷嘈嘈，容尼卻日夕都和馬氏談天。馬氏忽然省起一事，就把那夜的夢兒，求她參詳。容尼一想道：「這夢來得很惡，我們卻不敢多說。」馬氏道：「怕什麼？妳只管講來便是。」容尼仍是欲吞欲吐，馬氏早知她的意思，急喚離左右。容尼才說道：「這夢想來，夫人身上很有不利。」說到這時，容尼又掩口住下，又不願說了。馬氏再問了兩次，容尼道：「雷火燒身，自然是不好，只在卦上說來，震為雷，震又為長男，這樣恐是令長男於夫人身上有點不利，也未可定。」馬氏聽了，登時面色一變，徐說道：「師父這話很有道理，我的長男是二房所出，年紀也漸漸長大起來了，我倒要防備他，望師父休把這話泄漏才好。」容尼道：「此事只有兩人知得，哪有泄漏之理？」說罷無話。自此馬氏就把長子記在心頭了。

　　過了幾天，功德早已完滿，又禮過焰口，超了幽，就打發各尼回去，只容尼一人常常來往。馬氏徐令管家把府裡遇火前後各事，報知周庸祐，隨後又議往香港居住。因自從到增沙的宅裡，身子不大快，每夜又常發惡夢；二來心中又不願和二房居住，因此遷居之心愈急，就令馮管家先往香港尋宅子。因周庸祐向有幾位姬人在香港士丹利街居住，因忖向日東橫街的宅子，何等寬大，今香港屋價比省城卻自不同，哪裡尋得這般大宅子？況馬氏的性兒，是最好聽戲的，竟日連宵，也不見厭，香港哪裡使得？若尋了來，不合馬氏的意，總是枉言，倒不如命六姐前往。因六姐平日最得馬氏的歡心，無論找了什麼宅子，馬氏料然沒有不喜歡的。因此管家轉令六姐來港，那六姐自不敢怠慢。

　　到港後，先到了士丹利街的別宅子，先見了第六房姨太王春桂，訴以尋醫遷寓香港之事。春桂道：「這也難說了，馬氏夫人好聽戲，在東橫街府裡時，差不多要天天唱戲的。若在香港裡，要在屋裡並建戲臺，是萬中

無一的。倘不合意，就要使性兒罵人，故此事我不敢參議，任從六姐於去便是。」六姐道：「與人承買，怕要多延時日，不如權且租賃，待夫人下來，合意的就買了，不合的就另行尋過，豈不甚好？」春桂道：「這樣也使得。我的兒聽得重慶戲院旁邊，有所大宅子，或招租，或出賣，均無不合的。這裡又近戲場，聽戲也容易，不如先與租賃，待夫人到時再酌罷。」六姐道：「這樣很好，待我走一遭，看看那宅子是怎麼樣的，然後回覆夫人定奪便是。」說了，春桂即令僕婦引六姐前去。六姐看了那街道雖不甚堂皇，只那所宅子還是寬大，廳堂房舍也齊備了，緊貼戲院。若加些土木，即在窗兒可能看戲，料然馬氏沒有不合的。看罷，就即與屋主說合了，訂明先租後買。自己先回省城去，把那屋貼挨戲院，看戲怎麼方便，及屋裡寬敞，一一對馬氏說知。

馬氏道：「有這般可巧的地位，是最好的了。我自從過新年後，沒一天是安寧的，目下就要搬遷。但望到港時住了，得個平安就罷了。」六姐聽了，又把附近重慶戲院的宅子從前住的如何平安，如何吉利，透情說了一會兒。馬氏十分歡喜，便傳馮管家進來，說明要立刻遷往香港，眼前就要打點，一兩天即要搬妥。所有貴重物件，先自付寄，餘外細軟，待起程時攜帶。正是：

故府方才成瓦礫，香江今又煥門楣。

要知後事如何，且聽下回分解。

第十八回　譖長男驚夢惑尼姑 遷香江卜居鄰戲院

第十九回
對繡衣桂尼哭佛殿 竊金珠田姐逮公堂

話說自六姐往香港，租定重慶戲院隔壁的大宅子，回過馬氏，就趕緊遷居，仍留二房在羊城居住。一面致囑令人在省城好尋屋宇，以便回城。因姓周的物業，這時多在省中，況許多親串及富貴人家，都在省城內來往慣的，自然捨不得羊城地面。怎奈目前難以覓得這般大宅，故要權往香港。就是在香港住了，亦要在羊城留個所在，好便常常來往。

二房聽囑，自然不敢怠慢，馬氏就打點起程。是日又是車馬盈門，要來送行的，如李慶年的繼室、周少西的大娘子、潘家、陳家的金蘭姊妹，不能勝數。先由駱管家著人到船上定了房位，行李大小，約三十餘件，先押到船上去了。馬氏向眾人辭別，即攜同兩女一兒，分登了轎子。六姐和寶蟬跟定轎後，大小丫鬟一概隨行。送行的在後面，又是十來頂轎子，擠擠擁擁，一齊跑出城外。待馬氏一干人登了汽船，然後送行的各自回去，不在話下。

且說馬氏一程來了香港，登岸後，由六姐引路，先到了新居。因這會兒是初次進夥，雖在白日，自然提著燈籠進去，說幾句吉祥話，道是進夥大吉，一路光明。有什麼忌諱的，都囑咐下人，不許妄說一句。及馬氏下轎進門時，又一連放了些炮竹。馬氏進去之後，坐猶未暖，王氏春桂已帶了一干人過來，問候請安。馬氏略坐一會兒，就把這所宅子看過了，果然好寬曠的所在，雖比不上在東橫街的舊府，只是綠牖珠櫳，粉牆錦幕，

第十九回　對繡衣桂尼哭佛殿 竊金珠田姐逮公堂

這一所西式屋宇，還覺開暢。馬氏看罷，就對六姐說道：「這等宅子，倒不用十分改作，只須將窗櫺牆壁重新粉飾，大門外更要裝潢裝潢，也就罷了。」說了幾句，再登樓上一望，果然好一座戲院，宛在目前，管弦音韻，生旦唱情，總聽得了亮。心中自是歡喜，不覺又向六姐嘆息道：「這裡好是好了，只是能聽得唱戲，究不能看得演戲，畢竟是美中不足。我這裡還有一個計較，就在樓上多開一個窗子，和戲院的窗子相對，哪怕看不得戲？這樣就算是我們府裡的戲臺了。」王春桂道：「人家的戲院，是花著本錢的，哪裡任人討便宜？任妳怎麼設法，怕院主把窗門關閉了，妳看得什麼來？」馬氏道：「妳可是瘋了！他們花著本錢，自然要些利。我月中送回銀子把過他，哪怕他不從？」六姐道：「夫人也說得是，古人說得好，『有錢使得鬼推車』，難道院主就見錢不要的不成？就依夫人說，幹去便是。」

馬氏聽了，就喚駱管家上來，著人到重慶戲院，找尋院主說項。這自然沒有不妥的，說明每月給回院主四十塊銀子。馬氏即令人將樓上開了窗門，作為聽戲的座位。又在樓上設一張炕子，好作抽洋膏子之時，使睡在炕上，就能聽戲。那院主得馬氏月中幫助數十塊錢使用，自然把旁邊窗門打開，並附近窗前，都不設座位，免至遮得馬氏聽戲。果然數天之內，屋內也粉飾得停當，又把門面改得裝潢，樓上倒修築妥了。

過了數天，只見駱管家來回道：「由此再上一條街道，那地方名喚堅道的，有一所大宅子，招人承買。那一帶地方，全是富貴人家居住，屋裡面大得很，門面又很過得去，像夫人的人家，住在那裡，才算是有體面。」馬氏道：「你也說得是。昨兒接得周大人回信，這幾個月內，就要滿任回來。那時節官場來往的多，若不是有這些門戶，怎受得車來馬往？但不知要給價銀多少，才能買得？」駱管家道：「香港的屋價，比不得羊城。

想這間宅子，盡值六七萬銀子上下。」馬氏道：「你只管和他說，若是好的，銀子多少沒打緊。一來要屋子有些門面，二來住了得個平安，也就好了。」駱管家答個「是」，早辭下去了。

　　次日，只見守門的來回道：「門外有位尼姑，道是由省城來的，她說要與夫人相見。」馬氏聽了，早知道是容尼，就令人接進裡面坐下。容尼道：「前兒夫人來港，我們因進城內做好事，因此未有到府上送行，夫人休怪。」馬氏道：「怎麼說？師父是出家人，足跡不到凡塵裡，便是師父來送，我也如何當得起？今兒因什麼事，來香港幹什麼？」容尼道：「是陳家做功德，請我們念經，要明天才是吉日，方好開壇，故此來拜謁夫人。」馬氏道：「沒事就過來談罷，我不知怎地緣故，見了師父來，就捨不得師父去，想是前世與佛有緣。」容尼道：「凡出家人，倒要與佛門有些緣分，方能出家。我昨兒聽得一事，本不欲對夫人說，只夫人若容我說時，就不宜怪我。」馬氏道：「有什麼好笑事，說來好給我們笑笑，怎地要怪起妳來？」容尼道：「我前兩天在城內，和人家做好事時，還有兩間庵子的尼姑，同一塊兒念經。有一位是喚作靜堅，是新剃度的中年出家人，談起貴府的事，她還熟得很，我就起了思疑。我問她有什麼緣故，她只是不說。她還有一個師父喚作明光，這時節我就暗地裡向她師父問個底細。那明光道：『周大人總對她不住，她就看破了世情，落到空門去。』夫人試想：這個是什麼人？」馬氏聽了，想了想才說道：「此事我不知道，難道大人在外尋風玩月，就鬧到庵堂裡不成？」

　　正說話間，忽王氏春桂自外來，直進裡面，見了馬氏，先見禮，後說道：「今兒來與夫人請安，晚上好在這裡樓上聽戲。」馬氏也笑道：「我只道有心來問候我，原來為著聽戲才到來的。」說了，大家笑起來。春桂見有個尼姑在座，就與她見禮。馬氏猛省起來，就把容尼的話對春桂說知，

第十九回　對繡衣桂尼哭佛殿 竊金珠田姐逮公堂

問她還有知得來歷的沒有。春桂一想道：「我明白了，這人可是年紀二十上下的？」容尼道：「正是。面貌清秀，還加上一點白，是我佛門中罕見的。」春桂道：「可不是呢！她從前在這裡一間娼寮，叫什麼錦繡堂，喚作桂妹的，她本意要隨姓張的脫籍，後來周大人用了五千銀子買了回來，不過數月間，妾又進來了。她見周大人當時已有了五七房姬妾，還怕後來不知再多幾房，故此託稱來這裡聽戲，就乘機上了省，削髮為尼。這時隔今盡有數年了，如何又說起來？」容尼聽罷，再把和桂妹相遇的原因，說了一遍。馬氏道：「原來如此，看將來這都是周大人的不是。他向在青樓上是風流慣的了，若不要她，當初就不合帶她回來。今落到空門裡，難為她捱這般清淨。」容尼道：「夫人說的是，虧妳還有這點心，待我回城時見著她，好把夫人的話對她說。」馬氏道：「可不是呢，她沒睛子浪跟著回了來，今兒還要她捱著苦去，故今年氣運就不住了。」容尼點頭稱是。

過了數日，容尼完了功德，果然回城後，就往找尋桂妹。桂妹見容尼來得詫異，讓坐後，就問她來意。容尼把馬氏上項的話，說了一遍，並勸她還俗。桂妹聽了，想了想才答道：「是便是了，只當初星士說我向兒生得不好，除是出家，才擋了災。我只管捱一時過一時也罷了。」容尼見她如此說，只自言自語地說道：「可惜落到這樣人家，繁華富貴，享的不盡，沒來由卻要這樣。」說了，桂妹只是不答。少頃容尼辭出。

到了夜分，這時正是二月中旬，桂妹在禪房裡捲起窗簾一望，只見明月當中，金風颯颯，玉露零零，四無人聲，好不清淨。想起當初在青樓時，本意隨著張郎去，奈姓周的偏拿著銀子來壓人，若不然就不至流落到這裡。想到此情，已不禁長嗟短嘆。又怨自己既到周家裡，古人說得好，「女為悅己者容」，就不該賭一時之氣，逃了出來。捨了文繡，穿兩件青衣；謝卻膏粱，捱兩碗淡飯。況且自己只是二十來歲的人，不知捱到幾

時，才得老去？想來更自苦楚。忽然撲的一聲，禪堂上響動起來，不知有什麼緣故，便移步轉過來看看。到了臺階花砌之下，卻自不敢進去，就思疑是賊子來了，好半晌動也不動。久之沒點聲息，欲呼人一同來看，只更深夜靜，各尼倒熟睡去了，便拚著膽兒進去。這時禪堂上殘燈半明不滅，就挑起燈來，瞧了一瞧，是個齋魚跌在地上，好生詫異。想是豬兒逐鼠子撞跌的，可無疑了。隨將齋魚放回案上，轉出來，覺自己不知怎地緣故，衣襪也全溼了。想了一回，才醒起方才立在臺階時，料然露水滴下來的。急地轉回房裡，要拿衣穿換，忽見房門大開，細想自己去時，早將門掩上，如何又開起來？這時倒不暇計較，忙開了箱子，不覺嚇了一跳，原來箱子裡不知何故，那繡衣及衣服全失去了。想了又想，可是姓張的這一個，還是姓李的那一個沒良心盜了我的不成？此時心上更加愁悶，又撫身上衣裳，早溼遍了，就躺在床上，哪裡睡得著？左思右想，自忖當時不逃出來，不至有今日光景。又憶起日間容尼的說話，早不免掉下淚來。況且這會兒失了衣裳，實在對人說不得的。哭了一會兒子，就朦朧睡去。忽然見周庸祐回來，自己告以失衣之事。周庸祐應允自己造過，並允不再聲張。桂妹狂嗟之極，不覺醒轉來，竟沒點人聲，只見月由窗外照著房裡，卻是南柯一夢。回憶夢中光景，愈加大哭起來。是夜總不曾闔眼。

次早日影高了才起來，身子覺有些疲倦。滿望容尼再來，向她商量一筆銀子，好置過衣裳，免對師父說。誰想候了兩天，才見容尼進來，還未坐下，早說道：「妳可知得沒有，原來周大人已滿任回來了，前天已到了香港。我若到港時，就對馬夫人說，好迎妳回去罷。」桂尼道：「這是後話，目前不便說了。便是馬夫人現在應允，總怕自己後來要嘔氣。負氣出來，又屈身回去，說也說不響的。」說罷，又復哭起來，似還有欲說不說的光景。容尼著實問她因甚緣故，要哭得這樣？桂尼這時才把失去衣裳的

第十九回　對繡衣桂尼哭佛殿 竊金珠田姐逮公堂

事說知，並說不敢告知師父，要備銀子再買。容尼道：「備銀子是小事，哪有使不得。只不如回家去，究竟安樂些兒。妳又沒睛子，不識好歹，這些衣裳，還被人算了去。今馬夫人是痛妳的，還勝在這裡捱得慌。」桂尼道：「俗語說得好：『出家容易歸家難。』妳別說謊，馬夫人見氣運不好，發了點慈心，怕常見面時，就似眼兒裡有了釘刺了。周大人是沒主鬼，妳休多說罷。」容尼道：「出家還俗萬千千，聽不聽由得妳，我把妳意思回覆馬夫人便是。」說了要去，桂尼又央容尼借銀子，並道：「妳借了，我可向周大人索回這筆數，當時周府題助這裡香資便是。」容尼不便強推，就在身上拿來廿來塊銀子，遞過桂尼手上去，即辭了出來，自然要把此事回知馬氏。

馬氏這時不甚介意，只這時自周庸祐回來，周府裡又有一番氣象。周庸祐一連幾天，都是出門拜客，亦有許多到門拜候的。因是一個大富紳，又是一個官家，哪個不來巴結？倒弄得車馬盈門，奔走不暇。

偏是當時香港疫症流行，王春桂住的士丹利街，每天差不多有三幾人死去，就是馬氏住的左右，也不甚平靜。因此周庸祐先買了前兒說過的堅道的大屋子，給與馬氏居住；又將春桂遷往海旁回記號的樓上，因附近海旁還易吸些空氣。況回記字號的生意，是個辦館，供給船上伙食的。那東主姓梁字早田，是自己好朋友，樓上地方又很多。只是生意場中，住眷總有些不便。其中就有位僱用的小廝名喚陳健，生出一件事來。

因周庸祐在上海買了兩名妓女，除在京將金小寶進與翰林江超，餘外一名，即作第九房姬妾，姓金名喚小霞，也帶著隨任。這時滿任而歸，連香屏和她都帶了回來。除香屏另居別宅，其餘都和春桂一塊兒居住。那小廝陳健年方十七歲，生得面如傅粉，唇若徐朱，平時服役，凡穿房入屋都慣了。周庸祐為人，平時不大管理家事，大事由管家辦理，小事就由各房

144

姬妾著家僮僕婦辦理而已。

　　這時又有一位梳傭，喚作田姐，本大良人氏，受周家僱用，掌理第九房姨太太的梳妝，或跟隨出入，及打點房中各事，倒不能細述。那田姐年紀約廿五六歲，九姨太實在喜歡她，雖然是個梳傭，實在像玉樹金蘭，作姊妹一般看待了。那小廝陳健，生性本是奸狡，見田姐有權，常在田姐跟前獻過多少殷勤，已非一日。陳健就認田姐作契母，田姐也認陳健作乾兒，外內固是子母相稱，裡面就設誓全始全終，永不相背的了。且周庸祐既然不甚管理家事，故九姨太的家務，一應落在田姐的手上。那田姐的一點心，要照顧陳健，自然在九姨太跟前要抬舉他，故此九姨太也看上陳健了。

　　自古道：「尾大不掉，熱極生風。」那九姨太與田姐及陳健，既打做一團，所有一切行為，家裡人通通知得，只瞞著周庸祐一人。那一日，田姐對九姨太金小霞說道：「陳健那人生得這般伶俐，性情也好，品貌也好，不如籌些本錢把過他，好幹營生，才不枉他一世。」九姨太點頭稱是。次日，陳健正在九姨太跟前，九姨太便問他懂得什麼生理。陳健聽說，就如口角春風，說得天花亂墜，差不多恨天無柱，恨地無環，方是他營生的手段。九姨太好不歡喜，便與田姐商量，要謀注本錢，好栽培陳健。田姐道：「九姨太若是照顧他，有怎麼難處？」九姨太道：「怎麼說？我從前跟著大人到任，手上雖賺得幾塊錢，也不過是珠寶鑽石的物件，現銀也不大多。自周大人回來，天天在馬夫人那裡，或在三姨太的宅子，來這裡不過一刻半刻，哪容易賺得錢來？」田姐道：「妳既然有這點心事，就遲三五天也不打緊。」九姨太答個「是」。自此田姐就教陳健喚九姨太做姨娘，就像親上加親，比從前又不同了。

　　過了數天，九姨太就和田姐計較，好拿些珠寶鑽石及金器首飾，變些

銀子，與陳健作資本。田姐自然沒有不贊成的了，果然拿了出來，統共約值五萬銀子上下，著陳健拿往典肆。田姐又一同跟了出來，都教陳健託稱要做煤炭生意，實則無論典得多少，田姐卻與陳健均分。田姐又應允唆九姨太匆將此事對周大人說，免至泄漏出來。

　　二人計議既定，同往典肆。怎想香港是個法律所在，凡典肆中人，見典物來得奇異，也有權盤問，且要報明某街某號門牌，典當人某名某姓的。當下陳健直進典肆，田姐也在門外等候。那司當見陳健是小廝裝束，忽然拿了價值數萬銀子的物件來，早生了疑心，便對陳健說道：「香港規則，男子不合典當女子物件。你這些貴重物，究從哪裡得來？」陳健聽說，不覺面色一變，自忖不好說出主人名字，只怎樣說才好？想來想去，只是答不出。偏又事有湊巧，正有暗差進那典肆來查察失物，見司當人盤問陳健，那暗差便向陳健更加盤問一回，並說道：「若不說時，就要捉將官裡去了。」陳健早慌到了不得，正是：

世情多被私情誤，失意原從得意來。

要知後事如何，且聽下回分解。

第二十回
定竊案控僕入監牢 謁祖祠分金修屋舍

　　話說小廝陳健拿了金器珠石往典肆質銀，被司當的盤問起來，適暗差又至，盤問得沒一句話說。時田姐正在典肆門外，猛然省起，一個男漢，不合典押婦人家的頭面，便趕進典肆裡說道：「這東西是妾來典押的，可不用思疑了。」暗差道：「這等貴重的東西，好容易買得？妳是什麼人家，卻從哪裡得來？」田姐聽了，欲待說將出來，又怕礙著主人的名聲，反弄得九姨太不好看。正自躊躇，只得支吾幾句。那暗差越看得可疑，便道：「妳休說多話，妳只管帶我回去，看妳是怎地人家。若不然，我到公堂裡，才和妳答話。」田姐沒得可說，仍復左推右搪，被暗差喝了幾句，沒奈何，只得與陳健一同出來，回到回記店門首。那暗差便省得是周家的住宅，只因周庸祐是富埒王侯，貴任參贊的時候，如何反要典當東西？迫得直登樓上，好問個明白。

　　偏是那日合當有事，周庸祐正自外回來，坐在廳子上。那暗差即上前見一個禮，問道：「那東西可是大人使人典當的不成？」周庸祐瞧了一瞧，確認得是自己物件，就答道：「怎麼說？東西是我的，只我這裡因什麼事要當東西？你沒睛子不識人，在這裡胡說。」暗差道：「我不是橫撞著來的，在典肆裡看他兩人鬼頭鬼腦，就跟著了來，哪不知大人不是當東西的人家。只究竟這東西從哪裡得來？大人可自省得，休來怪我。」周庸祐聽了，正沒言可說。

第二十回　定竊案控僕入監牢　謁祖祠分金修屋舍

　　那時田姐和陳健心裡像十八個吊桶，魂兒飛上半天，早躲在一處。周庸祐只得先遣那暗差回去，轉進金小霞的房子來，凶神惡煞地問道：「家裡有什麼事要典得東西？怎地沒對我說？還是府裡沒使用，沒廉恥幹這勾當？妳好說！」金小霞聽得，早慌做一團，面色青一回黃一回，沒句話可答。暗忖此事他如何懂得？可不是機關泄漏去了？周庸祐見她不說，再問兩聲，金小霞強答道：「哪有這些事，你從哪裡聽得來？」周庸祐道：「妳還抵賴！」說了，就把那些珠石頭面擲在桌子上，即說道：「妳且看，這東西是誰人的？」金小霞看了，牙兒打擊，腳兒亂搖，暗忖贓證有了，認時，怕姓周的疑到有賠錢養漢的事；不認時，料然抵賴不過。到這個時候，真顧不得七長八短，又顧不得什麼情義，只得答道：「妾在大人府裡，穿也穿不盡，吃也吃不盡，哪還要當東西？且自從跟隨大人，妾的行徑，大人通通知得了，正是頭兒頂得天，腳兒踏得地，哪有三差四錯，沒來由這東西不知怎地弄了出來，統望大人查過明白，休冤枉好人。」周庸祐道：「這東西橫豎在妳手上，難道有翼能飛，有腳能行？妳還強嘴！我怕要割了妳的舌頭。」金小霞答道：「你好沒得說，若是查得清，察得明，便是頭兒割了，也得甘心。我鎮日在屋子裡，像唇不離腮，哪有什麼事幹得來？你也要個主張，好把醜名兒頂在頭上，傳出外邊去好聽？」這幾句話，說得周庸祐一聲兒沒言語。暗忖這東西可不是陳健和田姐七手八腳盜了出來，看來都像得八九分。便道：「若不是，便是狗奴才盜去了，我要和他們算帳。」說了，即出房子來，好著找田姐和陳健。

　　原來田姐和陳健早匿在一處，打聽得周庸祐出來了，田姐即潛到九姨太房子裡，把泄漏的緣故，說個透亮。金小霞道：「妳不仔細，好負累人，險些兒就進不開。妳好對健哥說，由他認了盜這東西，也不是明槍打劫，不過監禁三五月兒就了事。這時我不負他，暗地裡把回三二千銀子過他也

罷了。若是不然，大家敗露，將來也沒好處。妳快些會，休纏我，怕大人再回轉來，就不好看了。」田姐道：「這也使得，只如何發付我？料大人再不准我在這裡，我如何是好？」九姨太無奈，只得應允田姐，賠補一千銀子。田姐方才出來，對陳健商妥。陳健暗忖得回三二千銀子也好，縱不認盜得來，總不免一個罪案，沒奈何只得允了。

少時，周庸祐尋著了田姐和陳健兩人，就報到差館，說道僮僕偷竊主人物件，立派差拿去了。到了堂訊之時，陳健直認偷竊不諱。田姐又供稱是陳健哄著她，是主人當押東西，因男漢不合當押婦人頭面，叫自己跟隨去。當下訊得明確，以田姐被控無罪，陳健以偷竊論監禁六月，並充苦工，案才結了。

那一日，周庸祐回轉馬氏的住宅，馬氏聽得此事結了案，便向周庸祐說道：「許多貴重的頭面，自然收藏在房子裡箱兒櫃兒，好容易盜得去？陳健那個小廝，比不得梳傭僕婦，穿房入室的，九丫頭不知往哪裡去，盜了還不知。你又沒主鬼，總不理理兒，鎮日在外胡撞，弄出這點事，被外人傳將出來，反落得旁人說笑。我早知今年氣運不大好，家裡常常鬧出事，因我命裡八字官殺混雜，又日坐羊刃。今歲流年是子午相沖，怕沖將來，就不是玩的。我曾在太歲爺爺處處作福了，雖我婦人家沒甚緊要，只橫豎是家裡人，但望人憑神力得個平安，只大人你偏不管。今兒鬧出事，雖然是偷竊事小，只閉門失盜，究不大好聽。」周庸祐道：「事過了就罷了，何必介意？」馬氏道：「今宵不好，待明朝，我婦人家不打緊，只大人也要幹好些。前兒拋撒了五房到空門去，就不是事。我曾著容師父請她回來，她不願，也沒可說。只今還有句話，你自從離了鄉，倒沒有回去。古人說：『富貴不還鄉，就如衣錦夜行。』哪有知得？大人不如趁滿任回來，回鄉謁謁祖宗，拜拜墳墓，好教先人在陰間免埋怨你。」周庸祐道：「這話

也說得是，我正要回羊城那裡走走，一來看少西老弟打理得關庫怎麼樣，二來因宅子燒去了，要另尋一間大宅，將來男婚女嫁，或是在省就親，倒有個所在。這時就依夫人說，回鄉去便是。」馬氏道：「宅子不易尋得，你來看有什麼宅子，我們能夠居住。我沒奈何，才遷到這裡，既然大人肯回鄉，我也要同去。因我進門來沒有回鄉，過門拜祖，就少不了的。」周庸祐聽了，點頭稱是。於是著駱子棠管理香港的家事，自與馬氏和香屏三姨太及兒女回鄉，各事都著馮少伍隨著打點，先自回了城。

這時粵海關監督自聯元滿任之後，已是德聲援任，庫書裡的事，都依舊辦去。只二房伍姨太住在增沙別宅，周庸祐與馬氏一干人等，都先到增沙別宅子來。正是一別數年，二房的兒子，早長多幾歲年紀，且生得一表相貌，周庸祐好不歡喜。當下與二房略談過家裡事。到了次日，那些聽得周某回來的，兄兄弟弟，朋朋友友，又紛紛到來拜候。

忙了幾天，就著馮少伍先派人回鄉，告知自己回來謁祖，一面尋了幾號艇，擇日鄉旋。那些談瀛社的兄弟，願同去的有幾人，正是富貴迫人來，當時哪個不識周庸祐？當下五號畫舫，第一號是周庸祐和妻妾，第二號是親串和鄉中出來迎接的，第三號是結義兄弟和各朋友，第四號是家人婢僕，第五號是知己武弁派來的護勇，擁塞河面。船上的牌銜，都是候補知府、二品頂戴、賞戴花翎及出使英國頭等參贊種種名目，不能縷述。船上又橫旅高豎，大書「參贊府周」四個大紅字。儀仗執事，擺列船頭，浩浩蕩蕩，由花地經蠔步，沿佛山直望良坑村而去。那船隻緩緩而行，在佛山逗留了一夜。那佛山河面原有個分關，那些關差吏役，自然出來款接。次日晨即起程，不多時，早到了良坑，在海旁用白板搭成浮橋，五號畫舫，一字兒停泊。

這時，不特良坑村內老幼男女出來觀看，便是左右村鄉，都引動拖男

帶女，前來觀看了。河邊一帶，真是人山人海。周家祠早打掃得潔淨，祖祠內外，倒懸紅結綵，就中一二紳衿耆老，也長袍短褂，戴紅帽，伺候著。選定那日午時，是天祿貴人拱照，金鑼響動，周庸祐即登岸，十數個長隨跟著，十來名護勇擁著而行，陪行的就是周少西、馮少伍，其餘賓客親友，都留在船上，另有人招待。先由鄉內衿耆，在碼頭一揖迎接，也一齊到了祖祠。但見祠前門新掛一聯道：「官聲蜚異國，聖澤拜當朝。」牆上已遍黏報紅，祠內擺設香案。先行三獻禮，祭畢，隨在兩廊會茶。其中陪候的紳者，俱是說些頌揚話，道是光增鄉里，榮及祖宗。祠外族中子侄，有說要演戲的，有說是風水發達的，有的又說道：「要在祖祠豎兩枝桅杆。」其中有懂得事的，就暗地說道：「他不是中舉人中進士，哪裡要豎起桅杆？」你一言，我一語。又因炮聲、槍聲、鼓樂聲、炮竹聲、人聲喧鬧，哪裡聽得清楚？少時，各紳者因周庸祐離鄉已久，都要帶在鄉中四圍巡看，此時萬人眼中，倒注視一個周庸祐。他頭戴亮紅頂子，身穿二品袍服，前呼後擁，好不欽羨。其中有想起他少時貧困，今日一旦如此身榮，皆道：「怪得說寧欺白鬚公，莫欺少年窮。」其中女流之輩，就嘆道：「鄧氏娘子早歿了，真是沒福！」這都是世態炎涼，不必細表。

且說周庸祐自巡看鄉中，只見那些民居湫陋，頗覺失了觀瞻。又見鄉人都奉承得不亦樂乎，暗忖自己發達起來，原出自這鄉里，且各鄉人如此殷勤，都要有些好意過他。看鄉內不過百來家屋子，就與他建過，只費十萬八萬銀子，也沒打緊。想罷，就對各衿者說道：「各兄弟如此屋舍，怎能住得安？」衿者齊道：「我們人家，哪裡比得上十大人？休說這話罷。」周庸祐道：「彼此兄弟，自應有福同享。我不如每家給五百銀子，各人須把屋子重新築過，你們還願意否呢？」各人齊道：「如得十大人這般看待，就是感恩不淺，哪有不願意的道理？」周庸祐大喜，便允每家送五百兩銀

子，為改建屋宇之用，各人好不歡喜。行了一會兒，再回自己的屋子一
看，這時同房的兄弟，又有一番忙碌。他的堂叔父周有成，先上了香燭，
待周庸祐祭過先祖，然後回船小憩。一面又令馬氏及隨回的姬妾，登岸謁
祖。因馬氏過門後，向住省港，未曾回鄉廟見，這回就算行廟見禮。

　　當下即有許多嬸娘姑嫂，前來迎接。但見馬氏登岸時，頭上那隻雙鳳
朝陽髻，髻管是全金，滿綴珍珠；釵兒鑲顆大紅寶石；簪兒是碧犀鑲的，
兩旁花管，都用珠花綴成；兩耳插著一雙核子大的鑽石耳塞兒；手上的珠
石金玉手鐲，不下六七雙；身穿荷蘭緞子大褂，扣著五顆鑽石鈕兒；下穿
百蝶裙，裙下雙鉤，那團花兒，也放著兩顆鑽石；其餘頭面，仍數不盡。
就是各姬妾的頭面，也色色動人。鄉間女兒，從不曾見過，都哄做一團議
論。十來名梳傭美婢隨著，先後謁過家廟祖祠，然後回船。是晚良坑村
內，自然大排筵席，老老幼幼，都在祠內暢飲，自然猜三道四。忽聽得一
派喧鬧之聲，直擁進祖祠裡來。正是：

　　方宴祠中敦族誼，陡驚門外沸人聲。

　　要知鄉人因何喧鬧起來，且聽下回分解。

第二十一回
遊星洲馬氏漏私煙 悲往事伍娘歸地府

　　話說周庸祐因回鄉謁祠，族中紳耆子侄，正和他一塊兒在祖祠內燕飲，因聞祠外喧嚷之聲，都跑出來觀看。原來周有成因吃醉了幾杯，到祠外遊逛，這時鄉中各人，都向周有成說東說西，有說他的兄弟富貴回來，定然有個好處。有的又說道：「你來看，鄉中各人，尚得他幾百銀子起做屋舍，何況他親房兄弟？若不是帶他做官，就是把大大的本錢過他，好做生意。」說了，誰想周有成就鬧起來，嚷道：「你們說得好聽，因困窮的時候，可不是識得俺嗎？他自從一路發達起來，哪有一個子回來把過我？這會兒做了官回來謁祖，各人都有銀子幾百，也算領得他恩典，對著俺就沒有一句說過來。你們不知得，就當我是掘得金窖，種得錢樹，怕俺明兒就要到田上種瓜種菜；若是不然，只怕餓死了，都沒有人知呢！」說了，還是東一句西一句地蠻鬧。那周庸祐聽得，好不臉兒紅漲了。當下就有做好做歹的，扶周有成回去，各說道：「你醉得慌了，還不回家，鬧怎麼？」周有成還自絮絮不休，好容易扶他回到屋子裡。周庸祐自然見不好意思，有些人勸兩句說：「他是醉慌了，大人休要怪他。」周庸祐略點頭稱是，遂不歡而散。

　　次早將各船開行，囑令馮少伍到省，即打點分發，送與鄉中各人得銀項，不在話下。只周庸祐在省過了兩天，因又在羊城關部前添買了一間大宅子，卻把第八房的姨太太銀仔，遷回這裡居住，香屏三姨太仍在素波

巷，自己卻和馬氏回香港去。來自從九姨太鬧出田姐那一案件，馬氏卻在周庸祐跟前，往往說姬妾們的不是，所以周庸祐也不回九姨太那裡去。唯是香港規則，縱然休了妻妾，也要給回伙食的。可巧這時，那回記的辦館生理，也與周庸祐借了十萬銀子，故周庸祐就使回記辦館的老闆梁早田，將息項每月交一百四十塊銀子與九姨太作使用，內中六十塊銀子當是租項，其餘八十塊，就是家用的了。因此上各姬妾見周庸祐將九姨太這樣看待，倒有些不服。因那田姐本是馬氏的隨侍近身，留過九姨太使用，這回引蛇入宅，馬氏本有些不是，這會兒偏盡推在九姨太身上，又不責田姐，好沒道理！只雖是如此，怎奈各人都畏忌馬氏，哪個敢說個不字來？

閒話不表。且說馬氏生平已是憎惡姬妾，這會兒兒周庸祐休了九姨太，正如乞兒分食，少一個得一個。那日對周庸祐問起九姨太那裡，每月使用給回多少銀子。周庸祐就把回記的揭項利息，交割一百四十塊銀子的事，對馬氏說知。馬氏道：「回記老闆是什麼人，大人卻把十萬銀子就過信他？」周庸祐道：「那老闆是姓梁的，為人很廣交的，就是北洋海軍提督丁軍門，也和他常常來往。其餘別的官員紳士，就不消說了。況且又是有家當的人，所以他的生理，還做得很大，不特供應輪船伙食，兼又租寫輪船出外洋去，因此就信他，十萬八萬也不妨的。」馬氏道：「原來如此，只他既是常常租寫船隻出外，我們就乘他船，上外洋逛逛也好，但不知往哪處才好？」周庸祐道：「這都使得，但遊北京也好。只北京地面，寒時就雪霜來得屬害，夏時就熱到了不得了。若要到日本去，唯他國的人，見了纏足的婦人，怕不要嘩笑起來嗎？至於金山地方，就不容易登得岸去。單是南洋一帶，地土溫和，到到也好。」馬氏道：「果然是好的，不知他何時方有船往那裡？」周庸祐聽說，就拿了一張新聞紙看看，恰可遲四五天，就是香星輪船開行。這香星輪船，是那梁老闆占些股本，現在又是回記字

號料理，不如附這船去也罷。

　　馬氏聽罷，好不歡喜，隨說道：「但不知去了何時才得回來？」周庸祐道：「這由得夫人的主意，若多兩月，就多遊三兩個埠頭，卻也不錯。」馬氏道：「這都容易。但那地方洋膏子究竟怎樣？若是不好的，就要一同帶去也好。」周庸祐道。「新加坡那埠，是帶不得洋膏子的。若到那裡時，那船自然有三五七天停泊，不如先將洋膏藏在船上，待登岸時，或託人到洋膏公司那裡說個人情，然後帶上岸去便是。」馬氏聽罷，連說有理，就打定主意，要遊南洋去。一面著家人打點行李，又囑管家駱子棠道：「別處的洋膏，不像我們家裡的，我將是遊外埠去，只現在所存得二百兩洋膏，就從今日趕熬五百兩上下，隨身帶去。」駱子棠答聲「理會得」，便下來打點。因馬氏抽的洋膏，是高麗參水熬的，別的自然是抽不得。果然三兩天，就熬了洋膏四百多兩，連舊日存的，通通六百兩上下。到了那日，即帶同丫鬟寶蟬，及新買的丫鬟碧霞、紅月，及梳傭六姐，並自己一子兩女，及僕婦幾人，與周庸祐起程，即附香星輪船而去。那船主因他們是老闆梁早田的好友，致囑船上人，認真招待。

　　自從那船開行之後，馬氏本向來不慣出門，自然受不得風浪，鎮日裡只在炕上抽洋膏。若遇風平浪靜，就在窗子外望望海景，真是海連天，天連海，倒曠些眼界。一路經七洲洋、瓊州口、安南口，不消六天上下，早到了新加坡埠。馬氏令人一面收拾煙具行李，正待將存下的洋膏子交付船上收貯，只見洋煙公司的巡丁，已紛紛登船搜查搭客，有無攜帶私煙。周庸祐只道他們搜查什麼，也不甚留意；一來又忖自己是坐頭等房子的人，比不同在大艙的，要亂查亂搜。誰想一個巡丁到處一張，只見馬氏一個婦人，卻有許多婢傭跟隨，正在收拾煙具。看那些煙具好生貴重，料不是等閒的人家，定帶備許多洋膏，未必到這時就吸個乾淨，就即上前查檢。

第二十一回　遊星洲馬氏漏私煙　悲往事伍娘歸地府

　　原來凡一個煙公司的人役，哪有法兒查得走私，不過看輪船搭客，有無洋膏餘存，就拿他錯誤。這會兒恰可查到馬氏，翻箱倒篋，整整查出五六十大盅，都是洋膏，不下六百兩，好生了得！就對馬氏說道：「妳可知新加坡規則，煙公司是承了餉辦得來，哪容得妳把這般大宗私煙來走漏？」馬氏慌了道：「我們不是走私漏稅的人，不過是自己要用的，我家大人就是現時駐英國的欽差參贊，哪裡像走私漏稅的人？」那巡丁道：「我不管怎麼三贊兩贊，既是有這大宗私煙，就要回公司裡報告了。」說了，這時周庸祐正在大餐樓坐著，聽說夫人被人搜著私煙，急跑過來，還自威威風風，把巡丁亂喝道：「你們好沒眼睛，把夫人來混帳！」那巡丁被他喝得無明火起，不理三七二十一，總說要拿煙拿人。周庸祐沒法，急求船主，好說個人情。那船主到時差不多喉也乾了，那巡丁才允留下馬氏各人，只攜那幾百兩洋膏回公司去，聽候議罰。

　　周庸祐與馬氏沒精打采，只得登岸，先尋一間酒店住下，好託人向煙公司說項。又聽得船上人說，香港梁早田和他煙公司人很相好的，急打了一張電報回港，叫他回電說情。初時煙公司的管事人，仍堅執要控案重罰，沒奈何周庸祐又往新加坡領事府那裡，求他代向公司解說。東羅領事雖見周庸祐曾作英京參贊，本是個同僚，只是自己面目所關，若向公司說不來，那面目怎過得去？左思右想，才勉強一行，向那公司說道：「這周某是駐倫敦的參贊大人，他本未曾滿任，因那龔欽差常向他索借款項，故此回來。這樣究竟是一個參贊，若控到公庭，就失了一國的體面了。」這時，那煙公司是潮福人承辦，本與廣府人沒什麼感情，怎奈既得了梁早田的電報，又有領事來說項，不好過強，落得做個人情，因此講來講去，便允罰款一百塊銀子，洋膏充公，始免到公堂控告。這場風波，就算是了結。只雖是了事，奈馬氏向來吸的洋膏，是用高麗參或是用土術參熬水煮

成的，那時節失了這宗洋膏，究從哪裡再覓得來吸食？便對周庸祐怨道：「我只道一個參贊大人哪事幹不來，偏是些洋膏子就保不住。別家洋膏，我又向來吸不慣的，如何是好？」周庸祐聽了，也沒言可答，只得又向煙公司說妥，照依時價給了，把那幾百兩洋膏子買回，以應目前之用。唯馬氏自從經過這次風潮，見外國把洋煙搜得這般嚴密，遊埠的心都冷了一半，恨不得早日回來，倒覺安樂，便不願往前處去。周庸祐自然不敢卻她意思，在新加坡住了些時，就打算回港。

自馬氏洋煙波獲一事傳到家中，上下人等，通通知得。就中二房伍氏，見馬氏這般行為，周庸祐百依百順，倒覺煩惱。俗語說：「十個婦人，九個胸襟狹隘。」覺馬氏行為，不過得眼，少不免要惱起病來，因此成了一個陰虛症候。內中心事，向來不敢對周庸祐說一聲，因怕周庸祐反對馬氏說將出來，反成了一個禍根，只得惱在心裡。這日聽得馬氏在外被人查出了私煙，好不失了臉面，愈加傷感，就咯血起來。鎮日只有幾個丫鬟服侍，或香屏三姨太及住關部前的八姨太，前來問候一聲兒，餘外就形影相對，差不多眼兒望穿，也不得周庸祐到來一看。已請過幾個大夫到來診脈，所開方藥，都是不相上下的，總沒點起色。伍氏自知不起，那日著丫鬟巧桃請香屏到來，囑咐後事。

不多時，香屏到了，只見伍氏哭得淚人一般。香屏先問一聲安好，隨又問道：「姐姐今天病體怎地？」伍氏道：「妾初時見鄧大娘子的病，還借她沒點胸襟，今兒又到自己了。妳看妾的膝下兒子，長成這般大，還鎮日要看人家臉面，沒一句話敢說，好不受氣！但不是這樣，又不知先死幾年了。一來念兒子未長成，落得隱忍。今兒這般病症，多是早晚捱不過。妾也本沒什麼罣礙，偏留下這一塊肉，不知將來怎地。望妹妹體貼為姐，早晚理理兒！」香屏聽了，哭道：「姐姐休掛心，萬事還有我，只望吉人天

157

相，病痊就是好了。」伍氏道：「妾日來咯血不止，夜來又睡不著，心上覺是怔忡不定，昨兒大夫說我心血太虧，要撇開愁緒，待三兩月，方才保得過。只是愁人一般，哪裡撇得開？況這般嘔氣的人，死了倒乾淨。」

正說著，只見八姨太過來，看見這個情景，不由得心上不傷感。正欲問她時，伍氏先已說道：「妹子們來得遲，妾先到這裡的，還是這樣；妳們為人，休要多管事，隨便過了，還長多兩歲呢。」八姨太聽了，敢是放聲大哭，引動各人，倒哭做一團。伍氏又喚自己兒子到床前，訓他休管閒事，奮志讀書，早晚仗三姐來教訓教訓，也要遵從才是。那兒子十來歲年紀，哪不懂事，聽了還哭得淒楚。各人正待與伍氏更衣，忽見伍氏眼兒反白起來，各人都嚇一跳。正是：

生前強似黃粱夢，死後空留白骨寒。

畢竟伍氏性命如何，且看下回分解。

第二十二回
辦煤礦馬氏喪資 宴娼樓周紳祝壽

話說伍姨太囑咐了兒子之後，各人正欲與她更衣，只見她登時牙關緊閉，面兒白了，眼兒閉了。男男女女，都喚起「觀音菩薩救苦救難」的聲來。忽停了一會兒子，那伍姨太又漸漸醒轉來了，神色又定了些，這分明是回光近照的時候，略開眼把眾人遍視了一回，不覺眼中垂淚。香屏姨太就著梳傭與她梳了頭，隨又與她換過衣裳，再令丫鬟打盆水來，和她沐浴過了。

香屏姨太睏坐得疲倦，已出大廳上坐了片時，只見八姨太銀仔出來說道：「看她情景，料然是不濟的了。大人又不在府裡，我兩個婦人沒爪蟹，若有山高水低，怎樣才好？」香屏道：「這是沒得說了。她若是抖不過來，倒要著人到香港去叫駱管家回來，好把喪事理理兒便罷。」八姨太道：「既是如此，就不如趕著打個電報過他，叫駱管家乘夜回來也好。」香屏答個「是」，就一面著人往打電報去，然後兩人一同進伍氏的房子裡。見她梳洗過了，衣裳換了，隨把伍氏移出大堂上，兒子周應祥在榻前伺候著，動也不動。少時，見她復氣喘上來，忽然喉際響了一聲，眼兒反白，嗚呼哀哉，敢是歿了。立即響了幾聲雲板，府裡上上下下人等，都到大堂，一齊哭起來。第一丫鬟小柳，正哭得淚人一般。還是僕婦李媽媽有些主見，早拉起香屏姨太來，商了喪事，先著人備辦吉祥板，一面分派人往各親朋那裡報喪，購買香燭布帛各件，整整忙了一夜。次早，那管家駱子棠已由

第二十二回　辦煤礦馬氏喪資　宴娼樓周紳祝壽

香港回到了，但見門前掛白，已知伍氏死了，忙進裡面問過，各件都陸續打點停妥。到出殯之期，先送到莊上停寄，好待周庸祐回來，然後安葬。這時因七旬未滿，香屏姨太都在增沙別宅，和兒子應揚一塊兒居住，不在話下。

且說馬氏和周庸祐在新加坡，自從國攜帶洋膏誤了事，那心上把遊埠的事，都冷淡去了，因此一同附搭輪船回港。這時聽得二房伍氏歿了，在周庸祐心上，想起他剩下了個兒子，今一旦歿了，自然淒楚，只在馬氏跟前，也不敢說出。在馬氏心上，也像去了眼前釘刺一般，不免有些快意，只在周庸祐跟前，轉說些憐惜的話。故此周庸祐也不當馬氏是懷著歹心的，便回省城去，打點營葬了伍氏。就留長子在城裡念書，並在香屏的宅子居住。忙了三兩天，便來香港。

只自從九姨太鬧出這宗事，那周庸祐也不比前時的託大，每天必到各姨太的屋子裡走一遭。那日由九姨太那裡，回轉馬氏的大宅子，面上倒有不妥的樣子。馬氏看了，心裡倒有些詫異，就問道：「今天在外，究是有什麼事，像無精打采一般？不論什麼事，該對妻子說一聲兒，不該懷在肚子裡去悶殺人。」周庸祐道：「也沒什麼事，因前兒回記字號的梁老闆，借了我十萬銀子，本要來辦廣西省江州的煤礦，他說這煤礦是很好的，現在倒有了頭緒。怎奈工程太大，煤還未有出來，資本已是完了。看姓梁的本意，是要我再信信他，但工程是沒有了期的，因此不大放心。」馬氏道：「大人也慮得是，只他既然是資本完了，若不是再辦下去，怕眼前十萬銀子，總沒有歸還，卻又怎好？不如打聽他的煤礦怎地，若是靠得住的，再行打算也罷了。」周庸祐答個「是」，就轉出來。

次日，馬氏即喚馮少伍上來，問他：「那江州的煤礦，究竟怎麼樣的？你可有知得沒有？」馮少伍道：「這煤礦嗎，我聽得好是很好的，不如我再

打聽打聽，然後回覆夫人便是。」馬氏道：「這樣也好，你去便來。」馮少伍答聲「理會得」，就辭出。暗忖馬氏這話，料然有些來歷，便往找梁早田，問起江州煤礦的事，並說明馬氏動問起來，好教梁早田說句實話。梁早田聽了，暗忖自己辦江州的煤礦，正自欲罷不能，倒不如託馮少伍在馬氏跟前說好些，乘機讓他們辦去，即把那十萬銀子的欠項作為清債，豈不甚妙？便對馮少伍說得天花亂墜，又說道：「從來礦務卻是天財地寶，我沒福氣，自願讓過別人。若是馬夫人辦去，料然有九分穩當的了。」

馮少伍一聽，暗忖梁早田既願退手，若馬夫人肯辦，自己準有個好處，不覺點頭稱是。急急地回去，又忖馬氏為人最好是人奉承她好福氣的，便對馬氏說稱：「梁早田因資本完了，那煤礦自願退手。」又道：「那煤礦本來是好得很，奈姓梁的沒了資本，就可惜了。」馬氏道：「既然如此，他又欠我們十萬銀子，不如與他訂明，那煤礦頂手，要回多少銀子，待我們辦去也好。」馮少伍道：「這自然是好的，先對大人說過，料姓梁的是沒有不允了。」馬氏聽罷，就待周庸祐回來，對他說道：「橫豎那姓梁的沒有銀子還過我們，不如索他把煤礦讓我們辦去罷。」那周庸祐向來聽馬氏的話，本沒有不從，這會兒說來，又覺有理，便滿口應承。隨即往尋梁早田，說個明白，求他將煤礦准折。梁早田心內好不歡喜，就依原耗資本十萬，照七折算計，當為七萬銀子，讓過周家。其餘尚欠周家三萬銀子，連利息統共五萬有餘，另行立單，那煤礦就當是憑他福氣，必有個好處。周庸祐倒應允了，馬氏就將這礦交馮少伍管理，將股份十份之一撥過馮少伍，另再增資本七萬，前去採辦。礦內各工人，即依舊開彩。

誰想這礦並不是好的，礦質又是不佳，整整辦了數月來，總不見些礦苗出現。一來馮少伍辦礦不甚在行，二來馬氏只是個婦人，懂得甚事？因此上那公司中人，就上下其手，周庸祐又向來不大理事，況都是馮少伍經

手，好歹不知，只憑著公司裡的人說，所以把馬氏的七萬銀子，弄得乾乾淨淨。馮少伍只怨自己晦氣，還虧承頂接辦，是由周大人和梁早田說妥，本不干自己的事，只自己究不好意思，且這會兒折耗了資本。幸是周庸祐不懂得礦務是怎麼樣的，虧去資本，是自然沒話好說，其中侵耗，固所不免。只究從哪裡查得出，馬氏心上甚是懊悔。幸周庸祐是向來有些度量的，不特不責罵，反來安慰馬氏道：「俗語說『破財是擋災』，耗耗就罷了。且這幾萬銀子，縱然不拿來辦礦，究從哪裡向姓梁的討回？休再說罷。」馬氏道：「是了，妾每說今年氣運不大好，破財是意中事，還得兒女平安，就是好的。」

次日，馬氏即謂馮少伍道：「幸周大人沒話說，若是別人，怕不責我們沒仔細呢！」馮少伍道：「這都是周大人和夫人的好處，我們哪不知得？只今還有一件事，八月二十日，就是周大人的嶽降生辰。大人做過官回來，比不同往日，怎麼辦法才好？」馬氏道：「我險些忘卻了，還虧你們懂得事。但可惜今年周大人的流年，不像往年好，祝壽一事，我不願張皇，倒是隨便也罷。」馮少汪道個「是」，便主意定了，於八月二十，只在家裡尋常祝壽，也不唱戲。

只當時自周庸祐回港，那時朋友，今宵秦樓，明夜楚館，每夜哪裡有個空兒？這時就結識得水坑口近香妓院一個妓女，喚作阿琦，年紀十七八上下，生得婀娜身材，眉如偃月，眼似流星，桃花似的面兒，櫻桃似的口兒，周庸祐早把她看上了。偏是阿琦的性子，比別人不同，看周庸祐手上有了兩塊錢，就是百般奉承。叵奈見周庸祐已有十來房姬妾，料回去沒有怎麼好處，因此周庸祐要與她脫籍，仍是左推右搪。那姓周的又不知那阿琦怎地用意，仍把一副肝膽，落在阿琦的身上去了。這會兒阿琦聽得周庸祐是八月二十日生辰，暗忖這個機會，把些好意來過他，不怕他不來供張

162

我。便對周庸祐說道：「明兒二十日是大人的生日，這裡薄備一盞兒，好與大人祝壽，一來請同院的姊妹一醉。究竟大人願意不願意，妾這裡才敢備辦來。」周庸祐聽了，暗忖自己正滿心滿意要搭上阿琦，今她反來承奉我，如何不喜歡？便答道：「卿這話我感激的了，但今卿如此破費，實在過意不去，怎教周某生受？」阿琦道：「休說這話，待大人在府裡視過壽，即請來這裡，妾自備辦去了。」周庸祐自是歡喜。

到了二十那一日，周家自然有一番忙碌，自家人婦子祝壽後，其次就是親戚朋友來往不絕。到了晚上，先在府裡把壽筵請過賓客，周庸祐草草用過幾杯，就對馬氏說：「另有朋友在外與他祝壽，已準備酒筵相待，不好不去。」先囑咐門上準備了轎子伺候著，隨又出大堂，與眾親朋把一回盞，已是散席的時候，先送過賓客出府門去了，餘外就留住三五知己，好一同往阿琦那裡去。各人聽得在周家飲過壽筵。又往近香娼院一醉，哪個不願同去？將近八打鐘時分，一同乘著轎子，望水坑口而來。

到了近香樓，自然由阿琦接進裡面，先到廳子上坐定。周庸祐對眾人說道：「馬夫人說我今年命運不大好，所以這次生日，都是平常做去，府上並沒有唱戲。這會兒又煩阿琦這般相待，熱鬧得慌。還幸馬夫人不知，不然，她定然是不喜歡的。」座中如潘雲卿、馮虞屏都說道：「婦人家多忌諱，也不消說，只在花天酒地，卻說不去。況又乘著美人這般美意，怎好相卻？」正說著，那些妓女都一隊擁上來，先是阿琦向周庸祐祝壽，說些吉祥的話兒，餘外各妓，都向用庸祐頌禱。周庸祐一一回發，賞封五塊銀子，各人稱謝。少時，鑼鼓喧天，笙簫徹耳。一班妓女，都一同唱曲子，或唱《汾陽祝壽》，或唱《打金枝》，不一而足。

唱罷曲子，自由阿琦肅客入席，周庸祐和各賓客自在廳子裡一席，餘外各姊妹和一切僕婦，都相繼入席，男男女女，統共二十席。這時鬢影衣

香，說不盡風流景況。阿琦先敬了周庸祐兩盅，其餘各妓，又上來敬周庸祐一盅。敬酒已罷，阿琦再與各賓客各姊妹把盞，各賓客又各敬周庸祐一二盅。那時節，周庸祐一來因茶前酒後，自然開懷暢飲；二來見阿琦如此美意，心已先醉了。飲了一會兒，覺得酩酊大醉，急令馮少伍打賞六百銀子，給與阿琦。席猶未撤，只得令阿琦周旋各賓友，自己先與馮少伍乘著轎子，回府而去。正是：

　　揮手千金來祝壽，纏頭一夜博承歡。

　　要知後事如何，且聽下回分解。

第二十三回
天師局李慶年弄計 賽金樓佘老五爭娼

　　話說周庸祐在近香樓飲了壽筵之後，因夜深了，著馮少伍打發了賞封，先自回府去。馬氏接著了，知周庸祐有了酒意，打點睡了去。

　　次日，馮少伍來回道：「大人的嶽降，已是過了。前兒在附近重慶戲院買了這所宅子，現在拋荒去了。因大人說過，要在那裡建個花園，怎奈八月是大人的生辰，不便動土興工，若到十月，又是幾位姨太太生辰。只有這九月沒事，這會兒就要打點打點，在九月內擇個日子興工，不然就是一月延多一月，不知何時才築得妥了。」馬氏答道「是」，又道：「你可像在城裡舊宅子建築戲臺一般，尋個星士，擇個日子，謹慎些兒，休要沖犯著家中人口才是。」馮少伍道：「是自然的，但不知撥哪一筆銀子興工，還請夫人示下來。」馬氏道：「現在大人占了股份的那銀行，是不大好，銀子起得不易。只是耀記的銀店，是我家裡存放銀的所在，除了咱的和各姨太存貯的，就在大人名下的，拿張單子起了來使用罷。」馮少伍道：「我昨兒到耀記坐坐，聽說近來銀口也緊些兒，還問我籌附五七萬應支，只怕起得不易。若銀行裡大人放占股份三十來萬銀子，料然起回三五萬不妨。」馬氏道：「不是這樣說，勉強起些，就名聲不大好了。既是耀記銀行銀口緊了，橫豎建這花園，不過花費一二萬，現省城裡十數間行店，哪處起不得？且本年十二宅那裡，還未得關書裡那十萬銀子投將來。除現存府裡不計，我家存放在外的銀子正多，任由你在哪一處取撥便是。」

第二十三回　天師局李慶年弄計　賽金樓佘老五爭娼

　　馮少伍答聲「理會得」，下了來，一面擇過日元，卻是九月初二日是吉星照著，便好興工。先自回過馬氏，就尋起做的店子估了價，頭門外要裝潢裝潢，內面建所大廳子，預備筵賓宴客之用。餘外又建樓臺兩座，另在靠著戲院之旁，建一所亭子，或耍來聽戲，或是夏秋納涼，倒合用著。其餘雕欄花砌，色色各備，自不消說了。只因趕緊工程，自然加多匠工。果然一月上下，早已竣工。是時省港親朋，因周家花園落成，莫不到來道賀，即在花園裡治具，向親朋道謝。至於省中道賀的親朋，少不免要回省一遭，邀請親朋一醉。

　　周庸祐自與馮少伍回省，到過三姨太、八姨太那裡之後，隨到談瀛社。那時一班拜把兄弟，都見周庸祐久不到談瀛社，這會兒相逢，料自然有一番熱鬧。只就中各人雖同是官紳之家，唯一二武員劣井，在談瀛社內，除了花天酒地，卻不免呼盧喝雉，或抹牌為賭，因談瀛社內面比從前來往得多。今見周庸祐回了來，因前時香港地面牌館還多得很，周庸祐在港地一賭，動說萬數。這班人見他來了，如何不垂涎？內中一位拜把兄弟李慶年，先懷了一個歹心，早與一位姓洪字子秋的酌議，要藉一個牌九局，弄些法兒，好賺周庸祐十萬八萬。洪子秋聽了大喜，因忖周庸祐錢財多得很，且手段又是闊綽，縱然輸了五七萬，料然不甚介意；況他向不是江湖子弟，料看不出破綻來。

　　主意既定，又忖談瀛社內來往得多，不便設局，便另僱一花舫，泊在谷埠裡，說是請周庸祐飲花酌酒，實則開賭為實。由洪子秋出名，作個東道主，另聘定一位賭徒出手，俗語稱此為師巴，都是慣在賭場中討生活，十出九勝的了。那周庸祐因有李慶年在局，是稱兄稱弟的朋友，也不防有別的蹺蹊，且又不好卻洪子秋的好意。到那一夜，果然修整赴席。統計花舫之內，連姓周的共七人，座中只認得李慶年、洪子秋，餘外都是姓洪

的朋友。到初更後，因為時尚早，還未入席，先由李慶年說道：「現時尚早，不如設一局作玩意兒也好。」那李慶年說了，即有一個人答應著一個好字，跟手又是洪子秋贊成。

周庸祐見各人皆已願意，自己也不好強推，因此亦應允入局。但自忖道：看他們有多少家當，我若贏了他，恐多者不過三五萬，少的只怕三五千；若我輸了時，就怕十萬廿萬也未可定，這樣可不是白地吃虧？只既允了，不可不從，便相同入局。初賭三兩巡，都無別的不妥；再歷些時，各人注碼漸大起來，初時一注只是三二十金，到此時已是七八千一擲。周庸祐本是好於此道，到這時，自然步步留神。不提防李慶年請來的賭手，工夫還不大周到，心內又小覷周庸祐，料他富貴人家，哪裡看得出破綻，自不以為意。誰想周庸祐是個千年修煉的妖精，憑這等技術，不知得過多少錢財。這會兒正如班門弄斧，不見就罷；仔細一看，如看檐前點水，滴滴玲瓏，心中就笑道：這叫作不幸狐狸遇著狼虎，這些小技，能欺騙別人，如何欺騙得我過？今兒又偏撞著我的手裡，看他手段，只是把上等牌兒疊在一起，再從骰子打歸自己領受。

周庸祐先已看真切時，已負去一萬銀子有餘，即託故小解，暗向船上人討兩牌兒，藏在袖子裡，回局後略賭些時，周庸祐即下了十五萬銀子一注，洪子秋心上實在歡喜。又再會局，周庸祐覷定他疊牌，是得過天字牌配個九點，俗語道天九王，周庸祐拿的是文七點，配上一個八點一色紅，各家得了牌兒，正覆著用手摸索。不料姓周的閃眼間將文七點卸下去，再閃一個八點紅一色出來，活是一對兒。那洪子秋登時面色變了，明知這一局是中了計，怎奈牌是自己開的，況賭了多時，已勝了一二萬銀子上下。縱明知是假，此時如何敢說一個假字？肚子裡默默不敢說，又用眼看看李慶年。李慶年又礙著周庸祐是拜把兄弟，倒不好意思，只得搖首嘆息，詐

第二十三回　天師局李慶年弄計　賽金樓佘老五爭娼

做不知。周庸祐便催子秋結數。洪子秋哪裡有這般方便，拿得十來萬銀子出來？心上又想著與李慶年兩人分填此數，只目下不敢說出。奈周庸祐又催得緊要，正是無可奈何，便有做好做歹的，勸子秋寫了一張單據，交與周庸祐收執。沒奈何，只得大家允諾。是夜雖然同飲花筵，卻也不歡而散。

各人回去之後，在洪子秋心裡，縱然寫了一張單據，唯立意圖賴這一筆帳項。只是周庸祐心上如何放得過？縱然未曾驚動官司，不免天天尋李慶年，叫他轉致洪子秋，好早完這筆帳。獨李慶年心上好難過，一來自己靠著周家的財勢，二來這筆帳是自己引洪子秋出來，若是這筆數不清楚，就顯然自己不妥當，反令周庸祐思疑自己，如何使得？便乘著轎子，來找洪子秋，勸他還了這筆帳。洪子秋心裡本不願意填償的，自是左推右搪。李慶年心生一計道：「那姓周的為人，是很大方的，若不還了他，反被他小覷了。不如索性還了，還顯得自己大方。即遇著怎麼事情，要銀用時，與他張挪，不怕不肯。」洪子秋聽了，暗忖姓周的確有幾百萬家財，這話原屬不錯。遂當面光了李慶年，設法挪了十來萬銀子，還與周庸祐，取回那張單據，就完結了。後來姓洪的竟因此事致生意倒盤，都是後話不提。

且說姓洪的還了這筆款與周庸祐，滿望與周庸祐結交，誰想周庸祐得了這十來萬銀子，一直跑回香港去，哪裡還認得那姓洪的是什麼人。自己增了十萬，道是意外之財，就把來揮霍去了，也沒打緊。因此鎮日裡在周圍裡會朋結友，重新又有一班人，如徐雨琴、梁早田，都和一塊兒行步，若不在周圍夜宴，就赴妓院花筵。

那時周庸祐又結識一個賽鳳樓的妓女，喚作雁翎。那雁翎年紀約十六七上下，不特色藝無雙，且出落得精神，別樣風流，故周庸祐倒看上她。只是那雁翎既有這等聲色，就不持周庸祐喜歡她，正是車馬盈門，除

了周庸祐之外，和她知己的，更不知幾人。就中一位姓佘的，別字靜之，排行第五，人就喚他一個佘老五排名。這時正年方廿來歲，生得一表人材，他雖不及周庸祐這般豪富，只是父親手上盡有數十萬的家財。單是父親在堂，錢財不大到自己手上，縱然是性情豪爽，究不及周庸祐的如取如攜，所以當時在雁翎的院子裡，雖然與雁翎知己，唯是那天字第一號的揮霍大名，終要讓過周庸祐去了。獨是青樓地方，雖要二分人才、三分品貌，究竟要十分財力，所以當時佘老五戀著雁翎，周庸祐也戀著雁翎，各有金屋藏嬌之意。論起佘老五在雁翎身上，花錢已是不少，還礙周庸祐勝過自己，心上自然不快。但姓佘的年輕貌美，雁翎心上本喜歡他的，爭奈身不自由，若是嫁了佘老五，不過取轉身價三五千，只鴇母心上以為若嫁與周庸祐，怕是一萬八千也未可定。故此鴇母與雁翎心事，各有不同。

　　那一日，周庸祐打聽得佘老五與雁翎情意相符，勝過自己，不如落手爭先，就尋她鴇母商酌，要攜帶雁翎回去。鴇母素知周庸祐是廣東數一數二的巨富，便取價索他一萬銀子。周庸祐聽了，先自還價七千元，隨後也八千銀子說妥。鴇母隨把此事對雁翎說知，雁翎道：「此是妾終身之事，何便草草？待妾先對佘姓的說，若他拿不得八千銀子出來，就隨姓周的未遲。」鴇母聽了，欲待不依，只是香港規則，該由女子擇人，本強她不得；況她只是尋佘五加上身價，若他加不上時，就沒得可說。想罷，只得允了。

　　那時周庸祐既說妥身價，早交了定銀，已限制雁翎不得應客，雁翎便暗地請佘老五到來，告以姓周的說妥身價之事。佘老五聽得是八千銀子，心上嚇一怕，隨說道：「如何不候我消息，竟先行說妥，是個什麼道理？」雁翎道：「此事是姓周的和鴇母說來，妾爭論幾回，才尋你到來一說。你若是籌出這筆銀子，不怕妾不隨你去。」佘老五道：「父兄在堂，哪裡籌

第二十三回　天師局李慶年弄計　賽金樓佘老五爭娼

得許多？三二千還易打算，即和親友借貸，只是要來帶卿回去，並非正用，怕難以開口，況又無多時候，如何是好？」雁翎聽罷，好不傷感。又說道：「妾若不候君消息，就不到今日了。你來看姓周的十來房姬妾，安回去怎麼樣才好？妾自怨薄命，怎敢怨人？」說罷，淚如雨下。佘老五躺在床上，已沒句話說。雁翎又道：「既是無多時候，打算容易，若妾候君十天，卻又怎地？」佘老五一聽，就在床躍起來說道：「若能候至十天，盡能妥辦，斷沒有誤卿的了。」雁翎心上大喜，便喚鴇母進來，告以十天之內，候姓佘的拿銀子來，再不隨周庸祐去了。鴇母道：「若是真的，老身橫豎要錢，任你隨東隨西，我不打緊。若是誤了時，就不是玩的。」佘老五道：「這話分明是小覷人了，難道這八千銀子，姓佘的就沒有不成？」那鴇母看佘老五發起惱來，就不敢聲張。佘老五便與雁翎約以十天為期，斷不有誤，說罷，出門去了。

鴇母見佘老五仍是有家子弟，恐真個尋了銀子出來，就對周庸祐不住，即著人請周庸祐到來，告以佘老五限十天，要攜銀帶雁翎的事。周庸祐聽了，本待把交了定銀的話，責成鴇母，又怕雁翎不願，終是枉然。忽轉念道：那雁翎意見，不願跟隨自己，不過礙著有個佘老五而已。若能撇去佘老五，那雁翎自然專心從己，再不掛著別人了。想罷，便回府去，與徐雨琴商量個法子。徐雨琴道：「如此甚易，那佘老五的父親，與弟向有交情，不如對他父親說道：他在外眠花宿柳，冶遊散蕩，請他父親把佘老五嚴束，那佘老五自然不敢到雁翎那裡去，這便如何帶得雁翎？那時，不怕雁翎不歸自己手上。」周庸祐聽了，不覺鼓掌稱善，著徐雨琴依著幹去。正是：

　　方藉資財謀贖妓，又施伎倆暗傷人。

要知雁翎隨了哪人，且聽下回分解。

第二十四回
勤報效書吏進京卿 應恩闈幼男領鄉薦

　　卻說周庸祐因怕佘老五占了雁翎，便與徐雨琴設法計議。徐雨琴道：「那佘老五的父親，與弟卻也認識，不如對他父親說：那老五眠花宿柳，要管束他，那時佘老五怎敢出頭來爭那雁翎？這算是一條妙計。」周庸祐道：「怪不得老兄往常在衙門裡有許大聲名，原來有這般智慧。小弟實在佩眼，就依著幹去便是。」徐雨琴便來拜會佘老五的父親喚作佘雲衢的，說老五如何散蕩，如何要攜妓從良，一五一十，說個不亦樂乎。還再加上幾句道：「令郎還不止散蕩的，他還說道，與周庸祐比個上下。現賽鳳樓的妓女喚作雁翎的，周庸祐願把一萬銀子攜帶他，令郎卻又要加點價錢，與周庸祐賭氣。老哥試想想：那姓周的家財，實在了得，還又視錢財如糞土的，怎能比得他上？令郎尚在年少，若這樣看來，怕老哥的家財，不消三兩年光景，怕要散個乾淨的了。」佘雲衢聽了，好不生氣。徐雨琴又道：「小弟與老哥忝在相好，若不把令郎著實管束了，還成什麼體統呢？」奈佘雲衢是個商場中人，正要樸實，循規蹈矩。今聽徐雨琴這一番說話，少不免向徐雨琴十分感謝。徐雨琴見說得中竅，越發加上幾句，然後辭出來。

　　佘雲衢送徐雨琴去後，就著人往尋佘老五回來。這時佘雲衢的店內夥伴，倒聽得徐雨琴這一番說話，巴不得先要通知佘老五去。佘老五聽得這點消息，向知父親的性子，是剛烈的人，這會兒風頭火勢，自然不好回去

見他，便歇了些時，只道父親這點氣略下去了，即口店子裡來。誰想父親佘雲衢一見就罵道：「不肖兒幹得好事！在外花天酒地，全不務些正項兒，倒還罷了，還要把萬數的銀子，來攜帶妓女。自古道：『邪花不宜入宅。』可是個生意中人的所為嗎？」佘老五被父親罵了一頓，不敢做聲，只遮遮掩掩地轉進裡面去了。次日，佘雲衢親自帶了佘老五回鄉，再不准留在香港來。那佘老五便把對付雁翎的心事，也真無可奈何了。

那雁翎日盼佘老五的消息，總是不見。不覺候了兩天，只道他上天下地，料必尋那八千銀子到來。不想又候了一天，才見與佘老五同行同走的朋友進來，把徐雨琴弄計的事兒，說了一遍。雁翎不聽猶自可，聽了真是一盆冷水從頭頂澆下來，好不傷感！暗忖自己只望他拿八千銀子來爭了一口氣，今反被人所算，便是回到周家那裡，哪還復有面目見人！因此鎮日裡只是哭。鴇母見了這個情景，轉恐雁翎尋個短見，她死了也沒緊要，便白白把一株大大的錢樹折去了，如何不防？便急地令人邏守著她，一面著人往尋周庸祐，說稱佘老五已不來了，快了結了雁翎的事。

那時周庸祐這邊，早由徐雨琴得了消息，知道佘雲衢已打發佘老五回鄉去，心上自然歡喜，就要立刻取雁翎回來。徐雨琴道：「她若不願意時，帶她回來，也沒用的。趁這會兒佘老五不到雁翎那裡，我們再往雁翎處溫存幾天，不怕她的心不轉過來。」周庸祐見說得有理，便與徐雨琴再往雁翎那裡，盤桓了幾天。那雁翎雖然深恨徐雨琴，只當著面實不好發作，就不比前天的鎮日哭泣。周庸祐就當她心事忘卻佘老五去了，即再過付幾千銀子，即把雁翎帶了回來。雁翎自然不敢不從，就回周家去了。因當時周庸祐既把第九房金小霞當為休棄了一樣，便將雁翎名是第十房，實則活填了第九房去了。

是時周庸祐既多上幾房姬妾，各項生理又不勞自己打點，都是馮少

伍、駱子棠、徐雨琴、梁早田和馬氏的親弟馬子良號竹賓的互相經理，周庸祐只往來省港各地，妻財子祿，倒也過得去，自然心滿意足。單礙著關書裡的來歷及內面的情形，常常防著官場有怎麼動彈。計不如從官階下手，或做個大大的官兒好回來，才把門戶撐得住。那時恰是譚督帥離任，姓德的第一次署理總督的時候。這姓德的為人很易商酌的，故那時周庸祐在羊城地面，充走官門，較往常實加一倍得勢。

那一日，徐雨琴正來說道：「現在因北方鬧了一場干戈，虧李丞相說了和，每年要大注款賠把過外國去了，所以派俺廣東每年多等二百萬款項，庫款好不吃緊。那朝上又催迫興辦各省學務，所以廣東要辦一間喚作武備學堂，尚欠十來萬銀子，方能開辦。聞督街有人說，若從這裡報效一筆款，盡得個大大的保舉。大人若要做官時，這機會就不好放過了。現聞有位姓張的，是從南洋起家的人，要報效這筆款，大人總要落手爭先為是。不知大人有意沒有呢？」周庸祐道：「這亦是一個機會，因小弟曾任過參贊，若加上一點子保舉，便不難謀個欽差了。但不知要報效多少才使得呢？」徐雨琴道：「聞說這間武備學堂，欠費用約十五六萬上下，就報效一半，留一半讓姓張的做去，你道如何？」周庸祐大喜，便令徐雨琴設法幹弄，休使別人知得，免至自己的報效趕不上去。徐雨琴道：「大人休慌，驟然出這十萬八萬，也不容易。只有那姓張的是大埔人，還有一位姓張的是加應人，或者幹得來。究竟衙門手段，不像我們神通，就在小弟手裡，定不辱命的了。」徐雨琴說罷去了。周庸祐這裡一面令馮少伍打點頂備八萬銀子，另備一二萬，好送官場的禮。待報效之後，好望這張保折多說兩句好話。馮少伍容聲「理會得」，周庸祐見打點停妥，只靜聽徐雨琴的回信。

到了次日，徐雨琴進來說道：「恭喜大人！這事妥得八九了，明兒先

遞張稟子，稟明要報效，好待總督批發下來。」徐把稟稿念與周庸祐聽。
誰想稟尾有兩句，道是：「不敢仰邀獎敍」。周庸祐聽得，嚇一跳，便問
道：「小弟報效這八萬金，全為獎敍一層起見，今說不敢仰邀獎敍，可不
是白掉了不成？」徐雨琴道：「大人還不懂得官場裡的混帳，這不過是句
套話罷了。怕上頭奏將來，說出以資鼓勵一句，哪有沒獎敍的道理？」周
庸祐聽罷，方才醒悟，便由徐雨琴代遞了這張稟子。果然次日就見督轅批
發出來，讚他關懷桑梓，急功好義，並說明奏請獎賞的話。周庸祐心上大
喜，一面交妥那八萬銀子。同時那姓張的也同周庸祐一般，把八萬銀子報
效去了，德督帥就一同把周、張兩人保舉。周庸祐料得那奏摺到京，沒有
不准的，少不免日望好音。

　　不消一月上下，早有電旨飛下來，把周庸祐賞給一個四品京堂候補。
試想那八萬銀子，好容易報效得來，朝廷裡面正當庫款奇絀的時候，廣東
又向來著名富商很多，正要重重地賞給他們，好為將來的勸勉，故此把四
品京堂賞給了他們。論起那個四品京堂，雖然只是四品的官銜，只是位置
實在尊貴，就是出京見了督撫，也不過是平移的罷了。當下周庸祐好不歡
喜，謁祠拜客，周家又有一番熱鬧了。

　　這時周庸祐的聲名，比從前更加大起來，平時談瀛社的朋友，自然加
倍趨承，便是督撫三司，也常常來往。在羊城拜過客之後，先自一程返到
香港大宅子裡，馬氏接著，先自道喜，隨說道：「府裡自年前失了火，家
內各事，不大如意。今兒雖費了十萬銀子上下，也沒甚緊要。還幸得了個
京堂，對著督撫大員，也是平班一輩子，便是關書裡什麼事，還有哪個敢
動彈得來？」周庸祐道：「哪還止是個京堂，我盡將來要弄個尚書侍郎的地
位呢。只這些關裡事，夫人休擔著驚，因我們在關書裡幹的事，通通和監
督一樣，若把我們算將來，怕不要牽連多少監督來呢。任是什麼大權大位

的人，哪有這般手段？」馬氏道：「自古道：『吉人自有天相』。統望大人作了大官回來，把從前敲磨我們的官兒，伸了這口氣，就是萬幸了。」周庸祐道：「夫人說得是，這都是夫人的好處，助成俺有今日的地位。若是不然，試看廣東幾千萬人來，哪有幾人像俺的功名富貴，件件齊全的呢？」那周庸祐說罷，只口裡雖如此說，唯心裡究想自雁翎一進了門來，就得個四品的京堂，可知隱助自己發財的，自然是馬氏；若隱助自己升官的，料將來又要仗著雁翎的了。

　　肚子裡正想得出神，忽報三姨太香屏、六姨太春桂、七姨太鳳蟬、九姨太金小霞、十姨太雁翎，都進大屋子來，在廳子裡伺候，要與大人道喜。周庸祐聽了，隨轉出來，並請馬氏換過大褂羅裙，一同到大堂上，和周庸祐並肩兒坐著，受各姨太拜賀；暨那幾個兒女，都先後道賀畢，也各人發了賞封。隨後的就是管家和家人婢僕傭婦，通通叩拜過了，周庸祐即囑對管家駱子棠，準備家宴。那時港中朋友，聽得周庸祐回港的，又紛來道賀，正是車馬盈門。周庸祐又要出門回拜，一連忙了幾天，周庸祐即在周園子裡唱戲設宴，好酬謝到來道賀的賓客。這時港中外商富戶，差不多也到齊了。自古道「富貴逼人來」，倒也難怪。

　　單說那夜周園裡設宴，男女賓客，衣冠濟濟。女的由馬氏主席，若是各家的侍妾，自由六姨太王氏春桂主席；男的自然是周庸祐主席。先聽了一口戲，到入席時，已近三更時分。正杯籌交錯間，管家馮少伍忽由羊城附夜輪船回港，周庸祐接著道：「少伍在城裡打點各事，如何便回？」馮少伍就引周庸祐至一旁說道：「現在又因有一個機會，都因國家現在籌款，已分諭各省，如有能報效二萬金的，不論生員還是監生，通通作為取中了舉人，一體會試。若從這個機會，為兩公子圖個進身，不特日下是個舉人；且大人在京裡，知交正多，再加上一點工夫，恐進士翰林都是不難

到手了。」周庸祐聽了，答道：「此事甚好，待賓客去後，再說未遲。」說罷，重複入席。未幾賓客漸散，馮少伍又道：「小弟見有這個機會，特回來說知，不知大人怎地意見？」那周庸祐正自尋思，原來周庸祐的意見，自忖替兒子謀個舉人，自是好事。但長子年紀大了，若要謀個舉人，自然要謀在長子的身上；但長子是二房所出，料馬氏必然不大喜歡；若為次子謀了，怕年紀太少，不免弄出許多笑話來。因此上不能對那馮少伍說得定怎麼主意，便答了一聲：「明日再說。」隨轉回馬氏住的大宅子裡，先把馮少伍的話，對馬氏說知。

那馬氏不聽猶自可，聽了哪有不願為自己兒子謀個舉人的？便一力要周庸祐辦去。周庸祐本不敢不從，只究以兒子幼小，恐被人說笑話；況放著長子不謀，反替幼子謀了這個舉人，亦對二房不住。想了一會兒，計不如湊足四萬金，替兩個兒子一併謀個舉人罷了。即把此意對馬氏說知。那馬氏心上實不願長子得個舉人，與自己的兒子平等，便道：「大人謀一個舉人，恐還被人說笑，若謀兩個時，怕外間說話越多起來了。」周庸祐聽到這話，亦覺有理，心上左思右想，總沒占一主意。

馬氏見周庸祐還自思疑，不如索性自己作主為是。次日，便喚馮少伍到來，問他謀舉人的路，可是實的？馮少伍道：「哪有不實？現在已有了明文，省中早傳遍了。夫人若要下手時，就該早些，遲點就恐不及了。」夫人聽了，便對馮少值道：「依你幹去便是，無論在哪一項設法，盡把二萬銀子撥來幹去。」馮少伍說聲「理會得」，隨轉下來。見馬氏有了主意，想是與周庸祐商議定的了，再不必向周庸祐再說，便趕即回城，即把二萬銀子籌足報效去。果然不消一月上下，已發表出來，那幼子早中了一個舉人去了。正是：

大人方進京堂秩，幼子旋攀桂苑香。

要知後事如何，且聽下回分解。

第二十四回　勤報效書吏進京卿 應恩闈幼男領鄉薦

第二十五回
酌花筵娼院遇丫鬟 營部屋周家嫁長女

　　話說馮少伍自把二萬銀子報效去了，果然一月上下，就有旨把周應昌欽賜了一名舉人。那時城廂內外，倒知得周家中舉的事，只是誰人不識得周家兒子沒有什麼文墨，就通通知道是財神用事的了。過了一二天，又知得周應昌是周庸祐的次子，都一齊說道：「這又奇了，他長子還大得幾歲年紀，今他的次子，也不過是十二三歲的人，就得了舉人，可不是一件怪事！」就中又有的說道：「你們好不懂事，只為那次子是繼室馬氏生得，究竟是個嫡子，因此就要與他中個舉人了。」又有些說道：「這越發奇了！主試的憑文取錄，哪有由自己要中哪人，就中哪人的道理？」當下你一言，我一語，直當一件新聞一般談論。

　　內中有省得事的，就道：「你們哪裡知道？你道那名舉人是中的，只是抬了二萬銀子去，就抬一名舉人回來罷了。他的長子是二房庶出，早早沒了娘親，因此繼室的馬氏，就要與自己兒子謀個舉人，哪裡還記得二房的兒子呢！」街上談來說去，也覺得這話有理。那時有科舉的學究，倒搖頭嘆息，有了錢就得舉人，便不讀書也罷。只是周府裡那復管人說怎麼話，只家內又得了一名舉人，好不高興。一來馬氏見得舉人的是自己兒子，更加歡喜。凡平時來往的親戚朋友，也紛紛派報紅拜客，又復車馬盈門地到來道賀。且馬氏為人，平日最喜人奉承的，這會兒自己兒子得了舉人，那些趨炎附勢的，自不免加幾句讚頌，說他少年中舉，不難中進士、

點狀元的了。你一句，我一句，都是讚頌他得不亦樂乎，幾乎忘記他的舉人是用錢得來的了。馬氏就令設筵宴待那些賓客。過了數日，就打算要回鄉謁祖，好在祖祠門外豎兩枝桅杆，方成個體勢，這都是後話。

而今且說周庸祐自兒子得了舉人，連日宴朋會友，又有一番熱鬧，鎮日在周圍裡賓來客去，夜裡就是秦樓楚館，幾無暇晷。那一夜正與二三知己到賽鳳樓來，因那賽鳳樓是周庸祐從前在那裡攜帶過雁翎的，到時自然一輩子歡迎。先到廳上，多半妓女是從前認識的，就問諸妓女中有新到的沒有。各人都道：「有了一位，是由羊城新到的，喚作細柳。」周庸祐忙令喚他出來，誰想細柳見了周庸祐，轉身便回轉去了。周庸祐不知何故，也見得奇異，同座的朋友，如徐雨琴、梁早田的，就知道有些來歷，只不敢說出。周庸祐道：「究竟她因什麼事不肯與人會面？座中又不是要吃人肉的，真是奇了。」說罷，便要喚她再復出來。同院姊妹一連叫了兩次，細柳只是不出，也不敢勉強。看官試想：那周庸祐是個有聲有勢的人，凡是鴇女僕婦，正趨承到了不得的，這時自然驚動院中各人了。

那鴇母知道周庸祐要喚細柳，那細柳竟是不出，心上好不吃了一驚，單怕周庸祐生氣，一來院中少了一宗大生意，二來又怕那周庸祐一班拍馬屁的朋友，反在周庸祐耳邊打鑼打鼓，不是說爭口氣，就是說討臉面，反弄個不便。急地跑上廳來，先向周庸祐那班人說個不是，隨向房子裡尋著細柳，要她出來。不料細柳對著鴇母只是哭，鴇母忙問她緣故，細柳只是欲言不言的景象。鴇母不知其故，就囔道：「若大的京堂大人，放著幾百萬的家財，也不辱沒妳的。妳若是怕見人時，就不必到這裡了。」細柳道：「我不是不見人，只是不見他。」鴇母正待問時，忽僕婦回道：「廳子上的客人催得緊了。」鴇母只得強行拉了細柳出來，細柳猶是不肯，只哪裡敢認真違抗，只得一頭拭淚，一頭到廳上來，低著頭也不敢看周庸祐。

唯庸祐把細柳估量一番，覺也有幾分面熟，似曾見過的，但總想不出是什麼人。只心上自忖道：她不敢來見我，定然與我有些瓜葛。再想從前桂妹是出家去了，且又不像她的樣子。想來想去，總不知得。

這時，徐雨琴一班人又見細柳出來，總不見有什麼事，就當是細柳必因初落河下怕見人，故至於此，因此也不甚見得怪異。坐了一會兒子，細柳才轉出來。但那同院姊妹，少不免隨著出來，問問細柳怕見周庸祐是什麼緣故。細柳道：「我初時是他府上的丫鬟，喚作瑞香，因那年除夕失火，燒那姓周的東橫街大宅子，就與玉哥兒逃出來。誰想那玉哥兒沒點良心，把我騙在那花粉的地面，今又轉來這裡，因此上見他時，就不好意思，就是這個緣故。」妹妹聽了，方才明白。各姊妹便把此事告知鴇母，鴇母聽得，只怕周庸祐要起回那細柳，就著各人休得聲張。只院中有一名妓女喚作香菱，與徐雨琴本有點交情，就不免把個中情節，對徐雨琴說知，徐雨琴早記在心裡。

當下廳上正絃歌響動，先後唱完了，然後入席。在周庸祐此時，仍不知細柳是什麼人，但覺得好生熟識。一來府裡許多房姬妾，丫鬟不上數十人，且周庸祐向來或在京或出外，便是到英京參贊任時，瑞香年紀尚少，又隔了幾年，如何認得許多？所以全不在意。到散席時候，各自回去。

次日，周庸祐又與各朋友在周園聚會，徐雨琴就把昨夜香菱那一番說話，把細柳的來歷，細細說來。周庸祐方才醒得，便回府裡，對馬氏問道：「年來府裡的丫鬟，可有逃走的沒有？」馬氏道：「年來各房分地居住，也不能知得許多。單是那一年失火時，丫鬟瑞香卻跟著小廝阿玉逃去，至今事隔許多年。若大人不問起來，我險些兒忘卻了。」周庸祐道：「從前失婢時，可有出個花紅沒有？現在阿玉究在哪裡呢？」馬氏道：「他兩人蹤跡，實在不知得，大人問他卻是何故？」周庸祐道：「現在有人說在賽鳳樓

第二十五回　酌花筵娼院遇丫鬟 營部屋周家嫁長女

當娼的有一妓名細柳，前兒是我們府上的丫鬟，因失火時逃去的。」馬氏道：「是了，想是瑞香無疑了。她臉兒似瓜子樣兒，還很白的。」周庸祐道：「是了，她現在妓院幹那些生涯，哪個不知得是我們的丫鬟？這樣就名聲不大好了。」馬氏道：「這樣卻怎樣才好？」周庸祐道：「我若攜她回來，她只道回來有什麼難處，料然不肯。不如擺布她去別處也罷。若是不然，就著別的朋友攜帶了她，亦是一件美事。」馬氏道：「由得老爺主意，總之不使她在這埠上來出醜，也就好了。」周庸祐答個「是」，然後出來再到周圍那裡，與徐雨琴籌個善法。

雨琴道：「任細柳留在那裡，自然失羞，若驅逐她別處去，反又太過張揚，更不好看。雖然是個丫鬟，究是家門名譽所在，大要仔細。」周庸祐道：「足下所言，與弟意相合，不如足下娶了她也罷。」雨琴道：「此事雖好，只怕細柳心不大願，也是枉然。」周庸祐道：「須從她鴇母處說妥，若細柳不允時，就設法把她打進保良局去。凡妓女向沒知識，聽得保良局三個字，早是膽落了，哪怕她不肯？若辦妥這件事時，一面向細柳打聽小廝阿玉在那裡，然後設法拿他，治他拐良為娼之罪，消了這口氣，有何不可？」徐雨琴聽了，覺得果然有理，當即允之。就與鴇母商議。

那鴇母見周庸祐是有體面的人，若不允時，怕真個打進保良局，豈不是人財兩空？急得沒法，唯有應允。便說妥用五百塊銀子作為兩家便宜便罷，於是銀子由周庸祐交出，而細柳則由徐雨琴承受。鴇母既妥允，那細柳一來見阿玉這人已靠不住，二來又領過當娼的苦況，三來又忌周庸祐含恨，自沒有不從，因此就跟徐雨琴回去，便了卻這宗事。只周庸祐自見過這宗事之後，倒囑咐各房妻妾，認真管束丫鬟，免再弄出瑞香之事。至於服侍自己女兒的丫鬟，更加留心；況且女兒已漸漸長大來了，更不能比從前的託大。再令馬氏留意，與女兒打點姻事。單是周庸祐這些門戶，要求

登對的，實在難得很，這時縱有許多求婚的富家兒，然或富而不貴，又或貴而不富，便是富貴相全的，又或女婿不大當意，倒有難處。

忽一日，梁早田進來道：「聽說老哥的女公子尚未許字，今有一頭好親事，要與老哥說知。」周庸祐便問：「哪一家門戶？」早田道：「倒是香港數一數二的富戶，蔡燦翁的文孫，想盡能對得老哥的門戶。」周庸祐道：「姓蔡的我也認得，只他哪有如此大年紀的孫兒呢？」梁早田道：「姓蔡的當從前未有兒子時，也在親房中擇了個承嗣子，喚作蔡文揚，早早也中了一名順天舉人。縱後來蔡燦翁生了幾個兒子，那蔡文揚承繼不得，究竟蔡燦翁曾把數十萬的家財分撥過他。且那蔡文揚本生父也有些家財，可見文揚身上應有兩副家資的分兒了。如此究是富貴雙全的人家，卻也不錯。」周庸祐道：「據老哥說來，盡可使得，待小弟再回家裡商酌便是。」便回去對馬氏說知。馬氏道：「聞說蔡燦撥過蔡文揚的不過十萬銀子，本生父的家財又不知多少。現他已不能承繼蔡燦，就算不得與蔡燦結姻家了，盡要查查才好。」周庸祐想了想，隨附耳向馬氏說道：「夫人還有所不知，自己的女兒，吸洋膏子的癮來得重了，若被別人訪訪，終是難成。不如過得去也罷了。」馬氏點頭道是，此時已定了幾分主意。

偏是管家馮少伍早知得這件事，暗忖主人的大女兒是奢華慣的，羊城及鄉間富戶，料然不甚喜歡。若香港地面的富商，多半知得他大女兒煙癮過重，反難成就，看將來倒是速成的罷了。只心上的意，不好明對周庸祐夫妻說出，只得旁敲側擊，力言蔡文揚如何好人品，他的兒子如何好才貌，在庸祐跟前說得天花亂墜。在周庸祐和馬氏的本意，總要門戶相當，若是女婿的人品才貌，實在不甚注意。今見馮少伍如此說，亦屬有理，便拿定主意，往覆梁早田，決意願與蔡文揚結親家了。

自來作媒的人，甘言巧語，差不多樹上的雀兒也騙將下來，何況周、

蔡兩家，都是有名的門戶，哪有說不妥的？那一日再覆過周庸祐道：「蔡文揚那裡早已允了，只單要一件事，要女家的在羊城就親，想此事倒易停妥。因在省城辦那妝奩還較易些，不如就允了他罷。」周庸祐聽得，也允從了，一面又告知馬氏。馬氏道：「回城就親，本是不難的。單是我們自東橫街大宅遇火之後，其餘各屋都是門面不大堂皇的，到時怕不好看。」周庸祐道：「夫人忒呆了，我家橫豎遲早都要在城謀大屋的，不如趕速置買便是。難道有了銀子，反怕屋子買不成？」馬氏道：「既是如此，就一面允他親事，一面囑咐管家營謀大屋便是。」因此上就使梁早田作媒，把長女許字那蔡燦的孫子。徐把馬氏之意，致囑馮、駱兩管家，認真尋屋子，好預備嫁女。

　　馮、駱兩人也不敢怠慢，輪流往羊城尋找。究竟合馬氏意思的大屋，實在難覓。不覺數月之久，馮少伍自省來港，對周庸祐說道：「現尋得一家，只怕業主不允出賣，因那業主不是賣屋之人。若他允賣時，真是羊城超前未有的大宅子了。」周庸祐急急地問是誰的宅子來。正是：

　　成家難得宜家女，買屋防非賣屋人。

　　要知後事如何，且聽下回分解。

第二十六回
周淑姬出閣嫁豪門 德榷使吞金殉宦海

卻說馮少伍自羊城返港，說稱：「現在西關有所大宅子，真是城廂內外曾未見過的敞大華美，只可惜那業主不是賣屋的人，因此頗不易購得。」馬氏正不知此屋果屬何人的，便問業主是什麼名姓。馮少伍道：「那屋不過是方才建做好的，業主本貫順德人氏，前任福建船政大臣的兒子，正署福建興泉水道，姓黎的喚作學廉，他的家當可近百萬上下，看來就不是賣屋的人了。」馬氏聽得，徐徐答道：「果然他不是賣屋的人，只求他相讓或者使得。」馮少伍道：「說那個讓字，不過是好聽些罷了。他既不能賣，便是不能讓的，而且見他亦難以開口。」馬氏道：「這話也說得是，不如慢些商量罷。」馮少伍聽了，即自辭出。

在周庸祐之意，本不欲要尋什麼大屋，奈是馬氏喜歡的，覺不好違他，便暗地裡與馮少伍商酌好，另尋別家子購買將來。馮少伍道：「這也難說的了，像東橫街舊宅這般大的，還沒有呢。馬夫人反說較前兒宅子大的加倍，越發難了。大人試想：有這般大的宅子的人家，就不是賣業的人家了。」周庸祐覺得此言有理，即與馬氏籌議，奈馬氏必要購所大屋子在省城裡，好時常來往，便借嫁女的事，趕緊辦來。周庸祐道：「不如與姓黎的暫時借作嫁女之用，隨後再行打算。」馬氏道：「若他不肯賣時，就借來一用也好。」

周庸祐答個「是」，便口城去，好尋姓黎的認識，商量那間屋子的

事。那姓黎的答道：「我這宅子是方才建築成了，哪便借過別人？老哥你說罷。」周庸祐道：「既是不能借得，就把來相讓，值得多少，小弟照價奉還便是。」姓黎的聽了，見自己無可造詞，暗付自己這間屋子，起時費了八萬銀子上下，我不如說多些，他料然不甘願出這等多價，這時就可了事。便答道：「我這間屋子起來，連工資材料，統費了十六萬金。如足下能備辦這等價時，就把來相讓便是。」

那姓黎的說這話，分明是估量他不買的了。誰想周庸祐一聽，反沒半點思疑，又沒有求減，就滿口應承。姓黎的聽了，不禁愕然，自己又難反口，沒奈何只得允了。立刻交了幾千定銀，一面回覆馬氏，好不歡喜，隨備足十六萬銀兩的價銀，交易清楚。就打點嫁女的事，卻令人分頭趕辦妝奩。因周家這一次是兒女婚嫁第一宗事，又是馬氏的親女，自然是要加倍張皇。

那馬氏的長女，喚作淑姬，又從來嬌慣的，因見周家向來多用紫檀床，就著人對蔡家說知，要購辦紫檀床一張。蔡家聽得，叵奈當時紫檀木很少，若把三五百買張洋式的床子，較還易些；今紫檀床每張不下八百兩銀子上下，倒沒緊要，究竟不易尋得來。只周家如此致囑，就不好違她，便上天下地，找尋一遍，才找得一張床子，是紫檀木的，卻用銀子一千一百元買了回家，發覆過周家。那時周家妝奩也辦得八九床帳，分冬夏兩季，是花羅花綢的；帳鉤是一對金嵌花的打成；杭花綢的棉褥子，上面蓋著兩張美國辦來的上等鶴茸被子。至於大排的酸枝大號臺椅的兩副，二號的兩副，兩張酸技几子，上放兩個古磁窯的大花瓶。大小時鐘錶不下十來個，其餘羅綢帳軸，也不消說了。至於木料的共三千銀子上下，磁器的二千銀子上下。衣服就是京醬寧綢灰鼠皮襖、雪青花綢金貂皮襖、泥金花緞子銀鼠皮襖、荷蘭緞子的灰鼠花綢箭袖小襖，又局緞銀鼠箭袖皮襖各

一件，大褂子二件，餘外一切貴重衣物裙帶，不能細說。統計辦服飾的費去一萬銀子上下。頭面就是釵環簪耳，都是鑲嵌珍珠，或是鑽石不等。手上就是金嵌珍珠鐲子一對，金嵌鑽石鐲子一對。至於金器物件，倒不能說得許多。統計辦頭面的費去三萬銀子上下。著特別的，就是嵌著大顆珍珠的抹額，與足登那對弓鞋幫口嵌的鑽石，真是罕有見的。還有一宗奇事，是房內幾張宮座椅子上，卻鋪著灰鼠皮，奢華綺麗，實向來未有。各事辦得停妥，統共奩具不下六七萬銀子，另隨嫁使用的，約備二萬元上下。統共計木料、錫器、磁器、金銀炕盅、房內物件及床鋪被縟、顧繡墊搭，以至皮草衣服、帳軸與一切臺椅，及隨嫁使用的銀子，總不下十萬來兩了。

到得出閣之日，先將香港各處家眷，都遷回西關新宅子，若增沙關部前素波巷各宅眷，亦因有了喜事，暫同遷至新宅子裡來，那些親串親友，先道賀新宅進夥，次又道賀周家嫁女，真是來往不絕。周家先把門面粉飾一新，掛著一個大大的京卿第扁子，門外先書一聯，道是：「韓詩歌孔樂，孟訓戒無違。」門外那對燈籠，說不出這樣大，寫著「京卿第周」四個大字。門內的輝煌裝飾，自不消說。到了送奩之日，何止動用五六百人夫，擁塞街道，觀者人山人海，有讚他這般富豪的，有嘆他太過奢侈的，也不能勝計。

過了兩天，就是蔡家到來迎娶，自古道：「門戶相當，富貴相交。」也不待說。單說周家是日車馬盈門，周庸祐和馬氏先在大堂受家人拜賀，次就是賓客到來道賀，紳家如潘飛虎、蘇如緒、許承昌、劉鶚純，官家如李子儀、李文桂、李慶年、裴鼎毓之倫，也先後道賀。便是上至德總督，和一班司道府，與及關監督，都次第來賀。因自周庸祐進銜京卿之後，聲勢越加大了，巴結的平情相交的，哪裡說得許多。男的知客是周少西同姓把弟，女的知客就是周十二宅的大娘子。至於女客來道賀的，如潘家奶奶、

第二十六回　周淑姬出閣嫁豪門　德權使吞金殉宦海

陳家奶奶，都是馬氏的金蘭姊妹，其餘潘、蘇、許、李、劉各家眷屬也到了。這時賓客盈堂，馮少伍也幫著周少西陪候賓客，各事自有駱子棠打點。家人小廝都是正中大廳至左右廂廳，環立伺候使喚。若錦霞、春桂兩姨太太，就領各丫鬟，自寶蟬以下，都伺候堂客茶煙。自餘各姨太太，也在後堂伺候陪嫁的女眷。不在話下。統計堂倌共二十餘名，都在門內外聽候領帖，應接各男女賓客。道喜的或往或來，直至午後，已見蔡家花轎到門，所預備丫鬟十名，要來贈嫁，也裝束伺候，如梳傭及陪嫁的七八人，也打點登轎各事。

因省城向例迎親的都是日中或午後登轎的較多。是時周家擇的時辰，是個申時吉利，馬氏便囑咐後堂陪嫁的，依準申時登轎。因馬氏的長女周淑姬，性情向來嬌慣，只這會兒出閣，是自己終身的大事，既是申時吉利，自然不敢不依。淑姬便問各事是否停妥，陪嫁的答道「妥當了」，便到炕上再抽幾口大大的洋膏子，待養足精神，才好登轎而去。抽了洋膏之後，即令丫鬟收抬煙具，隨好卻是一對正崖州竹與一對橘紅福州漆的洋煙管，煙斗就是譚元記正青草及香娘各一對，並包好那盞七星內外原身車花的洋煙燈。收拾停妥之後，猛然想起一件事，不知可有買定洋膏沒有？便著人往問馬氏，才知這件緊要的事，未有辦到，便快快地傳駱子棠到來，著他辦去。駱子棠道：「向來小姐吸的是金山煙，城中怕不易尋得這般好煙來。除是夫人用參水熬的，把來給過她，較為便捷呢。」馬氏道：「我用的所存不多，府中連日有事，又不及再熬，這卻使不得，但不知城中哪家字號較好的，快些買罷了。」駱子棠道：「往常城內，就說燕喜堂字號，城外就說是賀隆的好。若跑進城內，怕回來誤了時候，請夫人示下究往哪家才好？」馬氏道：「城內來去不易，不如就在城外的罷了。」駱子棠應一聲「曉得」，即派人往購一百兩頂舊的鴉片青來。

誰想那人一去，已是申牌時分，府裡人等已催速登轎，馬氏心上又恐過了時辰，好不著急，便欲先使女兒登轎，隨後再打發人送煙膏去。只是今日過門，明兒才是探房，卻也去不得。在周淑姬那裡，沒有洋膏子隨去，自然不肯登轎，只望買煙的快快回來。唯自寶華正中約跑至新口欄賀隆字號，那路程實在不近，望來望去，總未見回來。外面也不知其中緣故，只是催迫登轎，連周庸祐也不知什麼緣故，也不免一同催速。還虧馬氏在周庸祐跟前，附耳說了幾句話，方知是等候買洋膏子的回來。沒奈何周庸祐急令馬氏把自己用的權給三五兩過她，餘外買回的，待明天才送進去。一面著人動樂，當即送淑姬出堂，先拜了祖宗，隨拜別父母，登了花轎，望蔡家而去。這裡不表。

　　周家是晚就在府上款燕來賓，次日，就著兒子們到蔡家探房。及到三朝四門之後，其中都是尋常細故，也不須細述。

　　且說周庸祐正與馬氏回往西關新宅子之後，長女已經過門，各房姨太太，也分回各處住宅去了。周庸祐倒是或來或往，在城中除到談瀛社聚談之外，或時關書裡坐坐。偏是那時海關情景，比往前不同，自鴉片撥歸洋關，已少了一宗進款；加之海關向例，除湊辦皇宮花粉一筆數外，就是辦金葉進京。年中辦金的不下數萬兩，海關書吏自然憑這一點抬些金價，好飽私囊。怎奈當時十來年間，金價年年起價，實昂貴得不像往時。海關定例，只照十八換金價，湊辦進京。及後價漲，曾經總督李斡翔入奏，請海關照金價的時價，解進京去。偏又朝廷不允，還虧當時一位丞相，喚作陵祿，與前監督有點交情，就增加些折為二十四換。只是當時金價已漲至三十八九換的了，因此上當時任監督，就受了個大大的虧折。那前任的聯元，雖然耗折，還幸在闈姓項下，發了一注大大的意外錢財，故此能回京覆命。及到第二任監督的，喚作德聲，白白地任了兩年監督，虧折未填

的，尚有四五十萬之多。現屆滿任之時，怎地籌策？便向周庸祐商量一個設法，其中商量之意，自不免向周庸祐挪借。

當下周庸祐聽了德監督之言，暗忖自己若借了四五十萬過他，實在難望他償還。他便不償還，我究從哪裡討取？況自己雖然有幾百萬的家當，怎奈連年所用，如幹了一任參贊，又報效得個京卿，馬氏又因辦礦務，去了不下十萬，今又買大宅子與辦長女的妝奩。幾件事算來，實在去了不少。況且近來占了那間銀行的股份，又不大好景，這樣如何借得過他？雖然自己也靠關裡發財，今已讓過少西老弟做了，年中僅得回十萬銀子，比從前進項不同。想了便對德聲道：「老哥這話，本該如命。只小弟這裡連年用的多，很不方便，請向別處設法罷。」德聲見周庸祐硬推，心上好過不去，只除了他更沒第二條路；況且幾十萬兩銀子，有幾人能舉得起？便是舉得起的，他哪裡肯來借過我？想了便再向周庸祐喚幾聲兄弟，求他設法。怎奈周庸祐只是不從。

這時因新任監督已經到省，德聲此時實不能交代，只得暫時遷出公館住下。欲待向庫書吏及冊房商量個掩飾之法，怎又人情冷暖，他已經退任，哪個肯幹這宗的事來？因此也抑鬱成病。那新任的文監督，又不時使人來催清楚舊任的帳目。德聲此時真無可如何，便對他的跟人說道：「想本官到任後，周庸祐憑著自己所得之資財，卻也不少。今事急求他，竟沒一點情面，實在料不著！」那跟人道：「大人好沒識好歹！你看從前晉監督怎樣待他，還有個不好的報答他；況大人待他的萬不及晉監督，欲向他挪借幾十萬，豈不是枉言嗎？」德聲道：「他曾出過幾十萬金錢，與前任姓聯的幹個差使，看來是個豪俠的人，如何待俺的卻又這樣？」那跟人道：「他求得心腹來，好同幹弄，自然如此，這卻比不得的了。」德聲聽了，不覺長嘆了幾聲。正是：

窮時難得揮金客，過後多忘引線人。

要知後事如何，且看下回分解。

第二十六回　周淑姬出閣嫁豪門 德權使吞金殉宦海

第二十七回
繁華世界極侈窮奢　冷暖人情因財失義

　　話說海關德監督，因在任時金價昂貴，因此虧缺了數十萬庫款，填抵不來，向周庸祐借款不遂；又因解任之後，在公館裡，新任的不時來催取清做冊數，自己又無法彌補。自念到任以來，周庸祐憑著關裡所得的資財不少，如何沒點人情，竟不肯挪借，看來求人的就不易了。再想廣東是有名的富地，關監督又是有名的優差，自己反弄到這樣，不禁憤火中燒，嘆道：「世態炎涼，自是常有，何況數十萬之多，這卻怪他不得。但抵填不來，倒不免個罪名，不如死了罷。」便吞金圖個自盡。後來家人知得灌救時，已是不及了。正是：空嘆世途多險阻，任隨宦海逐浮沉。

　　當下德監督既已畢命，家人好不苦楚！又不知他與周庸祐借款不遂之事，只道德監督自然是因在任專缺，無法填補，因求畢命而已。周庸祐聽得德聲已死，心上倒不免自悔，也前往弔喪，封了三五百銀子，把過他的家人，料理喪事。暗付德聲已死，他在任時，還未清結冊數，就在這裡浮開些數目，也當是前任虧空的，實在無人知覺；況在德聲在任時，虧缺的實在不少，便是他的家人，哪裡知得真數？就將此意通知周乃慈，並與冊房商妥，從中浮開十來二十萬，哪裡查得出來。那時把浮開的數，二一添作五，彼此同分，實不為過。那時造冊的，自然沒有不允，便議定浮開之數。周乃慈與造冊的，共占分一半，周庸祐一人也占分一半。白地增多一注錢財，好不高興。只可憐公款虧得重，死者受得苦，落得他數人分的

肥。大凡書吏的行為，強半這樣，倒不必細說了。

　　且說周家自買了黎氏這所大屋之後，因嫁女事忙得很，未有將宅子另行修造。今各事停妥，正要把這般大宅，加些堂皇華麗，才不負費一場心思，把十六萬銀子，買了這所料不到的大宅子來。一面傳馮少伍尋那建造的人來，審度屋裡的形勢，好再加改作。偏是那間大屋，十三面過相連，中間又隔一間，是姓梁的管業，未曾買得，準要將姓梁的一併買了。那時一幅牆直連十三面門面，更加裝潢。叵奈那姓梁的又是手上有塊錢的人家，不甚願將名下管業來轉賣。論起那姓梁屋子，本來價值不過五六千銀子上下，今見周家有意來拉攏，俗語道『千金難買相連地』，便硬著索價一萬銀子。誰想那周庸祐夫婦，皆是視財如水的人，那姓梁的索一萬，就依價還了一萬，因此一併買了姓梁的宅子，通通相連，差不多把寶華正中約一條長街，占了一半。又將前面分開兩個門面，左邊的是京卿第，右邊的是榮祿第，東西兩門面，兩個金字匾額，好不輝煌！

　　兩邊頭門，設有門房轎廳，從兩邊正門進去，便是一個花局，分兩旁甬道，中間一個水池，水池上都是石砌闌干。自東角牆至西角牆，地上俱用雕花街磚砌成。那座花局，都是盆上花景，靠著照牆。對著花局，就是幾座倒廳，中分幾條白石路，直進正廳。正廳內兩旁，便是廂房；正廳左右，又是兩座大廳，倒與正廳一式。左邊廂廳，就是男書房；右邊廂廳，卻是管家人等居住。從正廳再進，又分五面大宅，女廳及女書房都在其內。再進也是上房，正中的是馬氏居住。從斜角穿過，即是一座大大的花園，園內正中新建一座洋樓，四面自上蓋至牆腳，都粉作白色；四邊牆角，俱作圓形。共分兩層，上下皆開窗門，中垂白紗，碎花蓮幕。裡面擺設的自然是洋式臺椅。從洋樓直出，卻建一座戲臺，都是重新另築的，戲臺上預備油飾得金碧輝煌。臺前左右，共是三間聽戲的座位，正中的如東

橫街舊宅的戲臺一般；中間特設一所房子，好備馬氏聽戲時睡著好抽洋膏子。花園另有幾座亭臺樓閣，都十分幽雅。其中如假山水景，自然齊備。至四時花草，如牡丹莊、蓮花池、蘭花榭、菊花軒，不一而足。直進又是幾座花廳，都朝著洋樓，是閒時消遣的所在。凡設筵會客，都在洋樓款待。

自大屋至花園，除白石牆腳，都一色水磨青磚。若是臺椅的精工，也不能細說。又復蒐羅尊重的玩具、陳設。廳房樓閣，兩邊頭門轎廳，當中皆黏封條，如候補知府、分省試用道、賞戴花翎、候補四品京堂、二品頂戴、出使英國參贊等銜名，險些數個不盡。與懸掛的團龍銜匾及擺著的銜牌，也是一般聲勢。大廳上的玩器，正中擺著珊瑚樹一枝，高約二尺有餘。外用玻璃圍罩，對著一個洋瓷古窯大花瓶，都供在几子上。餘外各廳事，那擺設的齊備，真是無奇不有：如雲母石臺椅、螺甸臺椅、雲母石圍屏、螺甸圍屏以及紗羅帳幢，著實不能說得許多。除了進夥時，各親串道賀的對聯帳軸之外，凡古今名人字畫，倒蒐羅不少。山水如米南宮二樵丹山的遺筆，或懸掛中堂，或是四屏條幅。即近代有名的居古泉先生花卉卻也不少。至於翎毛顧繡鏡藏的四屏，無不精緻，這是用銀子購得來的，更是多得很。

內堂裡便掛起那架洋式大鏡子，就是在東橫街舊宅時燒不盡的，早當是一件寶物。因買了寶華坊黎姓那宅子，比往時東橫街的舊宅還大得多，所以陳設器具，比舊時還要加倍。可巧那時十二宅周乃慈正在香港開一間金銀器及各玩器的店子，喚作回昌字號，蒐羅那些貴重器皿，店裡真如五都之市，無物不備。往常曾赴各國賽會，實是有名的商店，因此周庸祐就在那回昌店購取無數的貴重物件來，擺設在府裡，各座廳堂，都五光十色，便是親串到來觀看的，倒不能識得許多。至如洋樓裡面，又另有一種

第二十七回　繁華世界極侈窮奢　冷暖人情因財失義

陳設，擺設的如餐臺、波臺、彈弓床子、花晒床子、花旗國各式籐椅及夏天用的電氣風扇，自然色色齊備。或是款待賓客，洋樓上便是金銀刀叉，單是一副金色茶具，已費去三千金有餘。若至大屋裡，如金銀炕盅、金銀酒杯，或金或銀，或象牙的箸子，卻也數過不盡。

周庸祐這時，把屋子已弄到十分華美，又因從前姓黎的建築時，都不甚如意，即把廳櫃臺階白石，從雕刻以至頭門牆上及各牆壁，另行雕刻花草人物，窮奢極侈。又因從前東橫街舊宅，一把火便成了灰燼，這會兒便要小心，所以一切用火油的時款洋燈子，只掛著做個樣兒，轉把十三面過的大宅裡面數十間，全配點電燈，自廳堂房舍至花園內的樓閣亭臺，統共電燈一百六十餘火，每屆夜分就點著，照耀如同白日。自臺階而道，與頭門轎廳，及花園隙地，只用雕花階磚；餘外廳堂房舍，以至亭臺樓閣，都鋪陳地氈，積幾寸厚。所有牆壁，自然油抹一新。至於各房間陳設，更自美麗。

單有一件，因我們廣東人思想，凡居住的屋舍及飲食的物件，都很識得精美兩個字，只是睡覺的地方，向來不甚講究。唯是馬氏用意，卻與別的不同。因人生所享用的，除了飲食，就是晚上睡覺的時候，才是自己受用的好處。因此床子上就認真裝飾起來。凡尋常的床子，多管是用本做成，上用薄板覆蓋為頂，用四條木柱上下相合，再用杉條鬥合，三面橫笏，喚作大床，都是尋常娶親用的。又有些喚作潮州床，也不過多幾個花瓣，床面略加些雕刻而已。若有些勢派的人，就要用鐵床了，都是數見不鮮。只有馬氏心上最愛的就是紫檀床，往上也說過了，她有愛紫檀床的癖，凡聽得那處有紫檀床出售，便是上天落地，總要購了回來，才得安樂。

自從寶華坊大宅子進夥之後，住房比舊宅還多。馬氏這時，每間房於

必要購置紫檀床一張。那時管家得了馬氏之意，哪裡還敢怠慢？好容易購得來，便買了二十餘張紫檀床子，每間房子安放一張。論起當時紫檀木來的少，那床子的價，自然貴得很。無奈馬氏所好，便是周庸祐也不能相強，所以管家就不計價錢購了來。故單說那二十來張紫檀床子，準值銀子二萬有餘。就二十來張床之中，那馬氏一張，更比別張不同：那紫檀木紋的細淨，及雕刻的精工，人物花草，面面玲瓏活現。除了房中布置華麗，另在床子上配設一支電燈，床上分用四季的紗綾羅綢的錦帳，帳外還掛一對金帳鉤，耗費數百金製成。床上的褥子，不下尺厚，還有一對繡枕，卻值萬來銀子。論起那雙繡枕，如何有這般貴重？原來那繡枕兩頭，俱縫配枕花。一雙繡枕，統計用枕花四個，每個用真金線縫繡之外，中間夾綴珍珠鑽石。那些珠石，自然是上等的，每到夜裡燈火光亮時，那珍珠的夜明，鑽石的水影，相映成色，直如電光閃颯。計一個枕花，約值三千銀子，四個枕花，統計起來，不下萬來銀子了。實沒有分毫說謊的。

　　所有府裡各間，既已布置停妥，花園裡面又逐漸增置花木。馬氏滿意，春冬兩季，自住在大屋的房子；若是夏秋兩季，就要到花園裡居住。可巧戲臺又已落成，那馬氏平生所好那抽吸洋膏一門，自不消說，此外就不時要聽戲的了。這會兒戲臺落成，先請僧道幾名，及平時認識的尼姑，如慶敘庵阿蘇師父、蓮花庵阿漢師父、無著地阿容師父，都請了來，開壇念經，開光奠土。又因粵俗迷信，每稱新建的戲臺，煞氣重得很，故奠土時，就要驅除煞氣，燒了十來萬的串炮。

　　過了奠上之後，先演兩臺扯線宮戲，喚作擋災，隨後便要演有名的戲班。因馬氏向來最愛聽的是小旦法倌，自從法倌沒了，就要聽小旦蘇倌，凡蘇倌所在的那一班，不論什麼戲金，都要聘請將來。當時寶華坊周府每年唱戲，不下十來次，因此上小旦蘇倌聲價驟然增高起來。這會兒姓周的

第二十七回　繁華世界極侈窮奢 冷暖人情因財失義

新宅子，是第一次唱戲，況因進夥未久，凡親朋道賀新宅落成的，都請來聽戲。且長女過門之後，並未請過子婿到來，這會兒一併請了前來。香港平日相沿的朋友，如梁早田、徐雨琴等，早先一天到了省城的。就是談瀛社的拜把兄弟，也通通到來了。也有些是現任的官場，倒不免見周庸祐的豪富，到來巴結。前任海關德監督雖然沒了，只是他與周庸祐因借款不遂的事，兒子們卻沒有知得，故德監督的兒子德陵也一同到來。至於女眷到來的，也不能細說。正是名馬香車，填塞門外。所有男賓女客，都在周府用過晚餐。又帶各人遊過府裡一切地方，然後請到園子裡聽戲。內中讓各賓朋點戲，各就所愛的打發賞封，都是聽堂戲的所不免，亦不勞再表。

偏是德陵到來聽戲，內中卻有個用意，因不知他父親與周庸祐因借款不遂，少不免欲向周庸祐移挪一筆銀子，滿意欲借三五萬，好運父親靈柩回旗。只周庸祐不允借與德聲，哪裡還認得他的兒子？但他一場美意到來，又不好卻他意思，只得借了二千銀子過他，就當是恩恤的一樣。德陵一場掃興，心上自然不甚快意，以為自己老子抬舉他得錢不少，如何這樣寡情？心上既是不妥，自然面色有些不豫。那周庸祐只作不理，只與各朋友言三說四地周旋。正在聽戲間興高采烈的時候，忽馮少伍走進來，向周庸祐身邊附耳說了幾句話，周庸祐一聽，登時面色變了。正是：

窮奢享遍人間福，盡興偏來意外憂。

要知馮少伍說出什麼話來，且聽下回分解。

第二十八回
誣姦情狡妾裸衣 賑津饑周紳助款

　　話說周家正在花園裡演戲之時，周庸祐與各親朋正自高談雄辯，忽馮少伍走近身旁，附耳說了幾句話，周庸祐登時面色變了。各人看得倒見有些奇異，只不好動問。

　　原來馮少伍說的話，卻是因關庫裡那位姓余的，前兒在周庸祐分兒上用過一筆銀子，周庸祐心上不服，竟在南海縣衙裡告他一張狀子，是控他擅吞庫款的罪情，因此監禁了幾年。這時禁限滿了，早已出了獄來，便對人說道：「那姓周的在庫書內，不知虧空了多少銀子。他表裡為奸，憑這個假冊子，要來侵吞款項。除了自己知得底細，更沒有人知得的了。今兒被他控告入獄，如何消得這口氣？定要把姓周的痛腳拿了出來，在督撫衙門告他一紙，要徹底查辦，方遂心頭之願。」所以馮少伍聽得這一番說話，要來對周庸祐說知。那周庸祐聽得，好不驚慌，不覺臉上登時七青八黃。各親朋顯見得奇異，只不好動問。當下各人聽了一會兒戲，自紛紛告別。周庸祐也無心挽留，便送各賓朋去了，場上就停止唱戲。

　　周庸祐回至下處，傳馮少伍進來，囑他認真打聽姓余怎樣行動，好打點打點。只周庸祐雖有這等痛腳落在姓余的手上，但自從進了四品京堂及做過參贊回來之後，更加體面起來，凡大員大紳，來往的更自不少，上至督撫三司，都有了交情，勢力已自大了。心上還自穩著，暗忖姓余的縱拿得自己痛腳，或未必有這般手段。縱然發露出來，那時打點也未退。想到

此層，又覺不必恐懼，自然安心。鎮日無事，只與侍妾們說笑取樂。但當時各房姬妾，除二房姨太太歿了，桂妹早已看破凡塵，出家受戒，那九姨太太又因弄出陳健竊金珠一案，周庸祐亦不甚喜歡她。餘外雖分居各處，周庸祐也水車似的腳蹤兒不時來往。

　　單是繼室馬氏是最有權勢的人，便是周庸祐也懼她三分。且馬氏平日的性子，提起一個妾字，已有十分厭氣。獨六姨太王氏春桂，頗能得馬氏歡心。就各妾之中，馬氏本來最恨二姨太，因她兒子長大，怕將來要執掌大權，自己兒子反要落後。今二姨太雖然歿了，只他的兒子已自長大成人，實如眼中釘刺，滿意弄條計兒，好使周庸祐驅逐了他，就是第一個安樂；縱不能驅逐得去，倒要周庸祐憎嫌他才好。那日猛然想起一計，只各人都難與說得，唯六姨太王氏春桂是自己腹心，盡合用著，且不愁她不允。便喚春桂到來，把心裡的事，與春桂商量一遍，都是要唆擺二房兒子之意。春桂聽了，因要巴結馬氏，自沒有不從，只是計將安出？馬氏便將方才想的計策，如此如此，附耳細說了一回，春桂不覺點頭稱善。又因前兒春桂向在香江居住，這會兒因嫁女及進夥唱戲，來了省城西關大宅子，整整一月有餘。今為對付長男之事，倒令春桂休回香港去，在新大宅子一塊兒同居，好就便行事。

　　那春桂自受了馬氏計策之後，轉不時與二房長子接談。那長子雖是年紀大了，但橫豎是母娘一輩子，也不料有他意，亦當春桂是一片好心，心上倒自感激。或有時為那長子打點衣裳，或有時弄中飯與他吃，府裡的人，倒讚春桂賢德。即在周庸祐眼底看著了，倒因二房伍氏棄世之後，這長男雖沒甚過處，奈各房都畏懼馬氏，不敢關照他，弄得太不像了，今見春桂如此好意，怎不喜歡？因此之故，春桂自然時時照料那長子，那長子又在春桂跟前不時趨承，已非一日，倒覺得無什麼奇處。

那一日，周庸祐正在廳子裡與管家們談論，忽聽得春桂的房子裡連呼救命之聲，如呼天喚地一般，家人都嚇得一跳，一齊飛奔至後堂。周庸祐猛聽得，又不知因什麼事故，都三步跑出來觀看，只見長男應揚正從春桂的房子飛跑出來，一溜煙轉奔過花園去了。一時聞房裡放聲大哭，各丫鬟在春桂房門外觀看的，都掩面回步，唯有三五個有些年紀的梳傭。勸解的聲，怒罵的聲，不絕於耳。都罵道：「人面獸心，沒廉恥的行貨子！」

　　周庸祐摸不到頭腦，急走到春桂房子來要看個明白。誰想不看猶自可，看了，只見王氏春桂赤條條的，不掛一絲，挨在床子邊，淚流滿面。那床頂架子上掛了一條繩子，像個要投繯自盡的樣子。周庸祐正要問個緣故，忽聽得春桂哭著罵道：「我待他可謂盡心竭力，便是他娘親在九泉，哪有一點對他不住？今兒他要幹那禽獸的行為，眼見得我沒兒沒女，就要被人欺負。」周庸祐這時已聽得幾分。

　　那春桂偷眼見周庸祐已到來，越加大哭，所有房內各梳傭丫鬟，見了周庸祐，都閃出房門外。周庸祐到這時，才開言問道：「究為什麼事，弄成這個樣子？」春桂嗚嗚咽咽，且罵且說道：「倒是你向來不把家事理理兒，那兒子們又沒拘束，致今日把我恩將仇報。」說到這來，方自穿衣，不再說，只是哭。周庸祐屬聲道：「究為著什麼事？妳好明明白白說來！」春桂道：「羞答答的說什麼？」就中梳傭六姐，忍不住插口道：「據六姨太說，大爺要強逼她幹沒廉恥的勾當，乘她睡著時，潛至房子裡，把她衣衫解了，她醒來要自盡的。想六姨太待大爺不錯，他因洽熟了，就懷了這般歹心。若不是我們進來救了，他就要冤枉了六姨太的性命了。」

　　正說著，聽得房門外一路罵出來，都是罵「沒家教，沒廉恥，該殺的狗奴才」這等話。周庸祐認得是馬氏聲音，這時頭上無明孽火高千丈，又添上馬氏罵了一頓，便要跑去找尋長男，要結果他的性命。跑了幾步，忽

第二十八回　誣姦情狡妾裸衣 賑津饑周紳助款

回頭一想，覺長子平素不是這等人，況且青天白日裡，哪便幹這等事？況他只是一人，未必便能強逼她；就是強逼，將來盡可告訴自己來作主，伺至急欲投繯自盡？這件事或有別情，也未可定。越想越像，只到這時，又不好回步，只得行至花園洋樓上，尋見了長男，即罵道：「忘八羔子！果然你幹得好事！」那長子應揚忙跪在地上，哭著說道：「兒沒有幹什麼事，不知爹爹動怒為何故？」周庸祐道：「俗語說：『過了床頭，便是父母。』盡分個倫常道理，何便強逼庶母，幹禽獸的行為？」長子應揚道：「兒哪有這等事？因六太太待兒很好，兒也記在心頭。今天早飯後，六太太說身子不大舒服，兒故進去要問問安。六太太沒言沒語，起來把繩子掛在床頭上。兒正不知何故，欲問時，她再解了衣衫，就連呼救命。兒見不是事，即跑了出來。兒是飲水食飯的人，不是禽獸的沒人理，爹爹好查個明白，兒便死也才得甘心。」周庸祐聽得這一席話，覺得實在有理。且家中之事，哪有不心知？但此事若仍然冤枉兒子，心上實問不過；若置之不理，那馬氏和春桂二人又如何發付？想了一會兒，方想出一計來，即罵了長子兩句道：「你自今以後，自己須要謹慎些，再不准你到六太太房子去。」長子應揚答道：「縱爹爹不說時，兒也不去了。只可憐孩兒生母棄世，沒人依靠，望爹爹顧念才好。」說了大哭起來。周庸祐沒話可答，只不免替他可惜，便轉身出來。

這時因周庸祐跑了過去，各人都跟腳前來，聽他要怎地處置長男。今見他沒事出來，也見得詫異。但見周庸祐回到大屋後堂，對馬氏及各人說道：「此事也沒親眼看見他來，卻實在責他不得。」馬氏道：「早知你是沒主腦的人，東一時，西一樣，總不見著實管束家人兒子，後來哪有不弄壞的道理？前兒九房弄出事來，失了許多金珠，鬧到公堂，至今仍是糊裡糊塗。今兒又弄出這般不好聽的事，不知以後還要弄到什麼困地？」周庸祐

道：「不特事無證據，且家醜不出外傳，若沒頭沒腦就喧鬧出去，難道家門就增了聲價不成？」那時周庸祐只沒可奈何，答了馬氏幾句，心上實在憤恨王氏春桂，竟一言不與春桂再說。唯那馬氏仍是不住口地罵了一回。那王春桂在房子裡見周庸祐不信這件事，這條計弄長子不得，白地出醜一場，覺可羞可恨，只有放聲復哭了一場，或言眼毒，或言跳井。再鬧了些時，便有梳傭及丫鬟們做好做歹的，勸慰了一會兒子。春桂自見沒些意味，只得罷休，馬氏也自回房子去了。

　　周庸祐正待隨到馬氏房裡解說，忽見駱子棠進來說道：「外面有客到來拜訪大人呢。」周庸祐正不知何人到了，正好乘勢出了來，便來到廳子上，只見幾人在廂廳上坐地，都不大認識的。周庸祐便問：「有什麼事？」駱子棠就代說道：「他們是善堂裡的人，近因北方有亂，殘殺外人，被各國進兵，攻破了京城。北省天津地方，因此弄成饑荒，故俺廣東就題助義款，前往賑濟，所以他們到來，求大人捐款呢。」周庸祐這時心中正有事，聽得這話，覺得不耐煩，只是他們是善堂發來的，又不好不周旋。便讓他們坐著，問道：「現時助款，以何人為多？」就中一位是姓梁的答道：「這都是隨緣樂助，本不能強人的，或多或少，卻是未定，總求大人這裡踴躍些便是。」周庸祐道：「天津離這裡還遠得很，卻要廣東來賑濟，卻是何故？」姓梁的道：「我們善堂是不分畛域的，往時各省有了災荒，沒一處不去賑濟。何況天津這場災難，實在厲害，所以各處都踴躍助款。試講一件事給大人聽聽：現在上海地面，有名妓女喚作金小寶，她生平琴棋詩畫，件件著實使得。她聽得天津有這場荒災，把生平蓄積的，卻有三五千銀子不等，倒把來助款賑濟去了。只是各處助賑雖多，天津荒災太重，仍不時催促匯款。那金小寶為人，不特美貌如花，且十分俠氣。因自忖平時積蓄的，早已出盡，還要想個法子，再續賑濟才好。猛然想起自己生平的

絕技，卻善畫蘭花，往時有求她畫蘭花的，倒要出得重資，才肯替人畫來。今為賑濟事情要緊，便出了一個招牌，與人畫蘭花。她又說明，凡畫蘭花所賺的錢財，都把來賑濟天津去。所以上海一時風聲傳出，一來愛她的蘭花畫得好，二來又敬她為人這般義俠，倒到來求她畫三二幅不等。你來我往，弄得其門如市，約計她每一天畫蘭花賺的不下三二百金之多，都盡行助往天津。各人見她如此，不免感動起來，紛紛捐助。這樣看來，可見天津災情的緊要。何況大人是廣東有名的富戶，怕拿了筆在於一題，將來管教千萬人趕不上。」

　　說了這一場話，在姓梁的本意，志在感動周庸祐，捐助多些。只周庸祐那有心來聽這話？待姓梁的說完，就順筆題起來寫道：「周棟臣助銀五十大元。」那姓梁的看了，暗忖他是大大的富戶，視錢財如糞土的，如何這些好事，他僅助五十元，實在料不到。想了欲再說多幾句，只是他僅助五十元，便說千言萬語，也是沒用。便憤然道：「今兒驚動大人，實不好意思。且又要大人捐了五十元之多，可算得慷慨兩個字。但聞大人前助南非洲的饑荒，也捐了五千元。助外人的，尚且如此，何以助自己中國的，卻區區數十，究竟何故？」周庸祐聽了，心中怒道：「俺在香港的時候，多過在羊城的時候。我是向受外人保護的，難怪我要幫助外人。且南非洲與香港同是英國的屬地，我自然捐助多些。若中國沒什麼是益我的。且捐多捐少，由我主意，你怎能強得我來？」說罷，拂袖轉回後面去了。姓梁的冷笑了一會兒，對駱子棠道：「他前兒做過參贊，又升四品京堂，難道不是中國的不成？且問他有這幾百萬的家財，可是在中國得的，還是在外國得的？縱不說這話，哪有助外人還緊要過助自己本國的道理？也這般設思想，說多究亦何用？」便起身向駱子棠說一聲「有罪」，竟自出門去了。正是：

虜但守財揮霍易，人非任快報施難。

要知後事如何，且聽下回分解。

第二十八回　誣姦情狡妾裸衣 賑津饑周紳助款

第二十九回
爭家權長子誤婚期 重洋文京卿尋侍妾

　　話說那姓梁的向駱子棠罵了周庸祐一頓，出了門來，意欲將他所題助五十塊銀子，不要他捐出也罷。但善事的只是樂捐，不要樂捐的，也不能使氣，說得這等話，只如此惜財沒理之人，反被他搶白了幾句，實在不甘。唯是捐多捐少，本不能奈得他何，只好看他悻入的錢，將來怎樣結局便罷了。

　　不表姓梁的自言自語。且說周庸祐回到後堂，見了馬氏，仍是面色不豫，急的解說了幾句，便說些別的橫枝兒話，支使開了。過了三兩天，即行發王氏春桂回香港居住，又令長子周應揚返回三房香屏姨太太處居住，免使他各人常常見面，如釘刺一般。又囑咐家人，休把日前春桂鬧出的事傳揚出外，免致出羞，所以家人倒不敢將此事說出去。

　　次日，八姨太也聞得人說，因六房春桂有要尋短見的事，少不免過府來問個緣故，連十二宅周大娘子也過來問候。在馬氏這一邊說來，倒當這事是認真有的，只責周庸祐不管束他兒子而已。各人聽得的，哪不道應揚沒道理。畢竟八姨太是有些心計的人，暗地向丫鬟們問明白，才知是春桂通同要嫁害二房長子的，倒伸出舌頭，嘆馬氏的辣手段，也不免替長子此後擔憂。時周庸祐亦聽得街外言三語四，恐丫鬟口唇頭不密，越發喧傳出來，因此聽得丫鬟對八房姨太說，也把丫鬟責成一頓。自己單怕外人知得此事，一連十數天，倒不敢出門去，鎮日裡只與馮、駱兩管家談天說地。

第二十九回　爭家權長子誤婚期　重洋文京卿尋侍妾

那日正在書房坐著，只見三房香屏姨太那裡的家人過來，催周庸祐過去。周庸祐忙問有什麼事，家人道：「不知三姨太因什麼事，昨夜還是好端端的，今兒就有了病，像瘋顛一般，亂嚷亂叫起來，因此催大人過去。」周庸祐聽了，暗忖三房有這等病，難道是發熱燥的，如何一旦便失了常性？倒要看個明白，才好安心。便急地催轎班準備轎子，好過三房的住宅去。一面使人先請醫生，一面乘了轎子到來三房的住宅，早見家人像手忙腳亂的樣子，又見家人交頭接耳，指天畫地地說話。周庸祐也不暇細問，先到了後堂，但見丫鬟僕婦紛紛忙亂，有在神壇前點往香燭，喚救苦救難菩薩的；有圍住喚三姨太，說妳要驚嚇人的。仔細一望，早見香屏臉色青黃，對周庸祐厲聲罵道：「你好沒本心！我前時待你不薄，你卻負心，乘我中途歿了，就攜了我一份大大的家資，席捲去了，跟隨別人。我尋了多時，你卻躲在這裡圖快樂，我怎肯干休？」說了，把兩手拳亂捶亂打。

周庸祐見了此時光景，真嚇得一跳，因三房罵時的聲音，卻像一個男子漢，急潛身轉出廳上，只囑咐人小心服侍。自忖她因甚有這等病？想了一會兒，猛然渾身冷汗，覺她如此，難道是她的前夫前關監督晉大人靈魂降附他的身上不成咱古道：「為人莫作乖心事，半夜敲門也不驚。」叵奈自己從前得香屏之時，他卻攜了晉大人一份家資，卻有二三十萬上下。今他如此說，可無疑了。又見世俗迷信的，常說過有鬼神附身的事，這時越想越真，唯有渾身打戰。

不多時，醫士已自到來，家人等都道：「這等症候是醫生難治的。」此時周庸祐已沒了主意，見人說醫生治不得，就立刻發了謝步，打發那醫生回去了。便問家人有什麼法子醫治，人說什麼，就依行什麼。有說要買柳枝、桃枝，插在家裡各處的，柳枝當是取楊枝法雨，桃枝當是桃木劍，好來闢邪；又有說要請茅山師父的，好驅神捉鬼；又有說要請巫師畫淨水

的符。你一言，我一語，鬧做一團，一一辦去。仍見香屏忽然口指手畫，忽然努目睜視，急地再請僧道到來，畫符念咒，總沒見些功效。那些老媼僕又對著香屏間道：「妳要怎麼樣，只管說。」一聲未了，只見香屏厲聲道：「我要回三十萬兩關平銀子，方肯罷手。不然，就要到閻王殿上對質！」周庸祐聽得此語，更加倍驚慌。時丫鬟婢僕只在門內門外燒衣紙，住香燭，焚寶帛，鬧得天翻地覆，整整看了黃昏時候。香屏又說道：「任你們如何作用，我也不懂。我來自來，去自去。但他好小心些，他眼前命運好了，我且回去，盡有日我到來和他算帳。」說了這番話，香屏方漸漸醒轉來。

周庸祐此時好像吃了鎮心丸一般，面色方定了些。一面著家人多焚化紙錢寶帛。香屏如夢初覺一般，丫鬟婢僕漸支使開了，周庸祐即把香屏方才的情景，對香屏說了一遍。這時連香屏也慌了，徐商量延僧道念經懺悔。周庸祐又囑家人，勿將此事傳出，免惹人笑話。只經過此事與王春桂的事，恐被人知得，自覺面上不大好看，計留在城裡，不如暫往他處。繼又想，家資已富到極地，雖得了一個四品京堂，仍是個虛銜，計不若認真尋個官缺較好。況月來家裡每鬧出事，欲往別處，究不如往北京，一來因家事怕見朋友，避過些時；二來又乘機尋個機會，好做官去。就拿定了主意，趕速起程。

突然想起長子應揚，前兒也被人播弄，若自己去了，豈不是更甚？雖有三房香屏照料，但哪裡敵得馬氏？都要有個設法才使得。便欲與長子先走了婚，好歹多一個姻家來關照關照，自己方去得安樂。只這件大事，自應與馬氏商議。當即把此意對馬氏說知。馬氏聽得與長子議婚一事，心上早著了怒氣，唯不好發作，便答道：「兒子年紀尚少，何必速議婚事？」周庸祐道：「應揚年紀是不少了，日前六房還說他會幹沒廉恥的勾當。何

以說及親事，夫人反說他年紀少的話來？」馬氏故作驚道：「我只道是說兒子應昌的親事，不知道是說兒子應揚的親事。我今且與大人說：凡繼室的兒子，和那侍妾的兒子，究竟哪個是嫡子？」周庸祐道：「自然是繼室生的，方是嫡子，何必多說？」馬氏道：「侍妾生的，只不過是個庶子罷了，還讓嫡子大的一輩，哪有嫡子未娶，就議及庶子的親事？」周庸祐道：「承家的自然是論嫡庶，若親事就該論長幼為先後，卻也不同。」馬氏道：「家裡事以庶讓嫡，自是正理。若還把嫡的丟了在後，還成個什麼體統？我只是不依。」周庸祐道：「應揚還長應昌有幾歲年紀，若待應昌娶了，方議應揚親事，可不是誤了應揚的婚期？恐外人談論，實在不好聽。夫人想想，這話可是個道理？」馬氏道：「我也說過了，凡事先嫡後庶，有什麼人談論？若是不然，我哪裡依得？」說了更不理會，便轉回房裡去。

　　周庸祐沒精打采，又不敢認真向馬氏爭論。正在左思右想，忽報馬子良字竹賓的來了。周庸祐知是馬氏的親兄來到，急出廳子上迎接。談了一會兒，周庸祐即說道：「近來欲再進京走一遭，好歹尋個機會，謀個官缺。只不知何日方能回來，因此欲與長男定個親事。怎想令妹苦要為他兒子完娶了，方准為二房的長子完娶。條長子還多幾歲年紀，恐過耽延了長子的婚事，偏是令妹不從，也沒得可說。」馬竹賓道：「這樣也說不去，承家論嫡庶，完婚的先後，就該論長幼。既是舍妹如此爭執，待小弟說一聲，看看何如。」說了，即進內面，尋著馬氏，先說些閒話，即說及用庸祐的話，把情理解說了一回，馬氏只是不允。馬竹賓道：「俗語說得好：『侍妾生兒，倒是主母有福。』他生母雖然歿了，究竟是妹妹的兒子，休為這事爭執。若為長子完娶了，妹妹還見媳婦多早幾年呢。」說了這一番話，馬氏想了一回，才道：「我的本意，凡事是不能使庶子行先嫡子一步。既是你到來說這話，就依我說，待我的兒子長大時，兩人不先不後，一同完娶

便是。」馬竹賓聽了這話，知他的妹妹是再說不來的，便不再說，即轉出對周庸祐把上項事說了一遍。周庸祐也沒奈何，只得允了。便把兒子婚事不再提議，好待次子長時，再復商量。

馬竹賓便問進京要謀什麼官缺，周庸祐道：「我若謀什麼內外官，外省的不過放個道員，若是內用就什麼寺院少卿也罷了。我不如到京後，尋個有勢力的，再拜他門下，或再續報效些銀子，統來升高一二級便好。且我前兒任過參贊，這會兒不如謀個駐洋公使的差使，無論放往何國，待三年滿任回來，怕不會升到侍郎地步嗎？」馬竹賓道：「這主意原是不差。且謀放公使的，只靠打點，像姐夫這般聲名，這般家當，倒容易到手。但近來外交事重，總求個精通西文的做個得力之人，才有個把握。」周庸祐道：「這話不錯。便是一任公使，準有許多參贊隨員辦事，便是自己不懂西文，也不必憂慮。」馬竹賓道：「雖是如此，只靠人不如靠自己，實不如尋個自己親信之人，熟悉西文的才是。」周庸祐道：「這樣說來，自己子姓姻婭中，沒有一個可能使得；或者再尋了一房姬妾，要她精通西文的，你道如何？」馬竹賓鼓掌道：「如此方是善法，縱有別樣交涉事情，盡可密地商量，終不至沒頭沒腦地靠人也罷了。但尋個精通西方的女子，在城中卻是不易，倒是香港地方，還易一點。」周庸祐答個「是」，便商量同往香港而去。

次日即打疊些行裝，與馬竹賓一同望香港而來。回到寓裡，先請了那一班朋友如梁早田、徐雨琴，一班兒到來商酌，只目下尋的還是不易。徐雨琴道：「能精通西文的女子，定是出於有家之人，怕不嫁人作妾，這樣如何尋得？」周庸祐道：「萬事錢為主，她若不肯嫁時，多用五七百銀子的身價，哪怕她不允？」說罷，各人去了，便分頭尋覓。徐雨琴暗忖這個女子，殊不易得，或是洋人父華人母的女子，可能使得，除了這一輩子，

更沒有了。便把這意對梁早田說，梁早田亦以為然。又同把此意回過周庸祐，周庸祐道：「既是沒有，就這一輩也沒相干。」徐雨琴便有了主意，向此一輩人尋覓，但仍屬難選。或有稍通得西文的，卻又面貌不大好，便又另託朋友推薦。

　　誰想這一事傳出，便有些好作弄之徒到來混鬧。就中一友尋了一個，是華人女子，現當西人娼婆的，西文本不大精通，唯英語卻實使得，遂將那女子領至一處，請周庸祐相看。那周庸祐和一班朋友都來看了，覺得面貌也過得去，有點姿色。只那周庸祐和一班朋友都不大識得西文，縱或懂得鹹不鹹淡不淡的幾句話，哪裡知得幾多？但是知得時，對面也難看得出。又見那女子動不動說幾句英語，一來尋得不易，二來年紀面貌便過得去，自然沒有不允。先一日看了，隔日又復再看，都覺無甚不妥，便問什麼身價。先時還要二千銀子，後來經幾番說了，始一千五百銀說妥了，先交了定銀三百塊，隨後擇日迎她過門。到時另覓一處地方，開過一個門面，然後納妾。這時各朋友知得的，到來道賀，自不消說。其中有聽得的，倒見得可笑。看那周庸祐是不識西文西話的人，那女子便嘰哩咕嚕，說什麼話，周庸祐哪裡分得出？可憐擲了千多塊銀子，娶了個頗懂英語、實不大懂西文的娼婆，不特沒點益處，只是教人弄的笑話。正是：

　　千金娶得娼為妾，半世多緣的誤人。

　　要知後事如何，且聽下回分解。

第三十回
苦謀差京卿拜閹宦 死忘情債主籍良朋

　　話說周棟臣耗了一千五百塊銀子，要娶個精通西文的女子為妾，不想中了奸人之計，反娶得個交結洋人的娼婆，實在可笑！當時有知得的，不免說長論短。只是周棟臣心裡，正如俗語說的：「啞子食黃連，自家苦自家知。」那日對著徐雨琴、馬竹賓、梁早田一班兒，都是面面相覷。周棟臣自知著了道兒，也不忍說出，即徐、梁、馬三人，一來見對不住周棟臣，二來也不好意思，唯有不言而已。

　　這時唯商議入京之事。周棟臣道：「現時到京去，發放公使之期，尚有數月，盡可打點得來。但從前在投京拜那王爺門下，雖然是得了一個京卿，究竟是仗著報效的款項，又得現在的某某督帥抬舉，故有這個地步。只發放公使是一件大事，非有官廷內裡的勢力，斷斷使不得。況且近來那王爺的大權，往往交託他的兒子子爺那裡，料想打點這兩條門路，是少不了的了。」徐雨琴道：「若是子爺那裡打點，卻不難。只是宮廷裡的勢力，又靠哪人才好呢？」梁早田道：「若是靠那宮廷消息，唯宦官彌殷升正是有權有勢，自然要投拜他的門下，只不知這條路究從哪裡入手？」馬竹賓道：「不如先拜子爺門下，就由子爺介紹，投拜彌殷升，有何不可？」周棟臣聽罷，鼓掌笑道：「此計妙不可言！聞現年發放公使，那子爺實在有權。只有一件，是煞費躊躇的：因現在廣有一人，喚作汪潔的，他是軍人氏，從兩榜太史出身，曾在某館當過差使，與那子爺有個師生情分，少不免管

姓汪的設法，好放他一任公使。我若打點不到，必然落後，卻又怎好？」馬竹賓道：「量那些王孫公子，沒有不貪財的，錢神用事，哪有不行？況他既有權勢，放公使的又不止一國，他有情面，我有錢財，沒有做不到的。」各人聽了這一席話，都說道有理。

　　商議停妥，便定議帶馬竹賓同行，所有一切在香港與廣東的事務，都著徐雨琴、梁早田代理。過了數日，就與馬竹賓帶同新娶精通洋語的侍妾同往。由香港附搭輪船，先到了上海，因去發放公使之期，只有三兩月，倒不暇逗留，直望天津而去。就由天津乘車進京，先在南海館住下。因這時周棟臣巨富之名，喧傳京內，那些清苦的京官，自然人人著眼，好望賺一注錢財到手。偏又事有湊巧，那時子爺正任部尚書，在那部有一位參堂黃敬綬，卻向日與周棟臣有點交情；唯周棟臣志在投靠子爺門下，故只知注重交結回部人員，別的卻不甚留意。就此一點原因，便有些京官，因弄不得周棟臣的錢財到手，心中懷著私憤，便要伺察周棟臣的行動，好為他日彈參地步。這情節今且按下慢表。

　　且說周棟裡那日投刺拜謁黃敬綬，那黃敬綬接見之下，正如財神入座，好不歡喜。早探得周棟臣口氣，要謀放公使的，暗忖向來放任公使的，多是道員，今姓周的已是京卿，又曾任過參贊，正合資格。但圖他錢財到手，就不能說得十分容易。因此上先允周棟臣竭力替他設法，周棟臣便自辭去。怎想一連三五天，倒不見回覆，料然非財不行，就先送了回萬兩銀子與黃敬綬，道：「略表微意，如他日事情妥了，再行答謝。」果然黃敬綬即在子爺跟前，替周棟臣先容。次日，就約周棟臣往謁子爺去。

　　當下姓周的先打點門封，特備了幾兩銀子，拜了子爺，認作門生，這都是黃敬綬預早打點的。那子爺見了周棟臣，少不免勉勵幾句，道是國家用人之際，稍有機會，是必盡力提拔。周棟臣聽了，說了幾句感激的話，

辭了出來。次日又往謁黃敬緩，告以願拜謁彌殷升之意，求他轉託子爺介紹。這事正中子爺的心意，因防自己獨力難以做得，併合彌殷升之力，料謀一個公使，自沒有不成。因此周棟臣亦備回萬兩，並拜了彌殷升，也結個師生之誼。其餘王公丞相，各有拜謁，不在話下。

這時，周棟臣專候子爺的消息。怎想經過一月有餘，倒沒甚好音，便與馬竹賓等議再要如何設法。馬竹賓道：「聽說駐美、俄、日三國公使，都有留任消息。唯本年新增多一個駐某國公使差缺，亦自不少。今如此作難，料必子爺那裡還有些不滿意，不如著實託黃敬緩轉致子爺那裡，求他包放公使，待事妥之後，應酬如何款項，這樣較有把握。」周棟臣聽了，亦以為然，便與黃敬緩面說。果然子爺故作說多，諸般棘手。周棟臣會意，就說妥放得公使之後，奉還幾萬兩，俱付子爺送禮打點，以求各處衙門不為阻礙。並訂明發出上諭之後，即行交付，這都是當面言明，料無反覆。自說妥之後，因隨帶入京的銀子，除了各項費用，所存無幾，若一旦放出公使，這幾萬如何籌畫？便一面先自回來香港，打算這萬兩銀子，好待將來得差，免至臨時無款交付。主意已定，徐向子爺及黃敬緩辭行，告以回港之意，又復殷殷致意。那子爺及黃敬緩自然一力擔承，並稱決無誤事。周棟臣便與馬竹賓一同回港。不想馬竹賓在船上沾了感冒，就染起病來，又因這時香港時疫流行，恐防染著，當即回至粵城，竟一病歿了。那馬夫人自然有一番傷感，倒不必說。

單說周棟臣回港之後，滿意一個欽使地位，不難到手，只道籌妥這一筆銀子後，再無別事。不提防劈頭來了一個警報，朝廷因連年國費浩繁，且因賠款又重，又要辦理新政，正在司農仰屋的時候，勢不免裁省經費。不知哪一個與周棟臣前世沒有緣分，竟奏了一本，請裁撤粵海關監督，歸併兩廣總督管理。當時朝廷見有這條路可以省些花費，就立時允了，立刻

第三十回　苦謀差京卿拜閹宦　死忘情債主籍良朋

發出電諭，飛到廣東那裡。這點消息，別人聽得猶自可，今入到周棟臣耳朵裡，不覺三魂去二，七魄留三，長嘆一聲道：「是天喪我也。」家人看了這個情景，正不知他因什麼緣故，要長嗟短嘆起來。因為周棟臣雖然是個富紳，外人傳的，或至有五七百萬家當，其實不過三二百萬上下。只憑一個關裡庫書，年中進款，不下二十萬兩，就是交託周乃慈管理，年中還要取回十萬兩的。有這一筆銀子揮霍，好不高興！今一旦將海關監督裁去，便把歷年當作鄧氏銅山的庫書，倒飛到大西洋去了。這時節好不傷感！況且向來奢侈慣了，若進款少了一大宗，如何應得手頭裡的揮霍？又因向日縱多家當，自近年充官場、謀差使，及投拜王爺、官、子爺等等門下，已耗去不少。這會兒煩惱，實非無因，只對家人如何說得出？

正自納悶，忽報徐雨琴來了，周棟臣忙接至裡面坐定。徐雨琴見周棟臣滿面愁容，料想為著這裁撤海關監督的緣故，忙問道：「裁撤海關衙門等事，可是真的？」周棟臣道：「這是諭旨，不是傳聞，哪有不真？」徐雨琴忙把舌頭一伸，徐勉強慰道：「還虧老哥早已有這般大的家當，若是不然，實在吃虧不少。只少西翁失了這個地位，實在可惜了。」周棟臣聽罷，勉強答個「是」，徐問道：「梁兄早田為何這兩天不見到來？」徐雨琴道：「聞他有了病，頗覺沉重。想年老的人，怕不易調理的。」周棟臣聽了，即喚管家駱某進來，先令他派人到梁早田那裡問候。又囑他揮信到省中周乃慈那裡，問問他海關裁撤可有什麼糾葛，並囑乃慈將歷年各項數目，認真設法打點，免露破綻。去後，與徐雨琴再談了一會兒，然後雨琴辭去。

棟臣隨轉後堂，把裁撤海關衙門的事，對馬氏說了一遍。馬氏道：「我們家當已有，今日便把庫書拋了，也沒甚緊要。況且大人在京時，謀放公使的事，早打點妥了，拚多使萬兩銀子，也做個出使大臣，還不勝過做個

庫書的？」周棟臣道：「這話雖是，但目前少了偌大進項，實在可惜。且一個出使大臣，年中僅得公款回萬兩，開銷恐還要缺本呢。」馬氏道：「雖是如此，但將來還可升官，怕不再弄些錢財到手嗎？」周棟臣聽到這裡，暗忖任了公使回來，就來得任京官，也沒有錢財可謀的。馬氏如此說，只得罷了。唯是心上十分煩惱，馬氏如何得知？但棟臣仍自忖得任了公使，亦可撐得一時門面，便再一面令馮少伍回省，與周乃慈打點庫書數目。因自從揮信與周乃慈那裡，仍覺不穩，究不如再派一個人幫著料理，較易彌縫。去後，又令駱管家打點預備銀子萬兩，好待謀得公使，即行匯進京去。怎奈當時周棟臣雖有殷富之名，且銀行裡雖占三十餘萬元股份，偏又生意不大好，難以移動。今海關衙門又已裁去，亦無從挪取。若把實業變動，實在面上不可看，只得勉強張羅罷了。

是時，周棟臣日在家裡，也沒有出門會客，梁早田又在病中，單是徐雨琴到來談話，略解悶兒。忽一日徐雨琴到來，坐猶未暖，慌忙說道：「不好了！梁早田已是歿了。」說罷不勝嘆息，周棟臣亦以失了一個知己朋友，哪不傷感？忽猛然想起與梁早田交手，尚欠自己十萬元銀子。便問雨琴以早田有什麼遺產。徐雨琴早知他用意，便答道：「早田兄連年生意不好，比不得從前，所以家產通通沒有遺下了。」周棟臣道：「古人說得好：『百足之蟲，雖死不僵。』早田向來幹大營生的，未必分毫沒有遺下，足下盡該知得的。」徐雨琴想了想，自忖早田更是好友，究竟已歿了，雖厚交也是不中用，倒不可失周棟臣的歡心。正是人情世故，轉面炎涼。因此答道：「他遺產確是沒有了，港滬兩間船務辦館，又不大好，只是盛字號係辦鐵器生理，早田兄也占有二萬元股本。那日盛店近來辦了瓊州一個鐵礦，十分起色，所以早田兄所占二萬股本，股價也值得十萬元有餘。除是這一副遺下生理，盡過得去。」周棟臣道：「彼此實不相瞞，因海關衙門裁

撤，兄弟的景象，大不像從前。奈早田兄手上還欠我十萬銀子，今他有這般生意，就把來准折，也是本該的。」徐雨琴道：「既是如此，早田兄有個侄子，喚作梁佳兆，也管理早田兄身後的事，就叫他到來商酌也好。」

棟臣答了一個「是」，就著人請梁佳兆過來，告以早田欠他十萬銀子之事，先問他有什麼法子償還。梁佳兆聽得，以為棟臣巨富，向與早田有點交情，未必計較這筆款，盡可說些好話，就作了事。便說道：「先叔父歿了，沒有資財遺下，負欠一節，很對不住。且先叔父的家人婦子，向十分寒苦，統望大人念昔日交情罷了。」周棟臣道：「往事我也不說，只近來不如意的事，好生了得，不得不要計及。問他盛字號生理尚好，就請他名下股份作來准折，你道何如？」梁佳兆見他說到這裡，料然說情不得，便託說要問過先叔父的妻子，方敢應允。周棟臣便許他明天到來回覆。

到了次日，梁佳兆到來，因得了早田妻子的主意，如說不來，就依周棟臣辦法。又欲託徐雨琴代他說情。只是愛富嫌貧，交生忘死，實是世人通病，何況雨琴與周棟臣有這般交情，哪裡肯替梁家說項？便自託故不出。梁佳兆見雨琴不允代說，又見周棟臣執意甚堅，正是無可如何，只得向周棟臣允了，便把盛字號那梁早田名下的股分，到狀師那裡，把股票換過周棟臣的名字，作為了結。這時，梁早田的回記辦館早已轉頂與別人，便是周棟臣在回記樓上住的第九房姨太，也遷回士丹利街居住。自從辦妥梁早田欠款，周棟臣也覺安樂，以為不至失去十萬銀子，不免感激徐雨琴了。不想這事才妥，省中周乃慈忽又來了一張電報，嚇得周棟臣魂不附體。正是：

人情冷暖交情談，世故回崎變故多。

要知後事如何，且聽下回分解。

第三十一回
黃家兒納粟捐虛銜 周次女出閨成大禮

話說周棟臣把梁早田遺下生理准折了自己欠項，方才滿意。那一日，忽又接得省城一張電報，嚇了一跳。原來那張電文，非為別事，因當時紅單發出，新調兩廣制帥的，來了一位姓金的，喚作敦元，這人素性酷烈，專一替朝上籌款，是個見財不貶眼的人。凡敲詐富戶，勒索報效的手段，好生了得，今朝上調他由四川到來廣東。那周棟臣聽得這點消息，便是沒事的時候，也不免打個寒噤，況已經裁撤了海關衙門，歸併總督管理，料庫書裡歷年的數目，將來盡落到他的手上，怕不免發作起來，因此十分憂懼。急低頭想了一想，覺得沒法可施，沒奈何只得再自飛信周少西那裡，叫他認真弄妥數目，好免將來露著了馬腳。更一面打點，趁他籌款甚急之時，或尋個門徑，在新督金敦元跟前打個手眼，想亦萬無不了的。想罷自覺好計，正擬自行發信，忽駱子棠來回道：「方才馬夫人使人到來，請大人回府去，有話商量。」

這等說時，周棟臣正在周園那裡，忽聽馬氏催速回去，不知有什麼要事，難道又有了意外不成？急把筆兒放下，忙令轎班掌轎，急回到堅道的大宅子裡。直進後堂，見了馬氏，面色猶自青黃不定。馬氏見了這個情景，摸不到頭腦，便先問周棟臣外間有什麼事故。周棟臣見問，忙把上項事情說了一遍。馬氏道：「吓！虧你有偌大年紀，經過許多事情，總沒些膽子。今一個欽差大臣將到手裡，難道就畏忌他人不成？橫豎有王爺及子

爺上頭作主，便是千百個總督，懼他則甚？」凋棟臣聽到這話，不覺把十成煩惱拋了九成半去了，隨說道：「夫人說得是，怪不得俗語說『一言驚醒夢中人』，這事可不用說了。但方才夫人催周某回來，究有什麼商議？」馬氏道：「前兒忘卻一件事，也沒有對大人說。因大人自進京裡去，曾把次女許了一門親事，大人可知得沒有？」周棟臣道：「究不知許字那處的人氏？可是門當戶對的？」馬氏道：「是東官姓黃的。作媒的說原是個將門之後，他的祖父曾在南部連鎮總鎮府，他的父親現任清遠遊府。論起他父親，雖是武員，卻還是個有文墨的，凡他的衙裡公事，從沒用過老夫子，所有文件都是自己幹來。且他的兒子又是一表人物，這頭親事，實在不錯。」

　　周棟臣聽了，也未說話。馬氏又道：「只有一件，也不大好的。」周棟臣道：「既是不錯，因何又說起不好的話來？」馬氏道：「因為他祖父和他父親雖是武員，究竟是個官宦人家，但他兒子卻沒有一點功名，將來女兒過門，實沒有分毫名色，看來女兒是大不願的。」周棟臣道：「他兒子尚在年少，豈料得將來沒有功名？但親家裡算個門當戶對，也就罷了。」馬氏道：「不是這樣說。俗語說『人生但講前三十』，若待他後來發達，然後得個誥命，怕女兒早已老了。」周棟臣道：「親事已定，也沒得可說。」馬氏道：「他昨兒差作媒的到來，問個真年庚，大約月內就要迎娶。我今有個計較，不如替女婿捐個官銜，無論費什麼錢財，他交還也好，他不交還也好，總求女兒過門時，得個誥封名目，豈不甚好？」周棟臣聽到這裡，心中本不甚願，只馬氏已經決意，卻不便勉強，只得隨口答個「是」，便即辭出。

　　且說東官黃氏，兩代俱任武員，雖然服官年久，究竟家道平常，沒有什麼積蓄，比較起周庸祐的富厚，實在有天淵之別。又不知周家裡向日奢

華，只為富貴相交，就憑媒說合這頭親事。偏是黃家太太有些識見，一來因周家大過豪富，心上已是不妥。且聞姓周的幾個女兒都是染了煙癮，吸食洋膏，實不計數的，這樣將來過了門，如何供給，也不免懷悔起來。只是定親在前，兒子又已長大，無論如何，就賭家門的氣運便罷，不如打算娶了過門，也完了一件大事。

那日便擇過了日子，送到周家那裡，隨後又過了大聘。馬氏應徵書看過了，看黃家三代填注的卻是什麼將軍，什麼總兵游擊，倒也輝煌。只女婿名字確是沒有官銜的，雖然是知之在前，獨是看那聘書，觸景生情，心更不悅。忽丫鬟巧菱前來回道：「二小姐要拿聘書看看。」馬氏只得交她看去。馬氏正在廳上左思右想，忽又見巧菱拿口這封聘書，說道：「二小姐也看過了，但小姐有話說，因姑爺沒有功名，不知將來過門，親家的下人向小姐作什麼稱呼？」馬氏聽了，明知女兒意見與自己一般，便決意替女婿捐個官階。即一面傳馮少伍到來，告以此意，便一面與家人及次女兒回省城，打點嫁女之事。所有妝奩，著駱子棠辦理。那分頭打點辦事。

馬氏與一干人等，一程回到寶華坊大屋裡。計隔嫁女之期，已是不遠，所幸一切衣物都是從前預辦，故臨事也不至慌忙。是時因周家嫁女一事，各親眷都到來道賀，馬氏自然十分高興。單是周庸祐因長子年紀已大了，還未娶親。單嫁去兩個女兒，心上固然不樂。馬氏哪裡管得許多，唯有盡情熱鬧而已。

那日馮少伍來回道：「現時捐納，那有許多名目，不知夫人替二姑爺捐的是實缺，還是虛銜？且要什麼花樣？」馬氏道：「實缺固好，但不必指省，總要頭銜上過得去便是。」馮少伍得了主意，便在新海防項下替黃家兒子捐了一個知府，並加上一枝花翎，約費去銀子二千餘兩。領了執照，送到馬氏手上。馬氏接過了，即使人報知次女，再著駱於棠送到黃家，先

第三十一回　黃家兒納粟捐虛銜　周次女出閨成大禮

告以替姑爺捐納功名之事。黃家太太道：「小兒年紀尚輕，安知將來沒有出身？目下替他捐了功名，親家夫人太費心了。」駱子棠道：「親家有所不知，這張執照，我家馬夫人實費苦心，原不是為姑爺起見，只為我們二小姐體面起見，卻不得不為的。但捐項已費去二千餘兩，交還與否，任由親家主意便是。」說了便去。

那黃家太太聽了，好不氣惱。暗忖自己門戶雖比不上周家的豪富，亦未必便辱沒了周家女兒，今捐了一個官銜，反說為她小姐體面起見，如何忍得過。這二千餘兩銀子若不交還於她，反被她們說笑，且將來兒子不免要受媳婦的氣。但家道不大豐，況目前正打點娶親的事，究從哪裡籌這一筆銀子？想了一想，猛然想起在南關尚有一間鏡海樓，可值得幾千銀子，不若把來變了，交回這筆銀子與周家，還爭得這一口氣。想罷覺得有理，便將此意告知丈夫，趕緊著人尋個買主。果然急賣急用，不拘價錢，竟得三千兩銀子說妥，賣過別人，次日即把二千餘兩銀子送回周府裡。兩家無話，只打點嫁娶的事。

不覺將近迎娶之期，黃家因周家實在豪富不過的，便竭力辦了聘物，凡金銀珠寶鑽石的頭面，統費二萬兩銀子有餘，送到周府，這便算聘物，好迎周家小姐過門。是時馬氏還不知周庸祐有什麼不了的心事，因次日便是次女出閨，急電催周庸祐回省。庸祐無奈，只得乘夜輪由港回省一遭。及到了省城，那一日正是黃家送來聘物之日，送禮的到大廳上，先請親家大人夫人看驗。幾個盒子擺在桌子上，都是赤金、珍珠、鑽石各等頭面。時馬氏還在房子裡抽大煙，周庸祐正在廳上。周庸祐略把雙眼一瞧，不覺笑了一笑，隨道：「這等頭面，我府裡房子的門角上比他還多些。」說了這一句，仍復坐下。來人聽了，自然不悅，唯不便多說。

可巧馬氏正待躞出房門，要看看有什麼聘物，忽聽得周庸祐說這一句

話，正不知聘物如何微薄，便不欲觀看，已轉身回房。周庸祐見了馬氏情景，乘機又轉回廂房裡去，廳上只剩了幾個下人。送聘物來的見馬氏便不把聘物觀看，暗忖聘物至二萬餘金之多，也不為少，卻如此藐視，心上實在不舒服。叵奈親事上頭，實在緊要，他未把聘物點受，怎敢私自回去。只得忍了氣，求周府家人代請馬氏出來點收。那周府家人亦自覺過意不去，便轉向馬氏請她出來。奈馬氏總置之不理，且說道：「有什麼貴重物件！不看也罷，隨便安置便是。」說了，便令發賞封，交與黃府家人，好打發回去。只黃府家人哪敢便回，就是周府家人未經馬氏點看聘禮，亦不能遽自收起，因此仍不取決。整整自巳時等候到未時，黃府家人苦求馬氏點收，說無數懇求賞臉的話。馬氏無奈，便勉強出來廳上，略略一看，即令家人收受了，然後黃府家人回去。

那黃府家人受了馬氏一肚子氣，跑回黃府，即向黃家太太一五一十說了出來。各人聽了，都起不平的心，只是事已至此，也沒得可說，唯有囑咐家人，休再多言而已。

到了次日，便是迎娶之期，周家妝奩自然早已送妥，其中五光十色，也不必細表。單說黃家是日備了花轎儀仗頭鑼執事人役，前到周家，就迎了周二小姐過門。向來俗例，自然送房之後，便要拜堂謁祖，次即叩拜翁姑，自是個常禮。偏是周二小姐向來驕傲，從不下禮於人的，所有拜堂謁祖，並不叩跪，為翁姑的自然心上不悅。忽陪嫁的扶新娘前來叩拜翁姑，黃府家人見了，急即備下跪墊，陪嫁的又請黃大人和太太上座受拜。誰想翁姑方才坐下，周二小姐竟用腳兒把跪墊撥開，並不下跪。陪嫁的見不好意思，附耳向新娘勸了兩句，仍是不從，只用右手掩面，左手遞了一盞茶，向翁姑見禮。這時情景，在男子猶自看得開，若在婦人，如何耐得住？因此黃家太太忿怒不過，便說道：「娶媳所以奉翁姑，今且如此，何

論將來！」說罷，又憶起送聘物時受馬氏揶揄，不覺眼圈兒也紅了。那周小姐竟說道：「我膝兒無力，實不能跪，且又不慣跪的。今日只為作人媳婦，故尚允向翁姑奉茶。若是不然，奉茶且不慣做，今為翁姑的還要厭氣我，只得罷了。」一頭說，一頭把茶盞放在桌子上，再說道：「這兩盅茶喝也好，不喝也罷，難道周京堂的女兒便要受罰不成！」話罷，撇開陪嫁的，昂然拂袖竟回房子去。

黃家太太就忿然道：「別人做家姑，只受新娘敬禮，今反要受媳婦兒的氣，家門不幸，何至如此！」那周小姐在房裡聽了，復揚聲答道：「口口說是家門不幸，莫不是周家女兒到來，就辱沒黃家門戶不成？」黃家太太聽得，更自傷感。當時親朋戚友及一切家人，都看不過，卻又不便出聲，只有向黃家太太安慰了一會兒，扶回後堂去了。

那做新郎的，見父母方做翁姑，便要受氣，心實不安，隨又向父母說幾聲不是。黃遊府即謂兒子道：「此非吾兒之過，人生經過挫折，方能大器晚成，若能勉力前途，安知他日黃家便不如周氏耶？且吾富雖不及周家，然祖宗清白，尚不失為官宦人家也。」說罷，各人又為之安慰。誰想黃遊府一邊說，周小姐竟在房裡抽洋膏子，煙槍煙斗之聲，響徹廳上，任新翁如何說，都作充耳不聞。各人聽得，哪不忿恨。正是：

心上只知誇富貴，眼前安識有翁姑？

要知後事如何，且聽下回分解。

第三十二回
挾前仇佘子谷索資 使西歐周棟臣奉詔

話說黃府娶親之日，周女不願叩拜翁姑，以至一場掃興，任人言嘖嘖，她只在房子裡抽大煙。各親朋眷屬看見這個情景，倒替黃家生氣，只是兩姓親家，久後必要和好，也不便從中插口，只有向黃家父子勸慰一番而罷。

到了次日，便算三朝，廣東俗例，新娶的倒要歸寧，喚作回門；做新婿的亦須過訪岳家，拜謁妻父母，這都是俗例所不免的。是時黃家兒子因想起昨日事情，母親的怒氣還自未息，如何敢過岳家去，因此心上懷了一個疑團，也不敢說出。究竟黃家太太還識得大體，因為昨日新媳如此驕慢，只是女兒家驕慣性成，還是她一人的不是，原不關親家的事。況馬氏能夠與自己門戶對親，自然沒有什麼嫌氣，一來兒子將來日子正長，不合使他與岳父母有些意見，二來又不合因新媳三言兩語，就兩家失了和氣，況周家請新婿的帖兒早已收受。這樣想來，兒子過門做新婿的事是少不了的，便著人伺候兒子過門去。可巧金豬果具及新媳回門的一切禮物，早已辦妥，計共金豬三百餘頭，大小禮盒四十餘個，都隨新媳先自往周府去。

到了午後，便有堂倌等伺候，跟隨著黃家兒子，乘了一頂轎子，直望寶華正中約而來，已到了周京卿第門外。是時周府管家，先派定堂倌數名在頭門領帖，周應昌先在大廳上聽候迎接姊夫。少時堂倌領帖進去，回道：「黃姑爺來了。」便傳出一個「請」字。便下了轎子，兩家堂倌擁著，

直進大廳上。除周應昌迎候外，另有管家清客們陪候。隨又見周家長婿姓蔡的出來，行相見禮。各人寒暄了一會兒，便一齊陪進後堂，先參過周家堂上祖宗。是時周庸祐已自回港，只請馬氏出堂受拜。

　　那馬氏自次女回門之後，早知昨日女兒不肯叩拜翁姑之事，不覺良心發現，也自覺得女兒的不是。勿論黃家不是下等的門戶，且親已做成，就不該說別的話。想罷，便出來受拜。看看新婚的年貌，竟是翩翩美少年，又自捐官之後，頭上戴的藍頂花翎，好不輝煌。馬氏此時反覺滿心歡悅。次又請各姨太太出堂受拜，各姨太太哪裡敢當，都託故不出，只朝向上座叩拜而罷。隨轉回大廳裡，少坐片時，即帶同往花園遊了一會兒。馬氏已打發次女先返夫家。是晚就在花園裡的洋樓款待新婿，但見自大廳及後堂，直至花園的洋樓，都是燃著電火，如同白晝。不多時酒菜端上，即肅客人席，各人只說閒談，並沒說別的話。唯有丫鬟婢僕等，懂得什麼事，因聽說昨兒二小姐不叩拜翁姑的事，不免言三語四。飲到二更天氣，深恐夜深不便回去，黃家兒子就辭不勝酒力。各人也不好勉強，即傳令裝轎。黃家兒子再進後堂，向馬氏辭行，各人齊送出頭門外而回。自此周、黃兩家也無別事可說。

　　且說周庸祐自新督到任後，又已裁撤粵海關衙門，歸併總督辦理，心上正如橫著十八個吊桶，抒上抒下，正慮歷年庫書之事或要發作起來，好不焦躁。意欲在新督面前留些報效，因又轉念新督帥這人的性情是話不定的，想起自己在某國做參贊之時，被龔欽差今日借數千，明日借數萬，已自怕了。今若在新督帥的面前報效，只怕一開了這條門路，後來要求不絕，反弄個不了。正自納悶著，忽見閽人傳進一個電影來，回道：「門外有一位客官，說道是省來的，特來拜候大人。」周庸祐聽了，忙接進名片一看，見是佘子谷的電影，不覺頭上捏著一把汗。意欲不見，又想他到

來，料有個緣故，因為此人是向曾在庫書裡辦事多年，因虧空自己幾萬銀子，曾押他在南海縣監裡的，今他忽來請見，自然凶多吉少。但不見他終沒了期，不如請他進來一見，看看他有什麼說話。便傳了一個「請」字。佘子谷直進裡面，周庸祐即迎進廳上。茶罷，見佘子谷一團和氣，並沒有分毫惡意。周庸祐想起前事，心上不免抱歉，便說道：「前兒因為一件小事，一時之氣，辱及老哥，好過意不去。」周庸祐說罷，只道佘子谷聽了，必然觸起前仇，不免生氣。誰想佘子谷聽了不特不怒，反笑容滿面地說道：「這等事有何過意不去？自己從前實對大人不住，大人控案，自是照公辦事，小弟安可有怨言。」說罷，仍復滿臉堆下笑來。

周庸祐看得奇異，因忖此人向來不是好相識的，今一旦這樣，難道改換了性子不成？正想像間，忽又見佘子谷說道：「小弟正唯前時對大人不住，先要道歉。且還有一事，還要圖報大人的，不知大人願聞否？」周庸祐道：「說什麼圖報，但有何事，就請明說，俾得領教。」佘子谷道：「頃在省中，聽得一事，是新督要清查海關庫書數目。這樣看來，大人很有關係呢！」周庸祐聽到這裡，不覺面色登時變了，好一會兒子才答道：「庫書數目，近來是少西老弟該管，我也是交代過了。且庫書是承監督命辦事，只有上傳了例，難道新督要把歷任監督都要扳將下來不成？」佘子谷道：「這卻未必，只怕他取易不取難。新督為人是機警不過的，若他放開監督一頭，把庫書舞弊四字責重將來，大人卻又怎好？」周庸祐此時面色更自不像，繼又說道：「我方才說過，庫書數目已交代去了，那得又要牽纏起來？」佘子谷笑道：「莫說今弟少西接辦之後，每年交四十萬銀子與大人，只算是少西代理，也不算交代清楚。便是交代過了，只前任庫書的是大人的母舅，後任庫書的是大人的令弟，這樣縱大人十分清門，也不免令人難信，何況關裡庫書的數目又很看不過的，難道大人不知？」周庸祐道：

「我曾細想過了，庫書裡的數目也沒什麼糊塗，任是新督怎樣查法，我也不懂。堂堂總督，未必故意誣陷人來。」佘子谷聽到這裡，便仰面搖首說道：「虧大人還說這話，可不是瘋了！」說了這兩句，只仍是仰面而笑，往下又不說了。

周庸祐此時見佘子谷說話一步緊一步，心坎中更突突亂跳，徐又說道：「我不是說瘋話的人，若老哥能指出什麼弊端，只管說來，好給周某聽聽。」佘子谷道：「自家辦事，哪便不知，何待說得？就在小弟從前手上，何止百件。休說真假兩道冊房，便是新督入涉之地，即大人手裡，哪算得是清楚？如此數目，本沒人知得，唯小弟經手多年，實了如觀火。在小弟斷不忍發人私弊，只怕好事的對新督說知，道我是最知關庫帳目的人，那時新督通小弟到衙指供，試問小弟哪裡敢抗一位兩廣督臣？況小弟赤貧，像沒腳蟹，逃又逃不去，怕還把知情不舉的罪名牽累小弟呢！」

周庸祐聽了，此時真如魂飛天外，魄散九霄，實無言可答，好半晌才說道：「老哥既防牽累，我也難怪。但老哥尊意要如何辦法，請說不妨。」佘子谷道：「小弟自然有個計較。一來為大人排難解紛，二來也為自己卸責，當用些銀子，向得力的設法解圍。若在小弟手上打點辦去，準可沒事。」周庸祐道：「此計或者使得去，但不知所費多少才得？」佘子谷道：「第一件，趁廣西有亂，報效軍餉；第二件，打點總督左右人員；至於酬答小弟的，可由大人尊意。」周庸祐聽到「酬答」兩個字，不禁愕然。佘子谷只做不知，庸祐只得說道：「報效之事，周某可以自行打點。除此之外，究需費多少呢？」佘子谷附耳細說道：「如此只四十萬兩，便可了事。」周庸祐吃了一驚，不覺憤然道：「報效之數，盡多於打點之數，如此非百萬兩不可，難道周某身家就要冤枉去了？」佘子谷故作驚異道：「報效多少出自尊意，唯此四十萬兩那還算多？」周庸祐道：「多得很呢。」佘子谷道：

「三十五萬兩若何？」周庸祐道：「這樣實不是事了，休來恐嚇周某罷。」佘子谷故作怒道：「大人先問自己真情怎樣？還說我恐嚇，實太過不近人情。」周庸祐道：「既不是恐嚇，哪有如此勒索的道理？」佘子谷道：「既說小弟恐嚇，又說小弟勒索，豈大人今日要把傲氣凌我不成？」

周庸祐此時，也自覺言之太過，暗忖他全知自己的數目，斷斷不可開罪於他。沒奈何，只得忍氣，又復說道：「周某脾氣不好，或有冒犯，休要見怪。只打點一事，哪便費如此之多，請實在說罷了。」佘子谷道：「既大人捨不得，小弟只得念昔日同事之情，把酬答我的勉強減些。今實在說，統共三十萬兩何如？」周庸祐不答。佘子谷又道：「二十五萬兩何如？」周庸祐搖頭不答。佘子智又屬聲道：「二十萬兩又何如？」周庸祐仍搖首不作理會。佘子谷就立即起身離座，說一句「改日再謁」，便佛然而去。

自佘子谷去後，周庸祐也懊悔起來，自己痛腳落在他手上，前時又監押過他，私仇未泯，就費二十萬兩，免他發作自己弊端，自忖本屬不錯。唯他說一句，便減五萬兩，實指望他多減兩次，是只費十萬兩，便得了事，怎料他佛然便去。此時若要牽留他，一來不好意思，二來又失身分，今他去了，實在失此機會。想罷，不覺嘆息。忽又轉念道：他自從不在庫書，已成一個窮漢了，他見有財可覓，或者再來尋我也未可定。想罷，復嘆息一番。正欲轉回後堂，忽家人手持一函，進來回道：「適有京函，由郵政局付到，特來呈進大人觀覽。」周庸祐聽了，便接過手上，拆開一看，卻是京城姓李的付來的。內中寥寥幾行字，道是「公使一缺，可拿得八九，請照前議，籌定款項，待喜報到時，即行匯上」。口上款書「棟臣京卿大人鑑」，下款自署一個「李」字。暗忖這姓李的，大約外部人員轉託他替自己設法的，可無疑了。但當時周庸祐接了此函，不免憂喜交集。憂

的是海關已經裁了，目下銀根又緊，究從哪裡尋二十五萬兩銀子；喜的是得了一個欽差，或得王公大臣念師生之情，可以設法，新督亦沒奈我怎麼何。

　　正欲把京函回覆，忽馬氏一干人等，都緣嫁女之事已完，已回港來了。各人不知周棟臣百感交集，還自喜氣洋洋，直到後堂裡。周棟臣待馬氏坐定，把剛才佘子谷的說話及京中的消息，一五一十說來。馬氏聽得丈夫將做欽差，越加歡喜，即答道：「佘子谷向受我們工食，有什麼勢力能傾陷我們來？若把二十萬兩來送過他，究不如把二十五萬兩抬到回京那裡。一來得做個欽差，二來更得人幫助，豈不兩便？」周棟裡聽了，實不敢把佘子谷拿著痛腳的話對馬氏說知，今馬氏如此說，未嘗不以為然，只聲聲以海關裁撤之後，年中進款漸少為慮。便與馬氏商議，在省的各姨太太住宅，都遷回大屋去，好省些費用，又好把各宅子租與他人，得些租項也好。此時馬氏亦無言可駁，只得允從。誰要各姨太太都有紫檀床的，方準搬進去，若是不然，就失了大屋的體面，著實不得。因此省城裡如增沙、素波巷、關部前各周宅，都盡遷回省中大屋，單是八姨太遷到香港居住。若港中住眷，除九姨太因前時間出之事，不得遷入大屋，餘外都一塊兒同住了。

　　周棟臣自此因家事安插停妥，庫書的事，暫且不提。唯一面打算回京匯款，在香港某某要提若干萬，某某銀行要提若干萬，倘仍不足，即由馬氏私蓄項下挪移。分撥停妥，又因赴任公使之期在即，立催子侄姻眷們趕讀西文；縱然懂不得文法，亦該曉得幾句洋話，好將來做欽差時候跟自己做個隨員，保個保舉為是。各子侄姻眷們聽得這個消息，都紛到周棟臣跟前獻個殷勤，要讀英文去。

　　那一日，周庸祐正在廳子上，與各人談論將放欽差的消息，忽報京中

電報到。庸祐立即令人把電文譯出，那電文卻是「出使欽差大臣，著周庸祐去」，共十一個大字，周庸祐好不歡喜！正是：

失意昨才悲未路，承恩今又使重洋。

要知後事如何，且聽下回分解。

第三十二回　挾前仇佘子谷索資 使西歐周棟臣奉詔

第三十三回
謀參贊汪太史謁欽差 尋短見周乃慈憐侍妾

　　話說周庸祐自接得京電，即令親屬子侄趕速學習三兩月英語，好作隨員，待將來滿任，倒不難圖個保舉。那時正議論此事，忽又接得省城一封急電，忙令人譯出一看，原來是周乃慈發來的，那電文道是：「事急，知情者勒索甚緊，恐不了，速打算。」共是十五個字。周庸祐看了，此時一個警報已去，第二個警報又來，如何是好？

　　正納悶著，忽八姨太太宅子裡使人來報導：「啟大人，現八姨太太患病，不知何故，頭暈去了，幾乎不省人事，還虧手指多，得救轉來。請問大人，不知請那個醫生來瞧脈才好？」周庸祐聽了，哪裡還有心料理這等事，只信口道：「小小事，何必大驚小怪，隨便請醫生也罷了。」去後復又把電文細想，暗忖知情者勒索一語，想又是佘子谷那廝了，只不知如何方得那廝心足。正要尋人商議，只見馮少伍來口道：「昨兒大人因接了喜報，著小弟籌若干銀兩電匯進京，但昨日預算定的也不能應手，因馬夫人放出的銀項急切不能起回，故實在未曾匯京。昨因大人有事，是以未覆，目下不知在哪一處籌畫才好？因香港自去年倒盆得多，市面銀根很緊，耀記那裡又是移不動的。至於大人占股的銀行裡，或者三五萬可能移得，只須大人親往走一遭也好。」周庸祐道：「我只道昨天匯妥了，如何這會兒才來說，就太不是事了！就今事不宜遲，總在各處分籌，或一處一二萬，或一處三四萬，倘不足，就與馬夫人商量。如急切仍湊不來，可先電匯一半人

京，餘待入京陛見時，再隨帶去便是。」馮少伍說聲「理會得」便去，整整跑得兩條腿也乏力，方先匯了十五萬兩入京。

此時便擬覆電周乃慈，忽見馬氏出來坐著，即問道：「省裡來的電究說何事？」周庸祐即把電文語意，對馬氏說了一遍。馬氏道：「此事何必苦苦擔心，目下已做到欽差，拚個庫書不做便罷。若來勒索的便要送銀子，哪裡送得許多呢！」周庸祐聽得，又好惱，又好笑，即答道：「只怕不做庫書還不了事，卻又怎好？」馬氏道：「一萬事放開，沒有不了的。不特今時已做欽差，爭得門面，難道往時投在王爺門下，他就不替人設法嗎？」說罷，周庸祐正欲再言，忽見港中各朋友都紛紛來道賀，都是聽得庸祐派往外國出使，特來賀喜的。馬氏即回後堂去。周庸祐接見各友，也無心應酬，只略略周旋一會兒。各人去了，周庸祐單留徐雨琴坐下，要商量發付省中事情。推說來說去，此事非財不行，且動費一百或數十萬，從哪裡籌得？

原來周庸祐的家當，雖喧傳五七百萬之多，實不過二百萬兩上下，因有庫書裡年年一宗大進款，故擺出大大的架子來。今海關裁了，已是拮据，況近來為上了官癮，已去了將近百萬，欲要變賣產業，又太失體面；縱真個變業，可不是一副身家，白地去得乾淨？所以想報效金督帥及送款佘子谷兩件事，實是不易。但除此之外，又無別法可以挽留。即留下徐雨琴商議，亦只面面相覷，更無善策，正像楚國相對的時候。只見閽人又拿了一個名片進來，道是有客要來拜候。周庸祐此時實在無心會客，只得接過那名片一看，原來是汪懷恩的電影。周庸祐暗忖道：此人與我向不相識，今一旦要來看我，究有何事？莫不又是佘子谷一輩要來勒索我的不成？正自言自語，徐雨琴從旁看了那電影，即插口道：「此人是廣東翰林，尚未散館的，他平日行為，頗不利人口，但既已到來，必然有事求見，不

如接見他，且看情形如何。或者憑他在省城裡調停一二，亦無不可，因此人在城裡頗有肢爪的，就先見他也不妨。」周庸祐亦以為是，即傳出一個「請」字。

旋見汪懷恩進來，讓坐後，說些仰慕的話，周庸祐即問汪懷恩：「到來有什麼見教？」汪懷恩道：「小弟因知老哥已派作出使大臣，小弟實欲附驥，作個隨員，不揣冒昧，願作毛遂，不知老哥能見允否？」周庸祐聽了，因此時心中正自煩惱，實無心理及此事，即信口答道：「足下如能相助很好，只目下諸事紛煩，尚未有議，及到時，再請足下商酌便是。」汪懷恩道：「老哥想為海關事情，所以煩惱，但此事何必憂慮，若能在粵督手上打點多少，料沒有不妥的。」周庸祐聽了，因他是一個翰林，或能與制府講些說話，也未可定，即說道：「如此甚好，不知足下能替兄弟打點否？」汪懷恩道：「此事自當盡力。老哥請一面打點赴京陛見，及選用翻譯隨員，自是要著。且現時謀在洋務保舉的多，實不患無人。昔日有赴美國出使的，每名隨員索銀三千，又帶留學生數十名，每名索銀一二千不等，都紛紛踵門求差使。老哥就依這樣幹去，盡多得五七萬銀子，作赴任的費用。唯論價放缺而外，仍要揀擇人才便是。」周庸祐聽到這裡，見又得一條財路，不覺心略歡喜。

此時兩人正說得投機，周庸祐便留汪懷恩晚膳，隨帶到廂房裡坐談，並介紹與徐雨琴相見。三人一見如故，把周乃慈來電議個辦法。汪懷恩道：「若此時回電，未免太過張揚，書信往返，又防泄漏，不如小弟明日先回城去，老哥有何囑咐，待小弟當面轉致令弟，並與令弟設法調停便是。」周、徐二人都齊聲道是。未幾用過晚膳，三人即作竟夕之談，大都是商量海關事情，及赴京兩事而已。

次早，汪懷恩即辭回省城去。原來汪懷恩欲謀充參贊，心裡非不知周

第三十三回　謀參贊汪太史謁欽差　尋短見周乃慈憐侍妾

庸祐因庫書事棘手，但料周庸祐是幾百萬財主，且又有北京王公勢力，實不難花費些調停妥當，因此便膽充幫助周庸祐，意欲庸祐感激，後來那個參贊穩到手上，怎不心滿意足。一程回到省城，甫卸下行李，便往光雅裡請見周乃慈。誰想乃慈這時納悶在家，素知汪懷恩這人是遇事生風，吃人不眨眼的，又怕他仍是到來勒索的，不願接見，又不知他是受周庸祐所托，即囑令家人口道：「周老爺不在家裡。」汪懷恩只得回去。

在當時周庸祐在港，只道汪懷恩替自己轉致周乃慈，便不再覆函電。那汪懷恩又志在面見周乃慈說話，好討好周庸祐，不料連往光雅裡幾次，周乃慈總不會面，沒奈何只得回信告知周庸祐，說明周少西不肯見面。這時節已多延了幾天。周庸祐看了汪懷恩之信，吃了一驚，即趕緊飛函到省，著周少西與汪懷恩相見，好多一二人商議。周乃慈得了這信，反長嘆一聲，即復周庸祐一函，那函道：

棟臣十兄大人庭右，謹覆者：連日風聲鶴唳，此事勢將發作矣。據弟打聽，非備款百萬，不能了事。似此從何籌畫？前數天不見兄長覆示，五內如焚。今承鈞諭，方知著弟與汪懷恩大史商議。竊謂兄長此舉，所差實甚。因汪太史平日聲名狼藉，最不見重於官場，日前新督帥參劾劣紳十七名，實以汪某居首，是此人斷非金督所喜歡者。託以調停，實於事無濟，弟絕不願與之商酌也。此外有何良策，希即電示。專此，敬頌鈞安。

弟乃慈頓首

周庸祐看罷，亦覺無法。因乃慈之意，實欲庸祐出資息事，只周庸祐哪裡肯把百萬銀子來打點這事，便再覆函於少西，謂將來盡可無事，以作安慰之語而已。

周乃慈見庸祐如此，料知此事實在不了，便欲逃往香港去，好預先避

禍。即函請李慶年到府裡來商議，問李慶年有何解救之法。李慶年道：「此事實在難說。因小弟向在洋務局，自新督帥到來，已經撤差，因上海盛少保薦了一位姓溫的到來，代小弟之任，故小弟現時實無分毫勢力。至昔日一班兄弟，如裴鼎毓、李子儀、李文桂，都先後撤參，或充軍，或逃走，已四處星散。便是潘、蘇兩大紳，也不像從前了。因此老兄近來所遭事變，各兄弟都不能為力，就是這個緣故。」周乃慈道：「既是如此，弟此時亦無法可設，意欲逃往香港，你道何如？」李慶年道：「何必如此。以老兄的罪案，不過虧空庫款，極地亦只抄家而已。老兄逃與不逃，終之抄家便了。不如把家產轉些名字，便可不必多慮。」周乃慈聽了，暗忖金督性子與別人不同，若把家產變名，恐罪上加罪，遂猶豫不決。

少頃，李慶年辭去，周乃慈此時正如十八個吊桶，在肚子裡捋上捋下，行坐不寧，即轉入後堂。妻妾紛問現在事情怎樣，周乃慈唯搖首道：「此事不能說得許多，但聽他如何便了。」說罷，便轉進房子裡躺下。忽家人報潘大人來拜候，周乃慈就知是潘飛虎到來，即出廳上接見。潘飛虎即開言道：「老兄可有知得沒有？昨兒佘子谷稟到督衙，說稱在海關庫書裡辦事多年，凡周棟臣等如何舞弊，彼通通知悉。因此，金督將傳佘子谷進衙盤核數目。這樣看來，那佘子谷定然要發作私憤。未知足下日前數目如何？總須打點才是。」周乃慈道：「海關裁撤之後，數目都在督街裡，初時不料裁關上諭如此快捷，所以打點數目已無及了。」潘飛虎道：「此亦是老兄失於打點。因裁撤海關之事，已紛傳多時，如何不預早思量？今更聞佘子谷說庫書數目糊塗，盡在三四百萬。這等說，似此如何是好？」周乃慈聽了，幾欲垂淚，潘飛虎只得安慰了一會兒而去。

周乃慈復轉後堂，一言未發，即進房打睡。第三房姨太太李香桃見了這個情景，就知有些不妥，即隨進房裡去，見周乃慈躺在煙炕上，雙眼吊

淚。香桃行近煙炕前，正欲安慰幾句，不想話未說出，早陪下幾點淚來。周乃慈道：「你因甚事卻哭起來？」香桃道：「近見老爺神魂不定，寢饋不安，料必事有不妥。妾又不敢動問，恐觸老爺煩惱，細想丈夫流血不流淚，今見老爺這樣，未免有情，安得不哭。」周乃慈這會兒更觸起心事，越哭起來，隨道：「卿意很好，實不負此數年恩義。然某命運不好，以至於此，實無得可說。回想從前，以至今日，真如大夢一場，復何所介念？所念者推卿等耳！」香桃道：「錢財二字，得失何須計較，老爺當自珍重，何必作此言，令妾心酸。」周乃慈道：「香港回昌字號，尚值錢不少，餘外香港產業，尚足備卿等及兒子衣食。我倘有不幸，任卿等所為便是。」香桃聽罷，越加大哭。

周乃慈遞帕子使香桃拭淚，即令香桃出房子去。香桃見周乃慈說話不像，恐他或有意外不欲離房。周乃慈此時自忖道：當初周棟臣著自己入庫書代理，只道是好意，將來更加發達，不意今日弄到這個地步。想棟臣擁幾百萬家資，倘肯報效調停，有何不妥？今只知謀升官，便置身局外。自己區區幾十萬家當，怎能斡旋得來？又想昔日盛時，幾多稱兄稱弟，今日即來問候的，還有幾人？正是富貴有親朋，窮困無兄弟，為人如此，亦復何用！況金督帥性如烈火，將來性命或不免可慮，與其受辱，不如先自打算。便託稱要喝龍井茶，使香桃往取。香桃只當他是真意，即出房外。周乃慈潛閉上房門，便要圖個自盡。正是：

繁華享盡千般福，性命翻成一旦休。

要知周乃慈性命如何，且聽下回分解。

第三十四回
留遺物慘終歸地府 送年庚許字配豪門

　　話說周乃慈託稱取龍井茶，遣香桃出房去了，便閉上房門，欲尋自盡。那香桃忽回，望見他把房門閉了，實防周乃慈弄出意外，急的回轉叫門，一頭哭，一頭大聲叫喊。家人都聞聲齊集，一同叫門。周乃慈暗忖：若不開門，他各人必然撬門而入，縱然死也死不去。沒奈何，只得把房門復開了，忍著淚，問各人叫門是什麼緣故。各人都無話可說，只相向垂淚。周乃想道：「我因眼倦得慌，欲掩上房門，睡歇些時，也並無別故，你們反大驚小怪，實在不成事體。」各人聽罷，又不敢說出防他自盡的話，只得含糊說幾句，要進來伺候。周乃慈聽了，都命退出，唯侍妾香桃仍在房子裡不去。

　　周乃慈早知其意，亦躺在煙炕上，一言不發。香桃垂淚道：「人生得失有定，若一時失意，何便如此？老爺縱不自愛，亦思兒女滿堂，皆靠老爺成立。設有不幸，家人還向誰人倚靠？萬望老爺撇開心事，也免妻妾徬徨，兒女啼哭才是。」周乃慈聽了，嘆一口氣道：「自從十哥把庫書事託某管理，只道連年應有個好處。不想十來年間，縱獲得百十萬，今日便是禍患臨頭。從前先我在庫書成家的人，便置身事外。某自問生平，無什麼虧心事，只做了幾年庫書，便至性命交關，豈不可恨！倘若是兄弟相顧的，各人把三幾十萬報效，將來盡可沒事。今枉說從前稱兄稱弟，只某一人獨受災磨，生亦何用？」說罷，更想起自己生平的不值處，倍加大哭起來。

香桃便拿出繡帕，替周乃慈拭淚，隨道：「既是如此，趁事情還未發作，不如打疊細軟，逃出外洋，圖個半世安樂，豈不甚好？」周乃慈道：一某初時也作此想，只想到兄弟朋友四個字，多半是富貴交遊，及禍患到來，轉眼便不相識，縱然逃往他處，更有誰人好相識，即自問亦無面目見人。且金督帥說我們是侵吞庫款，若在通商之國，只一張照會，便可提解回來了，這時反做了一個逃犯，反是罪上加罪，如何是好？」香桃聽罷，亦無言可說，唯再復安慰一回而罷。自此一連日夜，都輪流在周乃慈左右，防他自尋短見。凡有朋友到來拜會，非平日親信的到，一概擋駕，免乃慈說起庫書的事，又要傷感起來。唯周乃慈獨坐屋裡，更加煩悶，只不時通信各處朋友，打探事情如何。

　　忽一日接得一處消息，說道佘子谷現在又稟到粵督這裡，說道海關庫書，歷來舞弊，如何欺瞞金價，如何設真假兩冊房，欺弄朝廷。凡庫款未經監督滿任晉京，本來移動不得的，又如何擅拿存放收息。又稱自洋關歸併，及鴉片自入海關辦理以後，如何舞弄。把數十年傅、周兩性經手的庫書事務，和盤托出。又稱數十年來傅、周兩姓相繼任海關庫書，兄弟甥舅，私相授受，互為狼狽，無怪近來關稅總無起色，若庫書吏役，反得富堪敵國，坐擁膏腴。當此庫款支絀之秋，自當徹底根究，化私為公，以裕餉源，而杜將來傚尤積弊等語。金督帥見了，登時大怒。又因當時軍務正在吃緊，軍餉又復告竭，仰屋而嗟，捫腸捫臟之際，忽然有悟，想得一計，就在傅、周兩姓籌一筆款項，好填這項數目，卻也不錯。因此就立刻傳佘子谷到街，檢齊帳項卷宗，交佘子谷逐一盤駁。一來因周庸祐已經有旨放了欽差，出使國大臣，若不從速辦理，怕周庸祐赴任去了，又多費一重手腳；又防周乃慈仍達海外而去。便一面令人看管周乃慈，一面令佘子谷從速盤核庫書數目。

此時周乃慈更如坐針氈，料知這場禍機發作，非同小可，抄家兩字是斷然免不得的。誰自己看淡世情，早置死生於度外，單是妻妾兒女，將來衣食所靠是緊要的。便欲把在內地的生理產業，一概改轉他人名字。偏是那時金督帥為人嚴猛，又是不徇情面的，凡與周乃慈同股開張生理的人，皆畏禍不敢使周乃慈改易名字。便是所置買的產業，亦無人敢出名替他設法。周乃慈暗忖這個情景，內地的家當料然不能保全，悔當時不早在海外置些家業，謀個退步。想罷嘆了一聲，只得使髮妻暗地攜些細軟珠石等貴重物件，先避到香港居住。這時香港總督與粵省金督帥又很有點交情，更防香港產業亦保全不得，即令把在香港所置的產業改換姓名，即金銀玩器生理的回昌字號，亦改名當作他人物業去了。那妻子們有些避到香港，有些仍留在省城光雅里大宅子裡，伺候周乃慈，並聽候消息。前時周乃慈猶函電紛馳，到周庸祐那裡催他設法，只到了這時，見周庸祐總捨不得錢鈔斡旋，但天天打算赴京蒞任，正如燕巢危幕，不知大廈之將傾，因此周乃慈更不與周庸祐商量彌縫的法子，只聽候金督如何辦法，禍來順受也罷了。還虧那時看守周乃慈宅子的差人，得些好意，只作循行故事的看守，所以周乃慈也不時令人打探消息。

那一日，忽見傅成的次子傅子育到來，乃慈料知有些機密事故，即出廳上相見。看見傅子育倉皇之象，料然不是好的消息。坐猶未定，傅子育即附耳說道：「近日聲氣更自不好，聞家父從前經手的事都要一併發作來了。試想二十年來，家父已把庫書的名讓給貴兄弟做去，這回仍要發作，如何是好？」周乃慈聽罷，目瞪口呆，一句話也說不出。暗想傅家且不能免罪，何況自己現當庫書的？

原來傅家自失了庫書一席，家道中落之後，傅成長子傅子育中了舉人，出仕做官，家道復興，這時家當不下有百萬上下，所以金督帥要一併

查辦起來。傅子育聽得消息，正尋周乃慈商議，今見乃慈沒句話答，心中十分著急，便又問道：「不知貴兄弟近日有什麼法子打點？」周乃慈搖首答道：「哪裡還打點得來？只聽得如何辦法便是。」傅子育道：「天下哪有斂手待斃的？不如合約三家，並約潘氏，各出些款項，報效贖罪，你道何如？」周乃慈道：「小弟早見及此，惜家兄為人優柔寡斷，凡事只聽馬氏嫂嫂主裁。那馬氏又是安不知危的，只道拜得權臣門下，做了欽差，就看事情不在眼內，雷火臨頭，還要顧住荷囊呢！」傅子育道：「昨日小弟打個電報到四川家兄任上，據家兄回電，亦作此想。如我們三家及姓潘的湊集巨款，他準可在川督那裡託他致電粵督，說個人情。足下此時即電與今兄商酌，亦是不遲。」周乃慈道：「原來老哥還不知，家兄凡有主意時，就求北京權貴。說個報效贖罪的人情，那可使不得。他卻只是不理，只道他身在洋界，可以沒事。不知查抄起來，反恐因小失大，他卻如何懂得？我也懶和他再說了。」傅子育聽罷，覺報效之事，非巨款不可，若周氏不允，自己料難幹旋得來。亦知周庸祐是個守財虜，除了捐功名、結權貴之外，便一毛不拔的，說多也是無用，便起辭回去。

　　這裡周乃慈自聽得傅子育所說，暗忖傅家仍且不免，何況自己，因此更加納悶，即轉回房子裡去。香桃更不敢動問，免至又觸起周乃慈的愁思。乃慈獨自思量，黨風聲一天緊似一天，他日怕查抄家產之外，更要拘入監牢，若到斷頭臺上，豈不更是悽慘？便決意尋個自盡。意欲投繯，又恐被人救下，死也死不去。便託稱要吃洋膏子解悶，著人買了洋膏二兩回來。日中卻不動聲息，仍與侍妾們談天，就中也不免有安慰妻妾之語。意欲把家事囑咐一番，只怕更動家人思疑，便一連揮了十數通書信，或是囑咐兒子，或是囑咐妻妾，或是囑咐商業中受託之人，也不能細表。

　　徐又略對香桃說道：「此案未知將來如何處置，倘有不幸，妳當另尋

好人家，不必在這裡空房寂守。」香桃哭道：「妾受老爺厚恩，誓死不足圖報，安肯琵琶別抱，以負老爺，望老爺安心罷。」說罷，放聲大哭。周乃慈道：「吾非不知汝心，只來日方長，妳年尚青春，好不難過。」香桃道：「勿論家業未必全至落空，且兒子在堂，尚有可靠；縱或不然，妾寧沿門托鉢，以全終始，方稱妾心。」周乃慈道：「便是男子中道喪妻，何嘗不續娶？可見女子改嫁，未嘗非理。世人臨終時，每囑妻妾守節，強人所難，周某必不為也。」香桃道：「雖是如此，只是老爺盛時，多蒙見愛，怎忍以今日時蹇運衰之故，便忘恩改節。」周乃慈道：「全始全終，自是好事，任由卿意，吾不相強。」說罷，各垂淚無言。將近晚膳時候，周乃慈勉強喝了幾口稀飯，隨把手上火鑽戒指除下，遞與香桃道：「今臨危，別無可贈，只藉此作將來紀念罷了。」香桃含淚接過，答道：「老爺見賜，妾不敢不受。只老爺萬勿灰心，自萌短見。」周乃慈強笑道：「哪有如此？卿可放心。」自此無話。

到了三更時分，乃慈勸香桃打睡，香桃不肯，周乃慈道：「我斷斷不萌短見，以負卿意，只是卿連夜不曾闔眼，亦該躺歇些時。若睏極致病，反惹人憂，如何使得？」香桃無奈，便橫著身兒躺在煙炕上。周乃慈仍對著抽大煙。香桃因連夜未睡，眼倦已極，不多時便睡著了。乃慈此時想起前情後事，憂憤益深，自忖欲求死所，正在此時。又恐香桃是裝睡的，輕輕喚了香桃幾聲，確已熟睡不應，便拿那盅洋膏子，連叫幾聲「十哥誤我」，就含在口裡，一吸而盡，不覺雙眼淚流不止。捱到四更時分，肚子裡洋煙氣發作將來，手腳亂抓，大呼小叫。香桃從夢中驚醒，見周乃慈這個情景，急把洋膏盅子一看，已是點滴不存，已知他服洋膏子去了。一驚非小，連喚幾聲「老爺」，已是不應，只是雙眼坦白。香挑是不經事的，此時手忙腳亂，急開門呼喚家人。不多時家人齊集，都知周乃慈服

毒自盡，一面設法灌救，又令人往尋醫生。香桃高聲喚「救苦救難觀音菩薩」。誰想服毒已久，一切灌救之法通通無效，將近五更，嗚呼一命，敢是死了。

府中上下人等，一齊舉哀大哭，連忙著人尋喃巫的引魂開路。是時因家中禍事未妥，一切喪禮，都無暇粉飾，只著家人從速辦妥。次早，各人都分頭辦事，就日開喪。先購吉祥板成殮，並電致香港住宅報喪。時港中家人接得凶耗，也知得奔喪事重，即日附輪回省。各人想起周乃慈生時何等聲勢，今乃至死於自盡，好不悽慘！又想乃慈生平待人，頗有義理，且好恩恤家人及子侄輩，因此各人都替他哀感。其餘妻妾兒女，自然悲戚，就中侍妾香桃，尤哭得死去活來。但周乃慈因畏禍自盡，凡屬姻眷，都因周家大禍將作，恐被株連，不敢相認，自不敢到來祭奠。這都是人情世故自然的，也不必多說。因此喪事便草草辦妥，亦不敢裝潢，只在門前掛白，堂上供奉靈位。家人婦子，即前往避香港的，都願留在家中守靈。

次日，就接得香港馬氏來了一函，家人只道此函便算弔喪，便拆開一看。原來馬氏的三女兒名喚淑英的，要許配姓許的，那姓許的是番高人氏，名喚崇蘭，別號少芝。他父親名炳堯，號芝軒，由舉人報捐道員，是個簪纓門第，世代科名。當時仍有一位嫡堂叔祖父任閩浙總督，並曾任禮部大堂，是以門戶十分顯赫。周庸祐因此時風聲鶴唳，正要與這等聲勢門戶結親，好作個援應。馬氏這一函，就是託他們查訪女婿的意思。唯周乃慈家內正因喪事未了，禍事將發，哪裡還有這等閒心替人訪查女婿？香桃更說道：「任我們怎樣憂心，他卻作沒事人。既要打點丈夫做官，又要打點兒女婚嫁，難道他們就可安樂無事，我們就要獨自擔憂不成？」便把那函擲下，也不回覆去。

且說周庸祐自從得周乃慈凶耗，就知事情實在不妙，只心裡雖如此

悶，唯口中仍把海關事不提，強作鎮定。若至馬氏，更自安閒，以為丈夫今做欽差，定得北京權貴照應，自不必畏懼金督。且身在香港，又非金督權力所及。想到這裡，更無憂無慮。唯周庸祐口雖不言，仍時時提心吊膽。那日正在廳上納悶，忽門上呈上一函，是新任港督送來，因開茶會，請埠上紳商談敘，並請周庸祐的。正是：

方結蔦蘿收快婿，又逢茶會謁洋官。

要知後事如何，且聽下回分解。

第三十四回　留遺物慘終歸地府 送年庚許字配豪門

第三十五回
赴京城中途驚噩耗 查庫項大府劾欽差

話說周庸祐那日接得港督請函，明日要赴茶會。原來西國文明政體，每一埠總督到任後，即開茶會筵宴，與地方紳商款洽。那周庸祐是港中大商，自然一併請他去赴敘。次日周庸祐肅整衣冠，前往港督府裡。這時港內外商雲集，都互相歡笑，只周庸祐心中有事，未免愁眉不展。各人看了他容貌，不特消瘦了幾分，且他始終是無言默坐，竟沒有與人周旋會話。各人此時都聽得金督帥要參他的風聲，不免暗忖，他一世之雄，而今安在？其中自然有憐他昔日奢華，今時失意的；又有暗說他財帛來的不大光明，應有今日結果的；又有等不知他近日驚心的事，仍欽羨他怎麼豪富，今又由京卿轉放欽差的。種種議論，倒不能盡。

說不多時，港督到各處座位與外商周旋。時周庸祐正與港紳韋寶臣對坐，港督見周庸祐坐著不言不語，又不知他是什麼人，便向韋寶臣用英語問周庸祐是什麼人，並做什麼生理。韋寶臣答過了，隨用華語對周庸祐說道：「方才大人問及足下是什麼名字，小弟答稱足下向是港中富商，占有銀行數十萬元股本，又開張銀號，且產業在港仍是不少。前數年曾任駐英使署參贊，近時適放駐國欽差，這等說。」那韋寶臣對他說罷，周庸祐聽了，強作微笑，仍沒一句話說。各人倒知他心裡事實在不了，故無心應酬。

周庸祐實自知這場禍機早晚必然發作，哪復有心談天說地，只得隨眾

紳商坐了一會兒，即復隨眾散去。回家後，想起日間韋寶臣所述的話，自覺從前何等聲勢，今日弄到這樣，豈不可惱又想這回禍機將發，各事須靠人奔走，往時朋友，如梁早田、徐雨琴及妻弟馬竹賓，已先後身故，只怕世態炎涼，此後備事更靠何人幫理？不覺低頭一想，猛然想起還有一位周勉墀，是自己親侄子，盡合請他到來，好將來赴京後交託家事。只他父親是自己胞兄，他生時原有三五萬家當，因子侄幼小，交自己代理。只為自己未曾發達以前，將兄長交託的三五萬用去了，後來自己有了家當，那侄子到來問及家資，自己恐失體面，不敢認有這筆數，想來實對侄子不住。今番有事求他，未知他肯否僱我？想罷，不覺長嘆一聲。繼又忖俗語說「打死不離親兄弟」，到今日正該自海，好結識他，便揮了一函，請周勉墀到來，商酌家事。

　　時周勉墀尚在城裡，向得周乃慈照拂，因此營業亦稍有些家當。這回聽得叔父周庸祐忽然要請自己，倒覺得奇異，自覺想起前根後抵，實不應與他來往，難道他因今日情景，見橫豎家財難保，就要把吞欠自己父親的，要交還自己不成？細想此人未必有這般好心肝。但叔侄份上，他做不仁，自己也不該做不義，今若要不去，便似有個幸災樂禍之心，如何使得？計不如索性走一遭才是。便即日附輪到港，先到堅道大宅子見了周庸祐，即喚聲「十叔父」，問一個安。時周庸祐見了周勉墀，憶起前事，實對他不住的，今事急求他到來，自問好不羞愧，便嗌著喉，喚一聲「賢侄」，說道：「前事也不必說了，只愚叔今日到這個地步，你可知道？」周勉墀聽了，只強作安慰幾句，實心裡幾乎要陪下幾點淚來，徐又問道：「十叔父，為今之計，究竟怎樣？」周庸祐道：「前兒汪翰林到來，求充參贊，愚順託他打點省中情事，今卻沒有回報，想是不濟了。隨後又有姓日的到來，道是金督帥最得用之人，願替俺設法。俺早已聽得他的名字，因此送

了二萬銀子，託他在金督跟前說個人情，到今又通通沒有回覆，想來實在危險。不知賢侄在省城聽得什麼風聲？」周勉墀道：「佘子谷那人要發作叔父，叔父想已知得。少西十二叔且要自盡，其他可想。天幸叔父身在香港，今日三十六著，實走為上著。」

說到這裡，可巧馬氏出來，周勉墀與嬸娘見禮。馬氏問起情由，就把剛才叔侄的話說了一遍。馬氏道：「既是如此，不如先進京去，借引見赴任為名，就求京裡有力的官場設法也好。」周庸祐聽了，亦以此計為是，便決意進京，再在半路聽過聲氣未遲。想罷，即把家事囑託周勉墀，又喚駱子棠、馮少伍兩管家囑咐了一番。再想省城大屋，尚有幾房姨太太，本待一併喚來香港，只恐太過張揚；況金督帥縱然發作此事，未必罪及妻孥，目前可暫作不理。是夜一宿無話。

次日即打點起程，單是從前謀放欽差，應允繳交數萬元，此項實欠交一半，就囑馬氏及馮、駱兩管家打算預備此項。如果自己無事，即行匯進北京；如萬一不妥，此款即不必再匯。一面挪了幾萬銀子，作自己使用，就帶了八姨太並隨從人等，附輪往申江進發。那時上海還有一間祥盛字號，是從前梁早田的好友，是梁早田介紹周庸祐認識的。所以周庸祐到申江，仍在這祥盛店子住下。再聽過消息，然後北上，不在話下。

且說金督帥因當時餉項支絀，今一旦兼管海關事務，正要清查這一筆款項，忽又得佘子谷到街幫助盤算，正中其意。又想周庸祐兄弟二人，都在香港營業的多，省城產業有限；若姓傅的家財，自然全在省裡，不如連姓傅的一併查抄，那怕不湊成一宗巨款。便把數十年來關庫的數目，自姓傅的起，至周乃慈止，通通發作將來。又忖任冊房的是潘氏，雖然是由監督及書吏囑咐註冊的，唯他任的是假冊房，也有個通同舞弊、知情不舉的罪名。且他原有幾十萬家當，就不能放饒他。主意已定，因周庸祐已放他

國的欽差，恐他赴任後難以發作，便立即知照他國領事府，道是「姓周的原有關庫數目未清，貴國若准他赴任，到時撤他回來，就要損失兩國體面，因此預先說明」。那國領事得了這個消息，即電知駐北京公使去後，駐京公使自然要詰問外部大臣。金督又一面令幕府絕招，電參周庸祐虧空庫款甚巨，須要徹底清查。並道周某以書吏起家，侵吞致富，復夤緣以得優差，不特無以肅官方，亦無以重庫款，若不從重嚴辦，竊恐互相傚尤。招上，朝廷大怒，立命金督認真查究，不得稍事姑容。

時周庫書自抵中江，抵與八姨太同行，餘外留在省港的朋友，都不時打聽消息如何，隨時報告。這會兒聽得金督參招考語，魂不附體。隨後又接得京中消息，知道金督上招，朝廷覽奏震怒，要著金督認真查辦。周庸祐一連接得兩道消息，幾乎掉下淚來。便又打電到京，求權貴設法。無奈金督性如烈火，又因這件事情重大，沒一個敢替他說情，只以不能為力等話，回覆周庸祐。

那庸祐此時如坐針氈，料北京這條路是去不得的，除是逃往外洋，更沒第二條路。只目下又不知家中妻妾兒女怎樣，如何放心去得？適是晚正是回祥盛的東主陳若農請宴，先日知單早已應允赴席，自然不好失約，唯心裡事又不欲盡情告人，只得勉強應酬而已。當下同席的原有八九人，都是周庸祐往日認識的朋友。因是時粵中要發作庫書的事，滬上朋友聽得，都是半信半疑，今又見周庸祐要赴京，那些朋友倒當周庸祐是個沒事之人，自然依舊巴結巴結，十哥前十哥後，喚個不絕。那周庸祐所招的妓女，喚作張鳳仙，素知周庸祐是南粵一個巨富的，又是花叢中闊綽的頭等人物，便加倍奉承。即至娘兒們見鳳仙有了個這般闊綽的姐夫，也替鳳仙歡喜，千大人萬大人的呼喚聲，哪裡聽得清楚。先自笙歌絃管，唱了一回書，陳若農隨後肅客入席。那周庸祐叫局的，自然陪候不離，即從前認識

的妓女，也到來過席。

　　這席間雖這般熱鬧，唯周庸祐心中一團積悶，實未嘗放下。酒至半酣，各人正舉杯遞盞，忽見祥盛的店伴跑了進來。在別人猶不知有什麼事故，只是周庸祐心中有事，分外眼快，一眼早見了祥盛的店伴，料他慌忙到來，不是好意。那店伴一言來發，即暗扯陳若農到靜處，告說道：「方才工部局差人到店查問，是否有廣東海關庫書吏，由京堂新放某國欽差的，喚作周庸祐這個人，當時店伴只推說不識此人。唯工部局差人又說道：『姓周的別號棟臣，向來到滬，都在你們店子裡出進，如何還推不識？』店中各伴沒奈何，便問他什麼緣故。據差人說來，原來那姓周的是虧空庫款，逃來這裡的，後由粵東金督帥參了一本，又知他走到滬上，因此密電本埠袁道臺，要將周庸祐扣留的。今袁道臺見他未有到衙拜會，料然不在唐界，所以照會租界洋官，要查拿此人。後來說了許多話，那差人方始回去。」陳若農聽了，一驚非小，暗忖這個情節，是個侵吞庫款的私罪重犯，凡在通商的國都要遞解回去的，何況這上海是個公共租界，若收留他，也有個罪名。且自己原籍廣東，那金督為人，這脾氣又是不同別人的，總怕連自己也要拖累，這樣總要商量個善法。便囑令來的店伴先自回去，休要泄漏風聲，然後從長計算。

　　那店伴去後，陳若農即扯周庸祐出來，把店伴說的上項事情，說了一遍。周庸祐聽得，登時面色變得七青八黃，沒句話說，只求陳若農憐憫，設法收藏而已。陳若農此時真是人面著情，方才請宴，怎好當堂反臉？且又相識在前，不得不留些情面。唯究竟沒什麼法子，兩人只面面相覷。陳若農再看周庸祐這個情形，實在不忍，不覺心生一計，即對周庸祐說道：「多說也是無用，小弟總要對得老哥住。但今晚方才有差人查問，料然回去下處不得，若住別處，又恐張揚。今張鳳仙如此款洽，就當多喝兩杯，

251

住鳳仙寓裡一宿，待小弟明天尋個祕密所在便是。」庸祐答聲「是」，隨復入席。各朋友見他倆細語良久，早知有些事情，但究不知得底細，只再歡飲了一會兒，周庸祐託稱不勝酒力，張鳳仙就令娘兒們扶周大人回寓裡服侍去後，陳若農又密囑各友休對人說周某離在那裡。次日，陳若農即著人到工部局力言周庸祐不在他處。工部局即派人再搜查一次，確沒有此人。若農即暗引周庸祐回去，在密室裡躲藏，待要逃往何處，打聽過船期，然後發付，不在話下。

　　這時粵中消息，紛傳周庸祐在上海道署被留，其實總沒此事。金督帥見拿周庸祐不得，心中已自著惱，忽接北京來了一張電報，正是某王爺欲與周庸祐說情的。那電文之意，道是「周某之罪，確是難恕，但不必太過誅求，亦不必株連太甚」這等話。金督帥看了，越加大怒，暗忖周庸祐全憑得京中權貴之力，所以弄到今日。屢次勸他報效贖罪，種種置之不理，實是待著王爺，就瞧自己不在眼裡。我今日辦這一個書吏，看王爺奈我怎麼何？因此連忙又參了一本，略謂「周庸祐兄弟既吞巨款，在洋界置買財產，今庸祐聞罪先遁，作海外逍遙，實罪大惡極。除周乃慈已服毒自盡外，請將周庸祐先行革職，然後抄查家產備抵」等語。並詞連先任庫書傅成通同舞弊，潘雲卿一律查抄家產。招上，即行准奏，將周庸祐革職，並傳諭各省緝拿治罪。正是：

　　夢熟黃粱都幻境，名登白簡即危途。

　　畢竟周庸祐怎能脫身，且聽下回分解。

第三十六回
潘雲卿逾垣逃險地 李香桃奉主入監牢

　　話說朝廷自再接得金督所奏，即傳諭各處關卡，一體把周庸祐查拿治罪。周庸祐這時在上海，正如荊天棘地，明知上海是個租界，自己斷然靠這裡不住，只朝廷正在風頭火勢，關卡的吏役人員，個個當拿得周庸祐便有重賞，因此查得十分嚴密，這樣如何逃得出？唯有躲得一時過一時罷了。且說金督自奏准查抄周、潘、傅三姓家產之後，早由佘子谷報說姓潘的是管理假冊房事，又打聽得傅成已經去世，唯他產業全在城裡，料瞞不去。除周乃慈已經自盡之外，周庸祐在逃，單恐四家產業，或改換名字，立即出了一張告示，不准人承買周、潘、傅四家遺產，違者從重治罪。又聽得四人之中，潘雲卿尚在城內，立刻即用電話調番禺縣令，率差即往拿捕。縣令不敢怠慢，得令即行。還虧潘雲卿耳目靈通，立令家人將舊日存在家裡的假冊稿本拋在井裡，正要打點逃走。說時遲，那時快，潘雲卿尚未逃出，差勇早已到門。

　　初時潘雲卿只道大吏查辦的只周、傅二家，自己做的冊房，只是奉命注數，或在法外。後聽得連自己參劾了，道是通同作弊，知情不舉的罪名，就知自己有些不便，鎮日將大門緊關。這會兒差勇到來，先被家人察悉，報知潘雲卿。那雲卿嚇得一跳，真不料差勇來得這般快，當令家人把頭門權且擋住，即飛登屋面，逾垣逃過別家，即從瓦面上轉過十數家平日親信的下了去。隨改換裝束，好掩人耳目。先逃走往香港，再行打算。

第三十六回　潘雲卿逾垣逃險地　李香桃奉主入監牢

　　是時縣令領差勇進了屋裡，即著差勇在屋裡分頭查搜，男男女女俱全，單不見了潘雲卿。便責他家人遲遲開門之罪。那家人答道：「實不知是貴差到來，見呼門緊急，恐是盜賊，因此問明，方敢開門便是。」那縣令聽罷大怒，即喝道：「放你的狗屁！是本官到來，還說恐是盜賊，這是什麼話？」那家人聽了，惶恐不過，唯有叩頭謝罪道：「是奉主人之命，沒事不得擅自啟門，因此問過主人，才敢開放。」那縣令道：「你主人潘雲卿往那裡去？」那家人道：「實在不知，已出門幾天了。」縣令又喝道：「胡說，方才你說是問過主人才敢啟門，如何又說是主人出門幾天了呢？」那家人聽得，自知失言，急地轉口道：「小的說的主人是說奶奶，不是說老爺呢。」

　　縣令見他牙尖口利，意欲把他拿住，見他只是個使喚的人，怪他不得，即把他喝退。隨盤問雲卿的妻妾們：「雲卿究往那裡去了？」妻妾們都說不知，皆說是出門幾天，不知他現在哪裡。那縣令沒奈何，就令差役四圍搜查，一來要查他產業的記號，二來最要的是搜他有什麼在關庫舞弊的憑據，務令上天鑽地，都要控了出來。即將屋裡自他妻妾兒女以至家人，都令立在一處。隨喚各人陸續把各號衣箱開了鎖，所有金銀珠寶頭面以至衣服，都令登志簿內。隨又把傢俬一一登記，再把各人身上通通搜過，內中有些田地及屋宇契紙與生理股票，都登註明白，總沒有關裡通同庫書舞弊的證據。那差人搜了又搜，連牆孔都看過了，只哪裡有個影兒？那屋又沒有地穴，料然是預早知罪，先毀滅形跡，可無疑了。縣令即對他家人婦子說道：「奉大憲之命，除了身上所穿衣服，餘外概不能亂動。」那些家人婦子個個面如土色，更有些雙眼垂淚，皆請給回些粗布衣裳替換，縣令即準她們各拿兩套。正擬把封條黏在門外，然後留差役看守，即擬回衙覆命，誰想那差役仍四處巡視，巡到那井邊，看看井裡，見有碎紙在水上浮

起，不覺起了疑心。隨稟過縣令，即把竹竿撈來觀看，覺有數目字樣，料然是把舞弊的假冊憑據拋在井裡去了。立令人把井水打乾，看看果然是向日海關庫裡假冊子的稿本，落在井裡，只是浸在水底，浸了多時，所有字跡都糊塗難辨。縣令沒奈何，只得把來包好，便嘉獎了這查看井裡的差役一番。即留差役看守，把門外黏了封皮，即回街而去。

是時周、傅各家，皆已分頭多派差人看守。因傅家和周庸祐產業最多，唯周乃慈是現充庫書的，罪名較重，傅成、周庸祐兩家已派差役把守，隨後查封，同時又令南海縣先到周乃慈屋裡查驗。這時周乃慈的家眷，因乃慈死未過七旬，因此全在屋裡，沒有離去。那南海令會同警官，帶領巡勇，先派兩名在門外把守，即進屋搜查。那周乃慈家眷見官勇來了，早知有些不妥，只有聽候如何搜查而已。當時後廳裡尚奉著周乃慈靈位，煙火薰蒸，燈燭明亮。南令先問家裡尚有男女若干名口，家人一一答過，隨用紙筆登記了。南令又道：「周乃慈畏罪自盡，生前舞弊營私，侵吞庫款，可無疑的了。現在大憲奏准查辦，你們想已知道了。家內究有存得關庫裡向來數目底本沒有？好好拿出，倘若匿藏，就是罪上加罪，休要後悔。」家人答道：「屋裡不是庫書辦公之地，哪有數目存起？公祖若不見信，可令貴差搜查便是。」南令道：「你們也會得說，只怕大憲跟前說不得這樣話。乃慈雖死，他兒子究在哪裡？」

時周乃慈的兒子周景芬，正在家內，年紀尚輕，那周乃慈的妻妾們，即引周景芬出來，見了南令，即伏地叩首。南令道：「你父在生時的罪名，想你也知道了。」那周景芬年幼，胡混答道：「已知道了。」家人只替說道：「父親生時在庫書裡辦事，都承上傳下例，便是冊房裡那數目，倒是監督大人吩示的，方敢填注，合與不合，他不是自作自為的。」南令怒道：「他的罪過，哪不知得，你還要替他強辯嗎？」家人聽了，不敢出

聲。南令又道：「他在庫書裡應得薪水若干？何以家業這般殷富？門戶這般闊綽？還敢在本官跟前撒謊！怕大憲聞知，你們不免同罪呢！」家人又無話說。南令又問周景芬道：「周乃慈遺下在省的產業生理，究有多少？在港的產業生理，又有多少？某號、某地、某屋，當要一一報說出來。」周景芬聽罷，沒言可答，只推不知。家人又替他說道：「他只是個小孩子，他父兄的事，他如何知得？且罪人不及妻孥，望公祖見諒。」南令聽了，更怒道：「你好撒刁！說那罪人不及妻孥的話，難道要與本官談論國律不成？」隨又道：「本官也不管他年幼不年幼，他老子的事，也不管他知與不知，本官只依著大憲囑咐下來的辦理。」說罷，即令差勇四處查緝。先點查傢俬器具之後，隨令各家人把衣箱通通開了鎖，除金銀珠寶頭面及衣服細軟之外，只餘少少地屋契紙及占股生理的股票。南令道：「他哪止這些家當！」再令差勇細細檢查，凡片紙隻字，及親朋來往的書信，也通通檢起。隨令自他妻妾兒女以至家員婢僕，都把渾身上下搜過，除所穿衣衫外，所有小小貴重的頭面，都要擲下來，家裡人一概都出進不得。這時差勇檢查，雖然當官點視，其暗中上下其手的，實所不免。

正在查點間，忽衙裡打電話來報導：「番令在潘雲卿屋裡撈出冊子。」南令聽得，急令人把井裡撈過，獨空空沒有一物，只得罷了。隨把記事簿登錄清楚，即著差人看守家人，隨擬回衙，要帶周景芬同去。那家人聽了，都驚哭起來，紛紛向南令求情道：「他年紀幼小，識不得什麼事。」南令哪裡肯依，即答道：「此是大憲主意，本官苦奉行不力，也有個處分。」那家人聽了，倒道南令本不為已甚，不過大吏過嚴罷了，便苦求南令休把周景芬帶去。那周景芬只是十來歲的人，聽得一個拿字，早嚇得魂不附體。意欲逃進房子裡，怎奈差役們十居其九，都是馬屁憑官勢，一聲喝起，即把周景芬執住，那周景芬號啕大哭起來。這時家人婦子，七手八

腳，有跪向南令扯住袍角求饒的，有與差役亂掙亂扯的，哭泣的聲，哀求的聲，鬧作一團。南令見這個情景，即略安慰他道：「只帶去回覆大帥，料是問過產業號數，就可放回，可不必憂慮。」家人至此，也沒可奈何，料然求亦不得，只聽他罷了。

南令正擬出門，忽一聲嬌喘喘的哀聲，一個女子從裡面跑出，扯住周景芬，伏地不起。周景芬又不願行，那女子只亂呼亂叫，引動家人，又復大哭起來。南令聽得，也覺酸鼻。細視那女子年約二十上下，穿的渾身縞素衣裳，裙下那雙小弓鞋們著白布，頭上沒有梳妝，披頭散髮，雖在哀慟之中，仍不失那種嬌豔之態。南令見她如此悽慘，便問那個女子是周乃慈的什麼人。差勇有知得的，上前答道：「這女子就是周乃慈的侍妾，喚作李香桃的便是。」南令聽了，覺有一種可憐，只是大憲囑示，哪裡還敢抗違，唯有再勸慰道：「此番帶她同去，料無別的，問明家業清楚，就可放回了。倘若故意抗拒，怕大帥發怒時，哪裡抵當得住？」時香桃也不聽得南令說什麼話，唯淒楚之極，左手牽住周景芬，右手執著帕子，掩面大哭。不覺鬆了手，差役即扯周景芬而去。香桃坐在地上，雙腳亂撐地哭了一會兒，又回周乃慈靈前大哭。家人見她只是一個侍妾，景芬又不是她所出，卻如此感切，自然相感大慟，不在話下。

且說周景芬被南令帶了回署，隨帶往見金督帥繳令。金督把他盤問一切，凡是周乃慈的產業，周景芬有知得的，有不知得的，都據實供出。金督又問周乃慈是否確實自盡，也通通答過了。金督帥隨令把乃慈從前侵吞庫款數目拿了出來，這都是佘子谷經手，按他父乃慈替充庫書若干年，共吞虧若干數錄出來的，著周景芬影印指模作實。周景芬供道：「先父只替十伯父周兆熊（即棟臣充庫書之名）辦庫書事，也非自己幹來。」金督怒道：「你父明明接充庫書，縱是替人，也是知情不舉，應與同罪。

257

且問你們享受的產業，若不是侵吞巨款，究從哪裡得來？還要強辯做什麼！」那周景芬被責無語。金督又勒令影印指模，周景芬又道：「縱如大人所言，只是先父幹事，小人年輕，向沒有知得，應不干小子的事，望大人見恕。」金督拍案大怒，周景芬早已心慌，被強不過，沒奈何把指模影印了。

金督即令把周景芬押過一處，並令將周庸祐、周乃慈家屬一併拘留。南令得令，即回街裡，旋又再到光雅裡周乃慈住宅，傳金督令，將家屬一併拘留。家人聞耗，各自倉皇無措，有思逃遁的，俱被拘住。其餘使喚的人，力陳不是周家的人，只受工錢僱用，懇恩寬免拘究，都一概不允。各人嗚嗚咽咽啼哭，神不守舍，只香桃對各家人說道：「罪及妻孥，有什麼可說！且禍來順受，哭泣則甚？只可惜的是景芬年少被禁，他父當庫書時，他有多大年紀，以沒有知識的人，替他父受苦，如何不感傷！至於老爺自盡之後，七旬來滿，骨肉未寒，驟遭此禍，不知怎樣處置才好？」說了，自己也哭起來。

這時警勇及南差同時把各人拘住，唯李香桃仍一頭啼哭，一頭打點靈前香火。差勇喝她起行，她卻不怕，只陸續收拾靈前擺設的器具，又再在靈前添住香燭，燒過寶帛，一面要使人叫轎子。差役喝道：「犯罪的人坐不得轎子！」香桃道：「妾犯何罪？你們休憑官勢，當妾是犯人來看待。沒論是非曲直是老爺子來，我只是個侍妾，罪在哪裡？若不能坐得轎子，叫妾如何行去？」說了即坐著地上不行。南令聽了，見她理直氣壯，且又情詞可憫，就著人替她叫一頂轎子，一面押她家屬起行。那香桃聽得轎子來了，就在靈前哭了一場，隨捧起周乃慈的靈位。各人問她捧主的緣故，她道：「留在屋裡，沒人奉侍香火，故要攜帶同去，免他陰魂寥落。」說罷，便步出大門外，乘著轎子而去。正是：

有生難得佳人義，已死猶思故主恩。

要知後事如何，且聽下回分解。

第三十六回　潘雲卿逾垣逃險地 李香桃奉主入監牢

第三十七回
奉督諭抄檢周京堂 匿資財避居香港界

　　話說周乃慈家裡，因督帥傳示南令，要押留家屬，李香桃即奉了周乃慈的靈位而出。南令見她如此悲苦，亦覺可憐，也體諒她，准她乘著轎子而去。所有內裡衣箱什物，黏了封皮，又把封皮黏了頭門。南令即令差役押著周乃慈家屬，一程回到署內，用電話稟過大吏。隨得大吏由電話覆示，將周乃慈家屬暫留南署，聽候發落；並說委員前往查抄周庸祐大屋，並未回來，須往察看；至於傳成大屋，已由番令查封，待回稟後，然後一併發落這等說。南令聽了，不敢怠慢，即令差役看守周乃慈家屬，自乘轎子直到寶華正中約周京卿第裡。只見街頭街尾立著行人，擁擠觀望。統計周庸祐大屋，分東西兩大門，一頭是京卿第，一頭就是榮祿第，都有差役立守。南令卻由京卿第一門而進。

　　這時周庸祐府裡，自周乃慈自盡之後，早知有所不妙。因日前有自稱督署紅員姓張的打饑荒，去了五萬銀子，只道他手上可以打點參案，後來沒得消息，想姓張的是假冒無疑了。至於汪太史，更是空口講白話，更屬不濟。即至北京內裡，凡庸祐平日巴結的大員，且不能設法，眼見是不能挽救的。只心裡雖然驚慌，外面還撐住作沒事的樣子。奈周庸祐已往上海，府裡各事只由馬氏主持，那馬氏又只靠管家人作耳目。馮、駱兩家即明知事情不了，只那馬氏是不知死活的人，所以十分危險的話也不敢說。

　　那日駱子棠早聽得有奏准查抄的消息，自忖食其祿者忠其主，這會兒

第三十七回　奉督諭抄檢周京堂　匿資財避居香港界

是不得不說的，即把這風聲對馬氏說知。馬氏聽了，暗忖各處大員好友，已打點不來，周庸祐又沒些好消息回報，料然有些不妥，把從前自高自大的心事，到此時不免驚慌了。自料三十六著，走為上著，只又不好張揚的。但當時周庸祐因鑽弄官階，已去了百十萬銀子，手頭上比不得往時，因此已將各房姨太太分住的宅子都分租於人，各姨太太除在香港的，都遷回寶華正中約大宅子一團居住。馬氏因此就託稱往香港有事，著各姨太太在大屋裡看守，並幾個兒子，都先打發到港，餘外家裡細軟，預早收拾些。另查點金銀珠寶頭面，凡自己的，及二姨太太三姨太太已經身故的，那頭面都存在自己處，共約八萬兩銀子上下，先把一個箱子貯好，著人付往香港去。餘外草草吩咐些事務，立刻離了府門便行。偏又事有湊巧，才出了門，那查抄家產的官員已到，南令隨後又來。家人見了，都驚慌不迭。委員先問周庸祐在那裡，家人答道：「在香港。且往上海去了。」又問他的妻兒安在，家人又答道：「是在香港居住。」委員笑道：「他也知機，亦多狡計，早知不妙，就先行脫身。」說了，即將家人答語錄作供詞。

這時家人紛紛思遁，都被差役攔阻。至於僱用的工人傭婦，正要撿回自己什物而去，差役不准。各人齊道：「我們是受僱使用，支領工錢的，也不是周家的人。主子所犯何事，與我們都沒相關，留我們也是無用。」南令道：「你們不必焦嚷，或有你們經手知道的周家產業，總要帶去問明，若沒事時，自然把你們釋放。」各人聽了無話，面面相覷，只不敢行動。委員即令差役把府裡上下人等渾身搜過，男的搜男，女的搜女，凡身上查有貴重的，都令留下。忽見一梳傭，身上首飾釧鐲之類，所值不貲，都令脫下。那梳傭道：「我只是雇工之人，這頭面是自己置買的，也不是主人的什物，如何連我的也要取去？」那差役道：「妳既是在這裡雇工試用，月內究得工錢多少，卻能買置這些頭面？」說了，那梳傭再不能駁說。

正在紛紛查搜，忽搜到一個僕婦身上，還沒什麼物件，只有一宗奇事，那僕婦卻不是女子，只是一個男身。那搜查的女投，見如此怪事，問他怎地要扮女子混將進來。那僕婦道：「我生來是個半男女的，妳休大驚小怪。」那女役道：「半男女的不是這樣，我卻不信。」那僕婦被女役盤問不過，料不能強帶，只得直說道：「因謀食艱難，故扮作女裝，執傭婦之役，較易謀工，實無歹意，望妳這瞞罷了。」那女役見他如此說，暗忖此事卻不好說出來，只向同事的唶唶說了一會兒，各人聽得，都付之一笑了事。統計上下人等，已通通搜過，有些身上沒有物件的，亦有些暗懷貴重珍寶的。更有些下人，因主人有事忙亂，乘機竊些珍寶的，都一概留下。

委員即令各人立在一隅，隨向人問過什麼名字，也一一登記簿裡。隨計這一間大宅子，自京卿第至榮祿第相連，共十三面，內裡廳堂樓閣房子，共約四十餘間，內另花園一所，洋樓一座，戲臺一座，也詳細註明。屋內所用物件，計電燈五百餘火，紫檀木雕花大床子十二張，金帳鉤十二副，金枕花二十對，至於酸枝臺椅，雲母石臺椅，及地氈帳幕多件，都不必細述。隨後再點衣箱皮匣，共百餘件。都上鎖封固，一一黏了封皮。隨傳管家上來，問明周庸祐在省的產業生理，初時只推不知。南令即用電話稟告查抄情形。督帥也回覆，將上下人等一併帶回，另候訊問。南令依令辦去。並將大門關鎖，黏上封條，即帶周氏家屬起行。統計家裡人，姨太太三位，生女一口，是已經許配許姓的，及丫鬟、梳傭、僕婦、管家，以至門子、廚子，不下數十人，由差役押著，一起先回南署。

那些姨太太、女兒、丫鬟，都滿面愁容，甚的要痛哭流涕，若不勝淒楚，都是首像飛蓬，衣衫不整，還有尚未穿鞋，赤著雙足的，一個扶住一個，皆低頭不敢仰視，相傍而行。沿途看的，人山人海，便使旁觀的議論紛紛。有人說道：「周某的身家來歷不明，自然受這般結果。」又有人說

第三十七回　奉督諭抄檢周京堂 匿資財避居香港界

道：「他自從富貴起來，也忘卻少年時的貧困，總是驕奢淫佚，盡情揮霍，自然受這等折數了。」又有人說道：「那姓周的，只是弄功名，及花天酒地，就闊綽得天上有，地下無，不特國民公益沒有幹些，便是樂善好施，他也不懂得。看他助南非洲賑濟，曾題了五千塊洋銀，及到天津賑饑，他只助五十塊銀子，今日抄查家產，就不要替他憐惜了。」又有人說道：「周某還有一點好處，生平不好對旁邊說某人過失，即是對他不住的人，他卻不言，例算有些厚道。只他雖有如此好處，只他的繼室馬氏就不堪提了。看她往時擺個大架子，不論什麼人家，有不像她豪富的，就小覷他人，自奉又奢侈得很，所吸洋煙，也要參水熬煮。至於不是她所出長子，還限定不能先娶。這樣人差不多像時憲書說的三娘煞星。還幸她只是一個京卿的繼室，若是在宮廷裡，她還要做起武則天來了！所以這回查抄，就是她的果報呢！」

當下你一言，我一語，談前說後，也不能記得許多。只旁人雖有如此議論，究有人見他女兒侍妾如此拋頭露面，押回官街裡去，自然有些說憐惜的說話。這時就有人答道：「那周某雖然做到京卿，究竟不會替各姨太太打算。昔日城裡有家姓潘的，由鹽務起家，署過兩廣的鹽運使，他遇查抄家產的時候，尚有二十多房姨太太。他知道抄家的風聲，卻不動聲色，大清早起，就坐在頭門裡，逐個姨太太喚了出來，每一個姨太太給她五百銀子，遣她去了。那時各姨太太正是清早起來，頭面首飾沒有多戴，私己銀兩又沒有攜在身上，又不知姓潘的喚自己何事。聞他給五百銀子遣去，正要回房裡取私己什物，姓潘的卻道官差將到了，妳們快走罷，因此不准各姨太太再進房子。不消兩個時辰，那二十多房姨太太就遣發清楚，一來免他攜去私蓄的銀物，二來又免他出醜，豈不是兩存其美嗎？今周某沒有見機，累到家屬，也押到官衙去了。」旁人聽得那一番說話，都道：「人家

被押，已這般苦楚，你還有閒心來講古嗎？」那人道：「他的苦是個興盡悲來的道理，與我怎麼相干？」一頭議論，一頭又有許多人跟著觀看，且行且議，更有跟到南海衙裡的，看看怎麼情景。

只見那南令回衙之後，覆過督院，就將周庸祐的家屬押在一處。只當時被押的人，有些要問明周家產業的，要追索周庸祐的，這樣雖是個犯人家屬，究與大犯不同，似不能押在羈所。南令隨稟過督院，得了主意。因前任廣州協鎮李子儀是與周庸祐拜把的，自從逃走之後，還有一間公館留在城裡，因此就把兩家家屬都押到李姓那公館裡安置，任隨督院如何發落。

這時南令所事已畢，那番令自從抄了潘家回來之後，連傅家也查抄停妥。計四家被抄，還是姓傅的產業實居多數。論起那姓傅的家當，原不及周庸祐的，今被抄的數目反在姓周之上，這是何故？因傅姓離了海關庫書的職事，已有二十年了，自料官府縱算計起來，自己雖有不妥，未必與周姓的一概同抄，因此事前也不打點。若姓周的是預知不免的，不免暗中夾帶些去了，所以姓傅的被抄物產居多，就是這個緣故。

今把閒話停說。且說南、番兩令，會同委員，查抄那四家之後，把情形細覆督院。那督院看了，暗忖周庸祐這般豪富，何以銀物不及姓傅的多，料其中不是親朋替他瞞漏收藏，就是家人預早攜帶私遁可無疑了。便令道：「凡有替周庸祐瞞藏貴重物件及替他轉名瞞去產業生理的，一概同罪；並知情不舉的，也要嚴辦。」去後，又猛憶周庸祐雖去了上海，只素聞他的家事向由繼室馬氏把持，今查他家屬之名，不見有馬氏在內，料然預早逃去，總要拿住了她才好。便密令屬員緝拿馬氏，不在話下。

只是馬氏逃到香港，如何拿得住她，因此馬氏雖然家裡遭此禍患，唯

第三十七回　奉督諭抄檢周京堂　匿資財避居香港界

一身究竟無事，且兒子們既已逃出，自己所生女兒已經嫁了的，又沒有歸寧，不致被押，仍是不幸中的萬幸了。當下逃到香港回堅道的大宅子裡，雖省城裡的大屋子歸了官，香港這一間仍過得去。計點傢俬齊備，還有一個大大的鐵甲萬，內裡藏著銀物不少。轉慮督帥或要照會香港政府查抄，實要先行設法轉貯別處才好。獨是這甲萬大得很，實移動不得。便要開了來看，只那鎖匙不知遺落那裡，尋來尋去，只是不見。心裡正慮那鎖匙被人偷了，或是在省逃走時忘卻帶回，那時心事紛亂，也不能記起。只無論如何，倒要開了那甲萬，轉放內裡什物才是好。便令人尋一個開鎖的工匠來。那工匠看那大大的甲萬非比尋常，又忖她是急要開鎖的，便索她二百銀子，才肯替她開鎖。馬氏這時正沒可如何，細想這甲萬開早一時，自得一時的好處，便依價允她二百銀子。那工匠不費半刻工夫，把甲萬開了而去，就得了二百銀子，好不造化。

馬氏計點甲萬里面，尚有存放洋行的銀籍二十萬元，立刻取出，轉了別個名字。一面把家裡被抄，及自己與兒子逃出，與將在港所存銀項轉名的事，打個電報，一一報與周庸祐知道，並要問明在香港的產業如何安置。不想幾天，還不見周庸祐回電，這時馬氏反起了思疑。因恐周庸祐在上海已被人拿去，自己又恐香港靠不住，必要逃出外洋，但不得庸祐消息，究沒主張。那管家們又已被押，已沒人可以商量，況逃走的事，又不輕易對人說的，一個婦人，正如沒爪蟹。且自從遭了這場家禍，往日親朋，往來的也少。馬氏平時萬分氣焰，到這會兒也不免喪氣。正是：

繁華已往從頭散，氣焰而今轉眼空。

要知後事如何，且聽下回分解。

第三十八回
聞示令商界苦誅求 請查封港官駁照會

話說馬氏把被抄的情形，及將香港銀兩安放停妥的事，把個電報通知周庸祐，總不見覆電，心裡自然委放不下。這時馮、駱兩管家都被扣留，也沒人可以商議各事的。還幸當時親家黃遊府，因與大吏意見不投，逃往香港，有事或向他商酌。奈這時風聲不好，天天傳粵中大吏要照會香港政府拿人，馬氏不知真假，心內好不慌張。又見潘子慶自逃到香港之後，鎮日不敢出門，只躲在西麼臺上大屋子裡，天天打算要出外洋，可見事情是緊要的無疑了。但自己不知往哪裡才好，又不得周庸祐消息，究竟不敢妄自行動。怎奈當時風聲鶴唳，紛傳周庸祐已經被拿，收在上海道衙裡，馬氏又沒有見覆電，自然半信半疑。

原來周庸祐平日最是膽小，且又知租界地方原是靠不住的，故雖然接了馬氏之電，唯是自己住址究不欲使人知道，因此並不欲電覆馬氏，只揮了一函，由郵政局付港而已。

那一日，馬氏正在屋子裡納悶，忽報由上海付到一函，馬氏就知是丈夫周庸祐付回的，急令呈上，忙拆開一看，只見那函道：

馬氏夫人妝鑑：

昨接來電，敬悉一切。此次家門不幸，遭此大變，使廿年事業，盡付東流。回首當年，如一場春夢，曷勝浩嘆！幸港中產業生理，皆署別名，

或可保全一二耳。夫人當此變故之際，能及早知機，先逃至港，安頓各事，深謀遠慮，兒子亦得相安無事，感佩良多。自以十餘年在外經營，每不暇涉及家事，故使驕奢淫逸，相習成風，悔將何及！即各房姬妾，所私積盈餘，未嘗不各擁五七萬，使能一念前情，各相扶持，則門戶尚可支撐。但恐時敗運衰，各人不免自為之所，不復顧及我耳。此次與十二宅既被查抄，眷屬又被拘留，回望家門，誠不知淚之何自來也！古云「罪不及妻孥」，今則婢僕家人，亦同囚犯；或者皇天庇佑，罪亦無名，未必置之死地耳。愚在此間，亦與針氈無異，前接夫人之電，不敢遽覆者，誠懼行蹤為人所偵悉故也。蓋當金帥盛怒之時，凡通商各埠，皆可以提解回國，此後棲身，或無約之國如暹羅者，庶可苟延殘喘而已。港中一切事務，統望夫人一力主持，再不必以函電相通。愚之行蹤，更直祕密，待風聲稍息，愚當離滬，潛回香港一遭，冀與夫人一面，再商行止。時運通塞，總有天數，夫人切勿以此介意，致傷身體。匆匆草覆，諸情未達，容待面叩。敬問賢助金安。

愚夫周庸祐頓首

　馬氏看罷，自然傷感。唯幸丈夫尚在滬上，並非被拿，又不免把愁眉放下。一面派人回省，打聽家屬被官吏拘留，如何情景。因為有一個未出嫁的女兒，通通被留去了，自不免掛心。後知得官府留下家屬，全為查問香港自己的產業起見，也沒有什麼受苦，這時反不免悲喜交集。喜的是女兒幸得平安，悲的就怕那些人家，把自己在港的某號產業、某號生理，一概供出，如何是好？還虧當時官吏，辦理這件案實在嚴得一點，周氏兩邊家人，都自見無辜被拘，一切周家在香港的產業都不肯供出。在周乃慈的家人，自然想起周乃慈在生時待人有些寬厚，固不肯供出，一來這些人本屬無罪，與犯事的不同，也不能用刑逼供，故訊問時都答話不知，官吏也

沒可如何。至於周庸祐的家人，一起一起的訊問，各姨太太都說家裡各事向由馬氏主持，庶妾向不能過問的，所以港中有何產業，只推不知。至於管家人，又供說香港周宅另有管家人等，我們這些在省城的，在香港的委實不知。問官錄了供詞，只得把各人所供，回覆大吏。

大吏看了，暗忖這一干人都如此說，料然他不肯供出，不如下一張照會到香港政府去，不怕查封他不得。又看了那管家的供詞，道是管理周家在省城的產業，便令他將省城的產業一一錄了出來，恐有漏抄的，便憑他管家所供來查究。因此再又出了一張告示，凡有欠周棟臣款項，或有與周棟臣合股生理，抑是租賃周棟臣屋子的，都從速報明。一切房舍，都分開號數，次第發出封條。其生理股本及欠周氏銀兩的，即限時照數繳交善後局。因此上省中商場又震動起來。

大約生意場中，銀子都是互相往來的，或那一間字號今天借了周棟臣一萬，或明天周棟臣一時手緊，盡會向那一間字號借回八千，無論大商富戶，轉動銀兩，實所不免。因當時官府出下這張告示，那些欠周棟臣款項的，自然不敢隱匿。便是周家合股做生理的，周家盡會向那字號挪移些銀子，若把欠周家的款項，及周家所占的股本，繳交官府，至於周家欠人的，究從那裡討取？其中自然有五七家把這個情由稟知官吏。你道官吏見了這等稟詞，究怎麼樣批發呢？那官吏竟然批道：「你們自然知周庸祐這些家當從哪裡來，他只當一個庫房，能受薪水若干？若不靠侵吞庫款，哪裡得幾百萬的家財來？這樣，你們就不該與他交易，把銀來借與他了，這都是你們自取，還怨誰人？且這會兒查抄周家產業，是上臺奏准辦理的，所抄的數目，都報數人官，那姓周的縱有欠你們款項，也不能扣出。況周庸祐尚有產業在香港的，你們只往香港告他也罷了。」各人看了這等批詞，見自己欠周家的，已不能少欠分文，周家欠自己的，竟無從追問，心

上實在不甘，惜當時督帥一團烈性，只是敢怒不敢言而已，所以商家哪有不震動起來。偏是當時衙門人役，又故意推敲，凡是與周家有些戚誼，與有來往的，不是指他私藏周家銀物，便是指他替周庸祐出名，遮瞞家產，就借端魚肉，也不能盡說。所以那些人等，又吃了一驚，紛紛逃竄，把一座省城裡的商家富戶，弄成風聲鶴唳。過了數十天，人心方才靜些。

一府兩縣，次第把查抄周、傅、潘國家的產業號數，呈報大吏。那時又對過姓周家屬的供詞，見周庸祐是落籍南海大坑村，那周庸祐自富貴之後，替村中居民盡數起過屋子。初時周庸祐因見村中兄弟的屋子湫陋，故此村中各人，他都贈些銀子，使他們各自建過宅舍，好壯村裡觀瞻，故闔村皆拆去舊屋，另行新建。這會兒官府見他村中屋子都是周庸祐建的，自然算是周庸祐的產業，便一發下令，都一併查抄回來。這時大坑村中居民眼見屋子要入官去了，豈不是全無立足之地，連屋子也沒得居住？這樣看來，反不若當初不得周庸祐恩惠較好。這個情景，真是闔村同哭，沒可如何，便有些到官裡求情的。官吏想封了闔村屋宇，這一村居民都流離失所，實在不忍，便詳請大吏，把此事從寬辦理，故此查封大坑村屋宇的事，眼前暫且不提。

只是周庸祐在香港置下的產業，做下的生理，端的不少，斷不能令他作海外的富家兒，便逍遙沒事，盡籌過善法，一併籍沒他才是，便傳洋務局委員尹家瑤到衙商議。大吏道：「現看那四家抄查的號數，是姓傅的居多，那周庸祐的只不過數十萬金。試想那四家之中，自然是算周庸祐最富，不過因傅家產業全在省城，故被抄較多。若周庸祐的產業在省城的這般少，可知在香港的就多得很了。若他在港的家當，便不能奈得他何，試想官衙員吏何止萬千，若人人吞了公款，便逃到洋人地面做生理，置屋業，互相傚尤，這還了得！你道怎麼樣辦法呢？」

270

那尹家瑤聽了，低頭一想，覺無計可施。原來尹家瑤曾在香港讀過英文，且當過英文教習，亦曾到上海，在程少保那裡充過翻譯員，當金督帥過滬時，程少保見自己幕裡人多，就薦他到金督帥那裡。還虧他有一種做官手段，故回粵之後，不一二年間，就做到天字一號的人員，充當洋務局總辦。他本讀英文多年，只法律上並未曾學過，當下聽得金督帥的言語，便答道：「香港中周庸祐生理屋業端的很多，最大的便是某銀行，占了幾十萬的股份，但股票上卻不是用他的名字。其次，便算那一間回記字號，比周乃慈的那回昌字號生意還大呢！只是他用哪一個名字註冊，都無從查悉。其餘屋業，就是周、潘三家也不少，究竟他們能夠侵吞款項，預先在香港置產業，好比狡兔三窟，預為之謀，想契紙上也未必用自己名字了，這樣如何是好？」金督帥道：「不如先往香港一查，回來再行打算。」尹家瑤答道：「是。」金督便令草了一張告示，知照港督，說明委員到港，要查姓周的產業來歷。

　　尹家瑤一程來到香港，到冊房，從頭至尾，自生理冊與及屋業冊，都看過一遍，其中有周、潘名字的很少，縱有一二，又是與人暗借了銀款的，這情節料然是假。唯是真是假，究沒有憑據。胡混過了兩天，即回到省裡，據情口覆金督。自經這一番查過之後，周、潘兩家人等，少不免又吃一點虛驚。因為中、英兩國究有些鄰封睦誼，若果能封到自己產業，因是財爻盡空；且若能封業，便能拘人。想到這裡，倍加納悶，只事到其間，實在難說，唯有再行打聽如何罷了。

　　過了數日，金督帥見尹家瑤往香港查察周、潘產業，竟沒分毫頭緒，畢竟無從下手，便又傳尹家瑤到街商議，問他有什麼法子。尹家瑤暗忖金督之意，若不能封得周、潘兩家在港的產業，斷不干休。但他的性情又不好與他抗辯，便說道：「此事辦來只怕不易，除是大帥把一張照會到港督

處，說稱某項屋業，某家生理，是姓周、姓潘的，料香港政府體念與大帥有了交情，盡可辦得好，把他來封了。且職道又是親往香港查過的，算有些證據，實與撒謊的不同。此計或可使得，未知大帥尊意如何？」金督聽了，覺此言也有些道理，便問尹家瑤道：「究竟哪號生理、哪號屋業，是姓周、姓潘的，你可說來。」尹家瑤便不慌不忙地說道：「堅道某大宅子，西麼臺某大宅子，及周圍與合股某銀行，某榮號，回記號，此人人皆知。至於某地段某屋鋪，通通是姓周的。又西麼臺某大宅子，對海油麻地某數號屋鋪，以及港中某地段屋，某號生理，通通是姓潘的。」原原本本說來，金督一一錄下。

次日，即再具一張照會，並列明某是周、潘的產業，請港督盡予抄封。港督看了，即對尹家瑤道：「昨天來的照會，本部堂已知道了。論起兩國交情，本該遵辦，叵奈敝國是有憲法的國，與貴國政體不同，不能亂封民產，致擾亂商場的。且另有司法衙門，宜先到桌司衙門控告，看有何證據，指出某某是周、潘兩家產業，假托別名，訊實時，本部就照辦去便是。」尹家瑤滿想照會一到，即可成功，今聽到此話，如一盆冷水從頭頂澆下來，沒得可答，只勉強再說兩句請念邦交的話。港督又道：「本部堂實無此特權，恕難從命。且未經控告，便封產業，倘使貴部堂說全香港都是周、潘兩家產業生理，不過假托別人名字的，難道本部堂都要立刻封了，把全個香港來送與貴國不成？這卻使不得。請往桌衙先控他罷。」尹家瑤見此話確是有理，再無可言，只得告辭而去。正是：

政體不同難照辦，案情無據怎查封？

要知後事如何，且聽下回分解。

第三十九回
情冷暖侍妾別周家 苦羈留馬娘憐弱女

　　話說尹家瑤遞照會到香港總督那裡，請封周庸祐在港的產業，港督因法律不合，要他先到桌司衙門控告，原是個照律新法。尹家瑤見無可如何，只得跑回省城裡，把情由對金督帥稟知一遍。這時屬員人等，都不大懂得法律的，都道香港政府包庇周庸祐產業。更有些捕風捉影之徒，說周庸祐在香港的產業，實有四五百萬之多，因此金督見拿不到周庸祐，又拿不到馬氏，也十分憤怒。

　　原來周庸祐的家當，平日都不過二百萬上下，只為海關庫書裡每年有十來萬銀子出息，所以得這一筆生路錢，也擺得一個大架子出來。旁人看的，就疑他有五七百萬的家當，誰知他除了省中產業，在香港的生理股票，約值十五六萬左右，屋業就是有限。其餘馬氏手上有三十萬上下，及各姨太太也各有體己私積五七萬不等，且自省中傳出有查抄的風聲，他早將各產業轉了名字，或按了銀兩，通通動彈不得。只那些官員哪裡得知，只道周庸祐有五七百萬身家，在省城僅抄得數十萬，就思疑他在港的產業有數百萬了。

　　當下金督帥憤怒不過，便務要拿獲周庸祐或馬氏，一面打聽周庸祐現在哪裡。這時周庸祐亦打聽金督帥如何舉動，是風頭火勢，仍躲在上海，約過了十數天，覺聲勢漸漸慢了，正擬潛回香港一遭，然後再商行止。忽見侄子周勉墀已到上海來，直到日樣盛，見了周庸祐，把被抄的情形說了

第三十九回　情冷暖侍妾別周家　苦羈留馬娘憐弱女

一遍。周庸祐聽得，回想前情，不覺淒然下淚。周勉墀安慰了一會兒。庸祐道：「今正要回香港一轉，見見賢任的嬸娘，再行打算。」周勉墀道：「上海耳目眾多，實不是久居之地，趁此時正好逃走。但不知往哪裡才好？」周庸祐道：「我前兒做參贊時，聽得私罪人犯實能提解回國的，除是未有通商之地可以棲身。這樣看來，推以走往暹羅為上著。」周勉墀道：「叔父說的很是。叔父若去，小侄陪行便是。」庸祐道：「這倒不必。此間通信不易，我有事欲與馬氏細說，以防書信泄漏風聲。不如賢任先回香港，對你的嬸娘馬氏先說我的行蹤。明天就是船期，賢侄當得先行，我從後天的船期回去，賢侄替我約嬸娘到船上相會便是。」周勉墀應允，越日就起程回港，按下慢表。

　　且說周庸祐已決然起程，那日就乘輪南下，船中無事可表。不一日已抵香港，也不敢登岸。馬氏早得周勉墀所說，就料到庸祐那日必到，即與勉墀到船相會，夫妻之間，見面時不免互相揮淚。勉墀從旁勸了一會兒，料他兩人必有密語相告，只得迴避出去。周庸祐勸馬氏道：「看人生世上，抵如一場春夢，還虧香港產業尚能保全，不至兒孫冷落，都是夫人之功。」馬氏道：「今香港地面料難棲身，放著全家數十萬口，不知從哪裡安置。試問你當時置了十多房侍妾，今日要來何用？」周庸祐半晌才答道：「當時十多名丫鬟，若早些把她們嫁去，豈不省事？」馬氏道：「這事我豈不知？只可惜你家門不好，那些丫鬟都被人說長說短，出盡多少年庚，且作媒的也引多少人來看，偏是訪查過就沒人承受。若不然，哪有不把她們來嫁的道理？」周庸祐聽罷無語，隨又說道：「各房侍妾，盡有積存私己的銀兩首飾，不如弄個法子，取回她們的也好。」馬氏道：「你說得這般容易！九房自遷到灣仔居住，人人說她行為不端，有姓何的認作契兒，被人言三語四，我又沒牙箱，管她不住。七房居住坭街的屋子，鎮日只管病，

274

前天正請了十來名尼姑拜神拜鬼，看來不是長命的。她們縱有私積，哪裡還肯拿出來？虧你在夢中，還當各房侍妾是個上貨，平日亂把錢財給過她們，今日她們哪裡還顧你呢？」周庸祐道：「前事也不必說了，我今要往暹羅，只是香港往暹羅的船隻全是經過汕頭的，那汕頭是廣東地方，我斷不能從這等船隻去，是以從這船先往新加坡，然後轉往暹羅會罷。我前程妳不必掛慮，待我到暹羅後，或者再尋生理，復見過一個花天錦地，也未可知。但我到暹羅後，即須匯幾千銀子，交我使用才是。」馬氏答允，周庸祐又囑咐些家事。

　　不多時，香港各親友也有到船相見的，所有平日交託在香港打點自己生意之人，都令周勉墀尋他到船相會。其中有念庸祐平時優待自己的，自然好言相慰，請他安心放洋，自己願竭力替他管理商業。其中有懷著歹意的，或因周庸祐有些股票，轉了自己名字，恨不得周庸祐早些離港，便說道：「我們知交已久，是萬金可託的，只管放心前去，待沒事回來，總一一二二把帳目清算，交回閣下便是。」周庸祐也當所託得人，倒覺安樂。說罷，各人散去。馬氏在船上過了一夜，然後回家。次日，那船就起程望新加坡而來。

　　周庸祐自回港不敢登岸之後，各房侍妾都料周庸祐是斷不能回來，又因馬氏平日克待自己，說到周家事務，都是感情有限。那日，六姨太春桂到澳門遊玩，先到中華酒店住下。偏是那酒店裡面還有一人，是從前與春桂認識的。春桂隨帶有六千銀子，先交到那酒店裡貯妥，即尋一間潔淨房子住下。這時有聽得是周庸祐的姨太太到了，又知她有六千銀子貯櫃，人人都到那中華酒店觀看。更有些風流子弟，當她是一個古井，志在兜結於她，希望淘得錢鈔。只是那酒店裡春桂既有認識的，哪裡還思想兜攬別人，弄得那些脂粉客來來往往。那春桂又故意賣弄，在房子裡梳光頭髻，

穿著時款的衣服，打開房門子，各人看見她首飾插滿頭上，珍珠鑽石，光亮照人，那雙手上穿的金鐲子，數個不盡。正是面上羞花閉月，手中帶玉穿金，有財有色，從流俗眼裡看來，自然沒有不垂涎的。這時欲結識春桂的人，都到澳門中華酒店居住，弄得那酒店連房子也住滿了。那春桂住了十數天，除日中在房子裡吸大煙，就出外到銀牌館裡賭攤。那時攤館中有招待賭客的，見她有這般大交易，都到春桂寓房談攤路，講賭情，巴結巴結。那春桂又視錢財如糞土的，統計日中或輸擲一千八百，或花用些，更揮字到妓館邀妓女到來，弄洋煙，陪自己談天說地。不半月上下，那六千銀子早已用得乾淨。還喜港澳相隔不遠，立刻回香港，趕再帶些銀子到澳門再賭，好望贏回那六千銀子。不想賭來賭去，總賭那攤館不住，來往幾次，約有一月，已輸去一萬銀子有餘。

那日打算回港取銀子再賭，不料住在坭街的七姨太因病重了，喚春桂前去。春桂暗忖，七姨太私積盡有五七萬，她又沒有兒女，這番前去，她若不幸歿了，她所積的家當，或者落在自己手上，也未可料。想罷，便到坭街周宅。只見門外擺著紙人紙馬，並無數紙紮物件，又有幾個尼姑穿起繡衣，在門外敲磬念經，看了料知因七姨太有病，又是拜神拜鬼。只聽得旁人看的說道：「周某的身家陰消陽散，今日抄不盡的，還做這場功德，名是替七姨太禳解，實則與尼姑分家財罷了。」忽又有一人說道：「老哥這話真是少見多怪，姓周的與尼姑分家財，也不是希奇的，前兒馬氏送與容傳的繡衣，約值萬金。就現在這幾個尼姑看來，內中一個繡衣上的鈕兒光閃閃的，可不是鑽石的嗎？那幾顆鑽石，也值千金有餘，人人都知道是七姨太送她的了。她名喚蘇傳，是那七姨太的契妹子呢！」各人聽了，都伸出舌頭。

春桂聽得，也不敢作聲。即進屋子裡，見七姨太睡在床上，已沒點人

色。春桂即問一聲好。七姨太道：「我病了一月有餘，料不能再活了，今日還幸見妳一面。」春桂道：「吉人自有天相，拜過神後，或得神靈庇佑，妳抖抖精神罷。」七姨太道：「自己家門不幸，我早看得，欲削髮修行去了。只聞得五姨太桂妹自做了姑子之後，因這場抄家的災禍，她在省城還住不穩，她有信來，說已逃到南海白沙附近去了。她出家人還要逃避，可知我們縱然出家，也不能去得省城的，我因此未往。不幸又遇了一場病，便是死了也沒得可怨，身邊還有多少錢鈔，我若死後，妳總打理我的事兒，所有留存的，就讓給妳去。此後香燈，若得妳打點，不枉作一場姊妹，我就泉下銘感了。」春桂聽罷，仍安慰一番。

　　是夜七姨太竟然歿了，春桂承受她所有的私積。凡金銀珠寶頭面，不下二三萬金，都藏在一個箱子內。其餘銀兩，有現存的，自然先自取了，其付貯銀號的，都取了單據，並有七姨太囑書，都先安置停妥，然後把七房喪事報知馬氏及各房知道。是時除馬氏之外，唯六房、七房、九房在港，後來續娶所謂通西文的姨太太，也隨著周庸祐身邊，其餘都在省城被官府留下了。因七房死後，各人都知道她有私積遺下，紛紛到來視喪，實則覬覦這一份家當，只已交到春桂手上，卻無從索取。馬氏自恨從前太過小覷侍妾，故與各房絕無真正緣分，若不然，七姨太臨死時自然要報告自己，這樣，她的遺資，自然落在自己手上。當此抄家之後，多得五七萬也好，今落在他人手裡去，已自悔不及了。想罷，只得回屋。

　　春桂便於七七四十九日，替七房做完喪事，又打過齋醮，統計不過花去一二千就當了事。事後攜自己丫鬟及七房的丫鬟，並所有私積，及七房遺下的資財，席捲而去。因自己有這般資財，防馬氏不肯放鬆自己，二來忖周庸祐不知何日方能回來，何苦在家裡做個望門生寡，因此去了。自後也不知春桂消息。其後有傳她跟了別人的，有傳她死了的，都不必細表。

第三十九回　情冷暖侍妾別周家　苦羈留馬娘憐弱女

　　且說周家兩家眷屬，被官府留住，已經數月，已是秋盡冬來，天時漸漸寒凍，一切被留人等，只隨身衣衫，雖曾經官吏給二三件粗布衣裳替換，轉眼已是冬來，各人瑟縮情形，不堪名狀。在馬氏那裡，別個也不大留心，只是自己一個女兒，還同被扣留在那裡，倒不免傷心。原來馬氏平日最疼愛女兒，所以弄壞女兒的性子。那嫁姓蔡的長女，每夜抽大煙，直到天明才睡。早膳她是不吃的，睡到下午三四點鐘時候才起來，即喚裁縫的到房裡，裁剪衣裳不等，便用些晚飯，隨就抽大煙，所以每天沒有空閒的。那嫁姓黃的次女，自隨夫到香港居住後，每一次赴省，必帶丫鬟三幾名，並體已僕婦及梳傭與侍役等，不下十人，都坐頭等輪船的位，故每赴省一次，單是船費一項，已用至百金。試想姓黃、姓蔡都是殷實人家，哪喜歡這等舉動？無奈她的性子早已弄壞，都由馬氏過於寵愛。這會兒想起未嫁的女兒同被扣留，馬氏如何不傷心！又因大變追求甚嚴，沒一個人敢去問候，因此馬氏思念女兒更加痛切，況又當寒冷時候，盡要尋些棉衣才使得。正想著，忽又接得由省送來一函，是三女許給人十兩銀子，才託他帶到的，都是因天冷求設法送衣裳進去之故，函內寫得十分悲苦。論起姓周的家屬被留，本無什麼苦楚，只是平日所處的高堂大廈，所用的文繡膏粱，堂上一呼，堂下百諾，一旦被困在一處，行動不得，想後思前，安得不苦呢？所以函內寫得苦楚，就是這個緣故。

　　當下馬氏看了那函，不覺下淚。這時越發著急，便使侄子周勉墀回省裡，挽人遞一張狀子，訴說被留的姓周家屬，因天時寒冷，求在被封的衣箱內撿些棉衣禦冷。正是：

　　　十年享盡繁華福，一旦偏罹凍餒憂。

　　要知後事如何，且聽下回分解。

第四十回
走暹羅重尋安樂窩 慘風潮驚散繁華夢

話說馬氏因念及弱女被官府扣留，適值天時寒凍，特著周勉堀回省，挽人遞稟，求在被封的衣箱內撿回些棉衣禦冷。當時大吏見了那張稟子，暗忖她家人被留，實無罪過，不過擅拿不能擅放，就是任她寒冷，究竟無用，便批令撿些棉衣，與她家人禦寒。這時馬氏方覺心安。轉眼已是冬去春來，大吏仍追求周庸祐不已，善後局已將周、潘、傅四家產業分開次第號數開投，其中都不必細表。

單說周庸祐自逃到新加坡，在漆木街廣貨店住下。那時周庸祐雖是個罪犯，究竟還是海外一個富翁，從前認識的朋友都紛紛請宴。過了數日，打聽得駐新加坡領事已把周庸祐逃到新加坡的事，電報粵省金督去了，自念自己是一個罪犯，當此金督盛怒之下，恐不免把一張照會到來，提解自己回國，這便如何是好？倒不如再走別埠為上。且初議原欲逃往暹羅的，便趕趁船期，望暹羅濱角埠而來。幸當時有某國銀行的辦房，是在港時也曾相識的，先投見那人，然後託他租賃一所地方住下。當時遇暹華商如金三思、李敦賢及逃官陳中興等，也相與日漸款洽。只是周庸祐的情性，向當風月場中是個安樂窩的，自從被抄以來，受了一場驚嚇，花街柳巷，也少涉足。今到暹羅，是個無約之國，料不能提解自己回去，心上已覺稍安，不免尋個地方散悶，故鎮日無事，只叫妓女陪侍。這些妓女，亦見周庸祐是個富家兒，縱然省業被抄，還料他的身家仍有三二百萬，那個不來

279

第四十回　走暹羅重尋安樂窩　慘風潮驚散繁華夢

獻勤討好。就中一名妓女，喚作容妹，雖不至有沉魚落雁之容，閉月羞花之貌，還有一種風韻，覺得態度娉婷可愛，在濱角埠上，已是數一數二的人物，周庸祐自然歡喜她。她見周庸祐雖有十多房侍妾，只這般富厚，自然巴結巴結，因此與周庸祐也有個不解的交情。周庸祐便用了銀子二千匹（暹銀每匹約值華銀六毛），替容妹脫籍，充作自己侍妾，自此逍遙海外，也無憂無慮。每日除到公館談坐，或吸煙，或耍賭，盡過得日子。

不覺到了七月時候，朝廷竟降了一張諭旨，把金督帥調往雲南去了。周庸祐聽得這點消息，心上好不歡喜。因忖與自己作仇的，只金督帥一人，今他調任去了，省中購拿自己的，或可稍鬆。又聽得新任粵督是周文福，也與自己是同宗的，或者較易說話，便擬揮函回港，要問問金督調任的事是否確實。忽接得馬氏來了一函，不知贖容妹作妾的事，誰人對馬氏說知，馬氏那函，就是罵周庸祐在暹羅贖容妹的事，大意謂當此天荊地棘時候，仍不知死活，還要尋花問柳，贖妓為妾，真是死而不悔這等話。周庸祐看了，真是啞口無言，只得回覆馬氏，都是說酒意消愁，拈花解悶之意，並又問金督調任，可是真的。那函去了，幾日間，已紛紛接到妻妾及姪子付來的書函，報說金督調任的事，如報喜一般。周庸祐知得金督離任是實，再候兩月，已聽得金督離任去了，新任姓周的已經到粵，因自忖道：此時若不打點，更待何時？但打點不是易事，想了一會兒，沒有善法。可巧那日寄到香港報紙，打開一看，見周督因粵漢鐵路事情，與前任二品大員在籍的大紳李廷庸商議，猛然想起李大紳向與自己有點交情，就託他說個人情也好。若說得來，事後就封他一筆銀子，卻亦不錯。便一面飛函李大紳，託他辦這一件事。

那李大紳接周庸祐之信，暗忖周督原與自己知交，說話是不難的，但周庸祐當此時候，尚擁著多金，若沒些孝敬，斷斷不得。便回函周庸祐，

280

託稱自己一人不易說得來，必要與督署一二紅員會合，方能有效。但衙門裡打點，非錢不行，事後須酬報他們才得。周庸祐因此即應允說妥之後，封回五萬銀子，再說明若督署人員有什麼阻撓，就多加一二萬也不妨。李廷庸便親自到省，見周督說道：「海關庫書周庸祐，前因獲罪，查抄家產。某細想那姓周的，雖然有個侵吞庫款的罪名，但查抄已足抵罪，且又經參革，亦足警戒後人。況他的妻小家屬，原是無罪的，扣留他亦是無用，不如把他家屬釋放。自古說，罪不及妻孥，釋他尚不失為寬大。便是周庸祐既經治罪，亦不必再復追拿，好存他向日一個欽差大臣的體面。」周督聽了，亦覺得前任此案辦得太嚴，今聞李廷庸之話，亦覺有理，便即應允。一面令屬員把姓周的兩邊家屬一併省釋，復對李廷庸道：「前任督臣已將周庸祐緝拿一事存了案，斷不能明白說他無事，但本部堂再不把他追究便是。」李廷庸聽得自然歡喜，立刻揮函，告知周庸祐。時周庸祐亦已接得馬氏報告，已知家屬已經釋放，心上覺得頗安，便函令馬氏送交五萬銀子到李廷庸手裡，自己便要打算回港。因從前在港的產業都轉了他人的名字，此番回去，便要清理，凡是自己生理，固要收盆，即合股的亦須尋人頂手，好得一筆銀子，作過一番世界。主意既定，這時暹羅埠上亦聽得周庸祐的案件說妥，將次回港，都來和他在暹羅做生意。周庸祐亦念自己回港，不過一時之事，斷不能長久棲身的，就在暹埠做些生意，固亦不錯。便定議作一間稻米絞的商業，要七八十萬左右資本方足。暗忖港中自己某項生意有若干萬，某項屋業有若干萬，弄妥盡有百萬或數十萬不等，便是馬氏手上也有三十萬之多，即至各姨太太亦各有私積五七萬，苟回港後能把生意屋業弄妥，籌這七八十萬，固屬不難；縱或不能，便令馬氏及各姨太太各幫回三五萬，亦容易湊集。想自己從前優待各妻妾，今自己當患難之際，念起前日恩情，亦斷沒有不幫助自己的。便與各人議定，開辦米絞

的章程。周庸祐擔任籌備資本，打算回港，埠上各友，那些擺酒餞行的，自不消說。

且說周庸祐乘輪回到香港，仍不敢大過張揚，只在灣仔地方，耳目稍靜的一間屋子住下。其妻妾子侄，自然著他到來相見，正是一別經年，那些家人婦於重複相會，不免悲喜交集。喜的自然是得個重逢，悲的就是因被查抄，去了許多家當。周庸祐隨問起家內某某人因何不見，始知道家屬被釋之後，那些丫鬟都紛紛逃遁。又問起六姨太七姨太住那裡，馬氏道：「虧你還問他們，六房日前過澳門賭的賭，散的散，已不知去了多少銀子。七房又沒了，那存下私積的家當，都遺囑交與六房，卻被六房席捲逃去了。那九房更弄得聲名不好。你前兒不知好歹，就當她們是個心肝，大注錢財把過她們，今日落得她們另尋別人享受。我當初勸諫你多少來，你就當東風吹馬耳，反被旁人說我是苛待侍妾的，今日你可省得了！」

周庸祐聽了，心內十分難過，暗忖一旦運衰，就弄到如此沒架子，聽得馬氏這話，實在無可答語，只嘆道：「誠不料她們這般靠不住，今日也沒得可說了。」當下與家中人說了一會兒，就招平日交託生理的人到來相見，問及生意情形，志在提回三五十萬。誰想問到耀記字號的生意，都道連年商情不好，已虧缺了許多，莫說要回提資本，若算將出來，怕還要拿款來填帳呢。周庸祐又問及某銀行的生意，意欲將股票轉賣，偏又當時商場衰落，銀根日緊，分毫移動不得。且銀行股票又不是自己名字的，即飲轉賣，亦有些棘手。周庸祐看得這個情景，不覺長嘆一聲，半晌無語。各人亦稱有事，辭別而去。

周庸祐回憶當時何等聲勢，哪人不來巴結自己，今日如此，悔平日招呼他人，竟不料冷暖人情，一至如此！想罷，不覺暗中垂淚，苦了一會兒。又思此次回來，只為籌資本開辦米絞起見，今就這樣看來，想是不易

籌的，只有各妻妾手上盡有多少，不如從那裡籌畫，或能如願。那日便對馬氏道：「我此次回來，是籌本開辦米絞，因膝下還有幾個兒子，好為他們將來起見。但要七八十萬方能開辦，總要合力幫助，才易成事呢！」馬氏道：「我哪裡還有許多資財？你從前的家當，都是陰消陽散。你當時說某人有才，就做什麼生意，使某人司理；說某人可靠，就認什麼股票，注某人名字。今反弄客為主，一概股本分毫卻動不得，反說要再拿款項填帳。你試想想，這樣做生理來做什麼？」周庸祐道：「妳的話原說得是，只因前除辦理庫書事務之後，就經營做官，也不暇理及生意，故每事託人，是我的託大處，已是弄錯了。只今時比不得往日，我今日也是親力親為的，妳卻不必擔心。」馬氏道：「你也會得說，你當初逃出外洋，第一次匯去四千，第二次匯去六千，第三次匯去一萬，有多少時候，你卻用了二萬金。只道有什麼使用，卻只是攜帶妓女。從前帶了十多個回來，弄得顛顛倒倒，還不知悔，你哪裡是營生的人？怕不消三五年，那三幾十萬就要花散完了。我還有兒子，是要顧的，這時還靠誰來呢？」周庸祐道：「妳說差了，我哪有四千銀子的匯單收過呢？」馬氏道：「明明是匯了去了，你如何不認？」周庸祐道：「我確沒有收過四千銀子的匯單，若有收過了，我何苦不認！」說罷，便檢查數目，確有支出這筆數，只是自己沒有收得，想是當時事情倉促，人多手亂，不知弄到誰人手裡。又無證據，此時也沒得可查，唯有不復根究而已。

當下周庸祐又對馬氏說道：「妳有兒子要顧，難道我就不顧兒子不成？當時妳若聽我說，替長子早早完娶了，到今日各兒子當已次第完了親事，妳卻不從。今妳手上應有數十萬，既屬夫妻之情，放著丈夫不顧，還望誰人顧我呢？」馬氏道：「我哪有如此之多，只還有三二十萬罷了。」周庸祐道：「還有首飾呢！」馬氏道：「有一個首飾箱，內裡約值八萬銀子。當時

283

第四十回　走暹羅重尋安樂窩　慘風潮驚散繁華夢

由省赴港，現落在某紳戶那裡，那紳戶很好，他已認收得這個首飾箱，但怎好便把首飾來變？你當日攜帶娼妓，把殘花當珠寶，亂把錢財給她們，今日獨不求她相顧。若一人三萬，十人盡有三十萬，你卻不索她，反來索我，我實不甘。」庸祐道：「妳我究屬夫妻，與她們不同呢！」馬氏道：「你既知如此，當初為何來由要把錢財給她，可是白地亂擲了。」周庸祐聽罷，也沒得可答，心中只是納悶。次日又向各侍妾問索，都稱並無私積。其實各妾之意，已打算三十六著走為上著，且馬氏還不肯相助，各侍妾哪裡肯把銀子拿出來。只是周庸祐走頭無路，只得又求馬氏。馬氏道：「著實說，我聞人說金督在京，力請與暹羅通商，全為要拿你起見，怕此事若成，將來暹羅還住不穩，還做生理則甚？」說來說去，馬氏只是不允。

周庸祐無可奈何，日中坐對妻妾，都如楚國相對，唯時或到存牌館一坐而已。是時因籌款不得，暗忖昔日當庫書時，一二百萬都何等容易，今三幾十萬卻籌不得，生理屋業已如財交落空，便是妻妾也不顧念情義。想到此層，心中甚憤。且在暹羅時應允籌本開米絞，若空手回去，何以見人？便欲控告代理自己生意之人，便立與侄子周勉埠相酌，請了訟師，預備控案。那日忽見侄子來說道：「某人說叔父若控他時，須要預備入獄才好。」周庸祐登時流下淚來，哭著說道：「我當初怎樣待他？他今日既要我入獄，就由他本心罷了。」說了揮淚不止。各人勸了一會兒，方才收淚。

周庸祐此時，覺無論入獄，便是性命相博，究竟這注錢財是必要控告的，便天天打算訟案。不想過了數日，一個電報傳到，是因惠潮亂事，金督再任粵督。周庸祐大吃一驚，幾乎倒地。各人勸慰了一番。又過半月，訟事因案件重大，還未就緒，已得金督起程消息。想金督與香港政府很有交情的，怕交涉起來，要把自己提解回粵，如何是好？不如放下訟事，快些逃走為妙。只自想從前富貴，未嘗作些公益事，使有益同胞，只養成一

家的驕奢淫佚。轉眼成空，此後即四海為家，亦復誰人憐我？但事到如此，不得不去，便向馬氏及兒子囑咐些家事。此時離別之苦，更不必說。即如存的各房姨妾，縱散的散，走的走，此後亦不必計，且眼前逃走要緊，也不暇相顧。想到兒子長大，更不知何時方回來婚娶，真是半世繁華，抵如春夢。那日大哭一場，竟附法國郵船，由新加坡復往暹羅而去，不知所終。詩曰：

> 北風過後又南風，冷暖時情瞬不同。
> 廿載雄財誇獨絕，一條光棍起平空。
> 由來富貴浮雲裡，已往繁華幻夢中。
> 回首可憐羅綺地，堂前鶯燕各西東。

時人又有詠馬氏云：

> 勢圬皇妃舊有名，檀床寶鏡夢初醒。
> 爐工欲殺偏房寵，興盡翻憐大廈傾。
> 空有私儲遺鐵匣，再無公論讚銀精。
> 驕奢且足傾人國，況復晨雞隻牝鳴。

廿載繁華夢：

窮奢極欲的上流社會，彈指之間灰飛煙滅

作　　者：黃世仲
發 行 人：黃振庭
出 版 者：崧燁文化事業有限公司
發 行 者：崧燁文化事業有限公司
E-mail：sonbookservice@gmail.com
粉 絲 頁：https://www.facebook.com/
　　　　　sonbookss/
網　　址：https://sonbook.net/
地　　址：台北市中正區重慶南路一段六十一號八
　　　　　樓 815 室
Rm. 815, 8F., No.61, Sec. 1, Chongqing S. Rd.,
Zhongzheng Dist., Taipei City 100, Taiwan
電　　話：(02)2370-3310
傳　　真：(02)2388-1990
印　　刷：京峯數位服務有限公司
律師顧問：廣華律師事務所 張珮琦律師

定　　價：375 元
發行日期：2023 年 10 月第一版
◎本書以 POD 印製

國家圖書館出版品預行編目資料

廿載繁華夢：窮奢極欲的上流社會，彈指之間灰飛煙滅 / 黃世仲著 . -- 第一版 . -- 臺北市：崧燁文化事業有限公司 , 2023.10
面；　公分
POD 版
ISBN 978-626-357-617-9(平裝)
857.7　　112013794

電子書購買

臉書

爽讀 APP